18 倪匡珍藏限量紀念版

衛斯理傳奇之

頭髮

（含：頭髮・規律）

倪匡 著

無窮的宇宙，
無盡的時空，
無限的可能，
與無常的人生之間的永恆矛盾，
從倪匡這顆腦袋中編織出來。

——金庸

目錄

頭髮

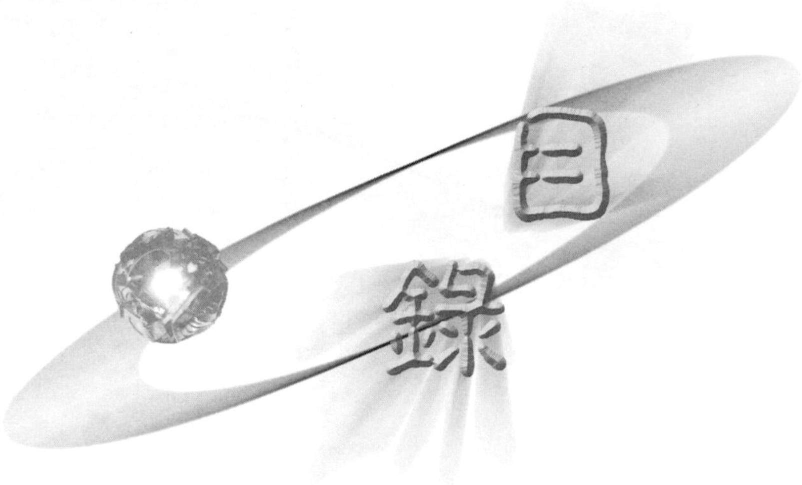

規律

頭髮

序言

「頭髮」寫於一九七八年，這部作品有相當特殊的意義，在衛斯理故事中，地位獨特——它是在休息了六年之後又開始續寫的第一個故事。六年之後，故事的風格，有了顯著的改變，以後一系列的作品，也有顯著的不同。代表著寫作人風格轉變的作品，自己自然對之十分喜愛。

「頭髮」的題材極其異特，其中A、B、C、D代表了什麼，明眼人自然一看就知道。在寫這個故事的時候，對各種宗教，連粗淺的認識都沒有，一切只憑想像。大半年前，突然悟到了基督教的道理，自然看法大不相同，但這次也只是小作修訂，並未曾改寫——也不準備改寫。

「頭髮」是原來在明報發表的名字，後來在台灣報紙連載，被改為「無名髮」，頗有「無以名之」之感。後來又用這名字出了單行本，這次，自然改回原來的名字。

有問：一九七二年到一九七八年，衛斯理沒有故事，幹甚麼去了。答案就在故事中：離開人間，到天堂去了！

倪匡

第一部：殺了人還問被殺者是不是死了

收到利達教授來信的那一天是年初五。利達教授是我所認識的人之中，最不通世務的一個。而且，除了本身的專門知識，其餘生活上的事，如同嬰兒一樣。他是一個出色的植物學家，畢生在南美洲亞馬遜河流域研究當地的植物。有一個時期，我因為對植物的「感覺」極有興趣，曾經遠赴他的實驗室，和他成了好朋友。

利達教授從南美的來信，看了有點令人啼笑皆非：「小兒柏萊，留戀尼泊爾，不肯回來，請就近找他回來。」這個不通世務的植物學家，多半以為我住在亞洲，尼泊爾也在亞洲，所以有「就近找他回來」之請，卻不知道我住的地方和尼泊爾相距沒有一萬里，也有八千里！

我看完了信，交給妻子白素，白素笑了笑：「人家叫你的事，你總要做到的！」

我搖了搖頭：「他這個要求不近人情，我會回信告訴他，尼泊爾離我住的地方很遠。而且，我只不過在六年前見過那位柏萊先生，當時他十五歲。西方青年愛耽在尼泊爾不肯走的，大都是嬉皮士，長頭髮，長鬍子，我根本沒有法子從上萬個嘻皮士中，認出他的兒子來！」

白素笑瞇瞇地瞅著我，並不表示意見，她好像看穿了我的心意，儘管口中說不去，但是心裡，早已經打好了如何採取行動的主意。我只好攤了攤手：「好吧，我就替他去走一遭，將那位柏萊先生找回來。多則十日，少則七天，一定回來！」

白素又聳了聳肩，不作表示，我也沒有再說什麼。到尼泊爾去找一個人，聽來不很容易，但是對我來說，還是小事一樁。我也不寫回信，因爲利達教授所住的地方十分偏僻，一個月也收不到一次信。我想，人找到了，逼他回去，比寫信要快得多了！

第二天我就離開了家，只帶了很少的行李，白素特地在我的行李中塞了一條毯子，那是準備給我到了尼泊爾之後披在身上，效法那些整天抽大麻、練「沈思」的嬉皮士之用。

航機在印度的幾個地方略停，就直飛加德滿都。到達目的地之後，我先在酒店安頓了下來。別看尼泊爾這個小地方，加德滿都也有它進步的一面，酒店的設備，應有盡有。稍爲休息了一下，向酒店的經理問明了幾個嬉皮士聚集的地方，就開始找人。

第一天，沒有結果。第二天，也沒有結果。

第三天，我駕著一輛租來的吉普車，駛向近郊的一座古廟。天氣相當冷，遠處雪山巍峨，我將衣領翻高，扣緊，在不平整的道路上駕車疾駛，忽然看到前路上，有一個身形矮小的尼泊爾人，站在路中心，雙手揮動著，大聲叫嚷。當我緊急剎車之後，車子離他大約只有五六呎距離。

我心中咒罵了一聲，瞪著那個尼泊爾人。那傢伙卻若無其事，笑嘻嘻地走過來。他的樣子很普通，有著山區生活的人那特有的粗糙皮膚和皺紋，以致很難分辨出他的真實年齡。我一停下車，那傢伙用十分生硬的英語迎了上來：「歡迎！歡迎你來到尼泊爾！」

我心中不禁又好氣又好笑，這傢伙，他自以爲是什麼人？是尼泊爾的國王？我只是悶哼了一聲：「什麼事？」

那傢伙聽我一問，立時裝出了一副十分神秘的姿態來，向我湊近了些，如果不是在這時候我伸出了手，阻止他的進一步行動，他一定會爬上車來了。他右手抓住了支撐車篷的鐵桿：「尼泊爾是一個古老的國家，先生，遠比你想像中還要古老！在這個古老的國度中，可以說到處全是寶物，只要你識貨的話——」

他才講到這裡，我已經明白是怎一回事了！這傢伙是向遊客兜售「古物」的那種人！所以我毫不客氣地伸指在他的手背上一彈，那一彈，令得他像是被蛇咬了一口似地縮回手去，瞪大了眼望著我。我立即大聲道：「我不識貨，你去找別人吧！」

我一面說，一面又已發動了車子。那傢伙有點著急，拉住了車子不放：「先生，我有的是真正的古物，古得沒有人能說出它的年代來！先生！」

他在說著的時候，我已經發動了車子，向前駛去。他仍然拉著車子不肯放，神情也極其焦切，跟著車子在跑，語音也愈來愈急促：「先生，那件古物，你一看就會喜歡……我的名字叫巴因，就住在前面的村莊裡，你什麼時候有興趣，可以來找我！」

當他講到最後幾句話的時候，因爲我早已將車子加快了速度，他奔跑的速度沒有法子追得上，所以鬆開了手，一面跑，一面還怕我聽不到，所以直著喉嚨在喊叫。

我根本連頭也沒有回，而且對這個尼泊爾人，一點興趣也沒有。這種向遊客兜售「古物」的把戲，以各種方式進行，如果說我會上當，那才是天下奇聞！

車子繼續向前駛，不多久，我就將這個尼泊爾人完全忘記了。一小時之後，車子到了那座古廟的前面，我在離廟門還有一百碼處就停了車，抓起了一隻早就準備好的皮袋，向前走去。

那座古廟的建築十分輝煌。往日，一定有過它極其光輝的日子。但是現在看來，實在是太舊了，舊得它原來是什麼顏色的也無法辨認，看去是許多深淺不同，給人以極度殘舊之感的棕色。

廟門外是一個相當大的廣場，長滿了雜草，一簇一簇乾黃的枯草，正好被在廟門外曬太陽的嬉皮士用來作天然的坐墊。

我一面向前走去，一面仍像以往兩天一樣，高舉著手中的皮袋，大聲叫道：「柏萊・利達！柏萊・利達是不是在這裡？」

嘻皮士認爲他們自己與眾不同，像我這樣子和他們打扮神情不同的人，如果和他們打招呼，一定是十問九不理。可是手上抓一個這樣的皮袋，那就大不相同。因爲這種皮袋是當地人要來放大麻的，而大麻正是這種人絕不可以少的！我的舉動，看來就像是在找柏萊・利達這個人，替他送大麻來了，那當然會引起他們的興趣。

果然，我才叫了兩次，所有人的目光全向我望來。一個鬍子和頭髮完全糾纏在一起，連面目都分不清的大個子，搖搖晃晃，向我走了過來，從一大蓬鬍子之中，吐出了含糊不清的聲音，道：「你找誰？」

我重複了名字一次，那大個子指了指他自己，說道：「我就是！」

我笑了笑：「請問，你父親叫什麼名字？」

那大個子眨了眨眼，答不上來，我揮了揮手令他走開，那大個子居然想伸手來搶我的皮袋，被我一抬腳，在他小腿上重重踹了一下，痛得他怪叫著，彎下身來。立時又有幾個人向我圍了上來，聲勢洶洶，可是沒有什麼特別的行動。

我一面向前走，一面又叫著柏萊的名字，又大聲宣佈：「誰能帶我找到他，這袋東西的一半是他的！」這樣的「賞格」顯然引起了他們的興趣，一陣陣交頭接耳聲傳來，又有幾個人奔進廟去，不一會，更多嬉皮士，男女都有，從廟中湧了出來，七嘴八舌地向我問了很多問題，可是沒有一個人知道柏萊在哪裡。

我心中暗嘆了一聲：倒楣，只怕這一天又要白費了。幸好這座廟，看來歷史悠久，倒可以不虛此行。那些嘻皮士還在向我糾纏，被我大喝一聲，又伸手推倒了三四個身形高大的，其餘人才漸漸散了開去。

我向廟中走去，尼泊爾的廟，建築體制大致相同，和中國古廟的深邃不同，給人的感覺是神秘而淺窄。可是這座古廟卻不大相同，一進門，一個天井之後，就是一個相當大的大殿，在大殿兩側，都有門通向內。我隨便揀了一扇門走了進去，那是一條相當長的走廊，兩旁的牆，全是木質的，上面滿是浮雕，可是殘缺不堪，幾乎凡是可以弄下來的部分，都叫人弄走了。

走廊中十分陰暗，我一直向前走著，來到了走廊的盡頭，才看到另一扇殘舊的木門。

正當我要推開那道木門之際，我聽得身後傳來一陣急促的腳步聲，一個人喘著氣，向我奔了過來。我轉過身來，看到是一個身形矮小的嘻皮士，他在我面前停下：「先生，你在找柏萊？」

那矮個子仍在喘氣：「柏萊・利達，有一個父親在南美洲的柏萊？」

我鬆了一口氣：「就是他，你可以得到酬報！」

走廊中的光線很黑暗，直到交談了幾句之後，我才看清了那嘻皮士的面貌，他看來年紀很輕，雖然頭髮很長，可是鬍子卻稀稀落落長不齊全。從他的神情來看，並不像是在撒謊。當我說他可以獲得酬報之後，他咧大了嘴：「柏萊是一個怪人，他沒有朋友，據他說，他只將自己的名字告訴過我一個人——」

我不耐煩聽他敘述他和柏萊之間的關係，所以打斷了他的話頭：「你帶我去見他就是！」

那矮個子點了點頭：「你有車，我可以帶路！不過……不過……」

矮個子好像還想說些什麼，可是我因爲已有了柏萊的下落，所以十分興奮，不等他講完，就急急向外走去。

矮個子急忙跟在我的後面，一到了走廊外面，那群嘻皮士又擠了上來，好不容易才推開他們到了廟外，上了車，由矮個子指路，我駕著車，駛出了大約十多里，來到了一條十分荒涼的河邊。那河的河灘上全是亂石子，在冬天，河水很淺，附近非但沒有房屋，而且連一點有人居住的跡象都沒有，我心中不覺十分憤怒，轉過頭來盯著那矮個子：「柏萊呢？在什麼地方？」

我已經準備好了，一當那矮個子有什麼應對不善之處，我就一拳將他打下車去，並且將他獨自留在那荒涼的河邊，以懲戒他騙人之罪。

可是矮個子的回答，卻出乎我的意料之外，他伸手向河邊一堆拱起的亂石一指；「柏萊就在那裡，一個月前，是我親手將他葬下去的！」

當時我真的呆住了！這是我絕對未曾料到的事！我要找的人，已經死了！我不知自己呆了多久未曾出聲。那矮個子卻已經下了車，來到那一堆石子面前，迎著風，長頭髮飄動著，用一種十分傷感的語調道：「柏萊，你好，你到達目的地了沒有？為什麼我一直沒收到你的信息？」我定了定神，也下車來到了那堆石子之前。矮個子還在喃喃自語：「辛尼看你來了，你究竟是不是已經達到了目的？你——」

我聽到這裡，實在忍耐不住，大聲道：「幫我將這些石子搬開來！」

那矮個子怔了一怔，我又厲聲道：「辛尼，聽我的話，快動手搬石子！」

辛尼又呆了片刻，才不出聲，抿著嘴，用力將石塊搬開去，我也幫助他動手一起搬，不一會，堆在地面上的石塊全已搬開。石塊下的土質很鬆，我從車上取下了一條鐵桿，掘著土，不多一會，就看到了我要找的人：柏萊・利達。

這時候，辛尼的神情顯得十分異樣，只不過當時我只是注意柏萊的屍體，向他看了一眼，並沒有再去思索他的神情為什麼如此古怪。

我用手撥開了屍體上的浮土，整個屍體，用一幅舊毯包裹著，屍體已經腐爛了一大半，有一股極其難聞的臭味，衝鼻而來。而且當我用手撥開浮土的時間，許多頭地鼠，閃著驚惶的目光，吱吱叫著，四下散逃開去，這種情形，實在很令人噁心。

我取出了一條手帕，包住了口鼻，然後揭開那幅舊毯，看到屍體雙手交叉，放在胸前。我一眼就看到屍體的右腕上，有一隻銀鐲子，我俯身將銀鐲子取了下來，鐲子上刻著「柏萊・利達」的名字。而且，這隻銀鐲子我曾經見過，鐲上刻有南美印地安人的圖案，是柏萊的父親送給他的生日禮物。

這個躺在那樣冷僻河邊的屍體，就是柏萊，那是毫無疑問的事了！剎那之間，我心中十分感觸，我在想，我應該用什麼方法去通知利達教授，他才不至於太過傷心，看來，我又得上南美去走一次了！

我當時想得十分出神，以致連辛尼是什麼時候來到我身後的也不知道，直到他忽然開口，向我問了一句話。他問道：「先生，柏萊……他死了麼？」

我陡地轉過身來，在那片刻之間，我有一股不可遏制的惱怒。這種惱怒，當然是由於辛尼這個愚蠢之極的問題而來的！

一個人的身體，埋在地下一個月，已經大半腐爛了，他還在問這個人是不是死了！

我一轉身來之後，雙手齊伸，抓住了他的雙臂，先用力將他的身子搖了幾下，然後大聲喝道：「你看他死了沒有？如果這樣子還可以不死，你要不要試一試？」

出乎我的意料之外，辛尼被我這樣粗暴地對待，可是他的神情卻既不發怒，也不驚惶，只是顯出一種無可奈何的悲哀，喃喃地道：「本來是該我的，可是我爭不過他，我一直爭不過他，所以被他搶先了！」

我聽得辛尼這樣說，不禁呆了呆。這兩句話，我每一個字都聽得明明白白，可是整句話的意思，我卻全然莫名其妙！我道：「你這樣說，是什麼意思？」

辛尼的目光卻一直停留在柏萊的屍體上：「我再問你一次，柏萊是不是死了？」

又是那個令人惱怒的蠢問題！可是這時候，我卻看出事情一定有古怪的地方，辛尼一定知道一些有關柏萊之死的秘密，如果我再發怒，他可能永遠保守這個秘密，不再說出來。

所以我居然並不氣，反倒用一個更蠢的回答，來答覆他那個蠢問題，我說道：「是的，他死了！」

在聽到了我的回答之後，辛尼的神情，突然變得激動起來，聲音也有點發顫：「他……真的死了？一點有生命的跡象都沒有了？他……在騙我？還是我們兩人犯了什麼錯誤？如果……他死了，那麼，算不算是我殺他的？你說，先生，算不算？」

我本來就覺得辛尼的神態十分奇特，講話也有點語無倫次，可是卻無論如何，也料不到他會說出這樣的話來。

剎那之間，我覺得事情遠較我想像之中來得嚴重，我的臉色一定也變得十分難看，因爲辛尼在向我望了一眼之後，不由自主在向後退去，我怕他就此逃走，是以他一退，我立時一伸手，抓住了他的手臂。

辛尼一被我抓住，立時失聲叫了起來：「那不能算是我殺他的，不能。」

辛尼的神情如此慌亂，以致我不忍再對他厲聲呵責，但由於他在不斷掙扎，所以我也並不放開他，只是用另一隻手在他的臉上輕輕拍兩下：「鎮定點，辛尼，鎮定點，你做了些什麼？」我還怕他不明白我的意思，又補充了一句：「你對他做了些什麼？」

辛尼吞了一口口水：「沒有什麼，在他……這裡……」他先指柏萊的屍體，又指了自己左乳附近的位置，繼續道：「刺了一刀！」

這下子！我真正嚇呆了！

辛尼所指的那個部位，正是一個正常人的心臟部分！而辛尼說「只不過在他這裡刺了一刀」，「只不過」！辛尼真是殺人兇手，柏萊是他殺死的了！

事情發展到這一地步，那是我無論如何料不到的。辛尼自稱是柏萊的最好朋友，可是他卻在柏萊的心臟上刺了一刀，殺死了柏萊！

剎那之間，我的腦筋十分混亂，想到了很多事情，自己以爲已抓到了一點頭緒。辛尼是嬉皮士，柏萊也是。嘻皮士之間，有很多骯髒的。不但是吸大麻，性關係混亂，也有不少嬉皮士是同性戀者。

我初步料定，辛尼和柏萊可能有同性戀的關係，而因爲某一原因，辛尼將柏萊殺死了！而且從目前的情形來看，辛尼的精神狀態，在一種十分混亂的情形之中。

當我在迅速思索之際，辛尼又連問了幾次：「算不算我殺了他？」

我吸了一口氣：「你說呢？」

辛尼苦笑了一下：「我和柏萊是同學，我們都是學醫的，我們全知道，在這裡——」他又在那部位指了一指：「若刺上一刀的話，一定可以達到目的！」

我再吸了一口氣：「是的，你達到了目的，你殺了柏萊！」

我這樣說，是完全根據辛尼所講的話而作的結論。而且這個結論。可以說是再正常也沒有，叫任何人來下結論，都是一樣。

可是辛尼一聽了我的話，卻發出了一下慘叫聲，整個人都發起抖來。他的這種神情，我看在眼裡，也覺得十分難過，辛尼和柏萊都是一家世界著名大學的醫科學生，很可以有點成就。可是一個顯然神經不正常，而另一個則成了他神經不正常同伴的犧牲品。

我嘆了一口氣，盡量使自己的語氣變得緩和：「辛尼，你殺了柏萊。在文明社會中，殺人是要付償代價的，我看你的神經不很正常，你可能不知道自己做過什麼。但無論如何，你一定要跟我到警局去！」

當我說話的時候，辛尼看來像是十分用心地聽著，但當他一聽到我要他跟我到警局去之際，卻突然發了狂——我說「發了狂」的意思，是他在剎那間，突然做出了如同發狂一樣的動作來，而不是有確鑿的證據說他真是發了狂！他陡地一掙，竟將我的手掙脫，然後極快地轉身便奔。

我當然立即撲了過去，我的動作也算得快疾，可是辛尼的動作更快。我一撲上去，只抓到他身上所穿的一件皮背心。正當我以為已經抓到他之際，他雙臂向後一伸，將皮背心脫了下來，繼續向前奔去。

我再向前追，可是已經慢了一步，他直奔向我租來的那輛吉普車，一躍上車，一上車就發動了車子，我拼命向前奔著，在他發動車子的一剎間跳起來，伸手抓住了車後的鐵板。

可是我還未曾來得及躍上車，辛尼已經用力踏下了油門，車子向前直衝而出。河灘上全是大小不同的石塊，車子幾乎是跳向前去的，顛簸得極厲害，不到半分鐘，我已經被車子拋了下來。我忍著疼痛站起來時，辛尼已經駕著車子疾駛而去了！

我呆呆地站著，一時之間，又驚又怒，不知如何是好，大聲罵了幾句，開始考慮我的處境。我離那座古廟，至少有七十公里，來的時候，一路上十分荒涼，根本不見人煙，也就是說，我要找到交通工具，至少要步行十小時左右！

想到這裡，我不禁苦笑了起來。而且我還擔心的是，辛尼曾殺了一個人，如今他的情緒又在極度的激動之中，是不是又會殺人呢？如果他再去殺人的話，那可以說是我的疏忽。我必須盡快採取行動才是！

我不再呆立下去，奔回柏萊的屍體之旁，胡亂用石塊將他的屍體遮起來，就開始步行。

由於有相當長的距離需要走，所以我以不急不徐的步伐前進，以保持體力。好在沿途都有不少小溪，溪水很清冽，可以供我解渴。

我一直向前走著，希望可以遇上一兩個人，可是一直到天色漸漸黑了下來，所經之處，仍然是同樣荒涼，天色很快就完全黑了下來，當黑透了之後，我發現左邊，約莫一里之外，有火光在閃耀。

向左走，並不是我歸途的方向，我的目的是盡快趕回加德滿都去，和當地的警方聯絡。可是這時候，我實在渴望遇到一個人，這個人或者可以幫助我，而且那簇燈光看來並不是很遠，所以我就改變了行進的方向，向那簇火光走了過去。

十五分鐘之後，我就看到那亮光是燈光，燈光從一幢孤零零建造在荒野中的石屋的一個小窗子中透出來，當我來得更近的時候，我看到這幢石屋雖然小，但是卻建造得十分堅固。所用的石塊，全有一尺見方，而且切割得極其平整，和一般石屋所用的石塊，全是粗糙而不規則的大不相同。

我還未曾走進那石屋，已經覺得這間石屋有其獨特之處。因爲要將堅硬的花崗石，切割得如此整齊，並不是一件容易的事。

也正因爲心中覺得奇怪，所以來到石屋前後，我伸手在石屋的石塊上摸了幾下。一摸之下，心中更是奇怪，那些石塊看來不但平整，摸上去更是光滑無比，顯然經過細心打磨。

我對於聚居在喜馬拉雅山下的尼泊爾民族，多少有點研究，尼泊爾人絕不是做事那樣有耐心和講究的人，這石屋，我想，多半是英國人統治尼泊爾時所建造的。

我一面想，一面轉過了牆角，找到了門，門關著，我伸手敲了幾下，門發出金屬踫擊的聲音，那是一扇鐵門，然後我問道：「有人嗎？」

我連問了兩遍，沒有人回答我，我試著推了推門，門竟被我推了開來。門一推開，我就走了進去，自然也看到了屋中的情形。

當時，我真正呆住了。

第二部：一個萬萬不能有光亮的地窖

那屋子裡面，大約只有二百平方呎左右的面積，看來像座小廟，在屋子中心，有一塊大石，同樣的平整。在大石上，放著一個黑漆漆、奇形怪狀的東西。在那塊大石的四周，是許多香，全是燃盡了的。在大石的四角，有四個粗糙的瓦缽，缽中有油，有燈蕊，點著火。我看到的亮光，就是由這四盞長明燈所發出來的。

令我怔呆的是：這是一個什麼東西呢？是廟？那大石之上奇形怪狀的東西，看來決不是神像。尼泊爾人是崇拜佛教的，儘管佛像也有一些形狀至怪的，但是決不是在大石上那東西這樣形狀。而大石周圍的香火，又分明證明大石上的東西是供人崇拜用的！

我本來就是一個好奇心極其強烈的人，儘管這時有要事在身，要爭取每一分鐘時間去趕路，但是對大石上的這件東西，還是感到了極度的興趣。

我一摸口袋，隨身攜帶的小型攝影機還在，我取出攝影機，從各個角度，拍了十來張相片。當閃燈的光芒照到那東西上面時，發出強烈的反光。

我拍完照片之後，就攀上大石，開始研究那個不知名的東西。

由於這東西，和我以後的遭遇，和以後所發生的種種不可思議的事有著極其密切的關係，所以有必要將它詳細形容一番。

要形容這東西，並不是一件容易的事。最可惜的是，我的相機和照片在日後幾次險死還生中的一次失去了。不然，照片若是保存著的話，就可以不必多費筆墨，只要登出這幾張照片來，各位讀友就可以看到那怪東西的全貌。

那東西是不規則的——絕對的不規則，幾乎沒有一處地方是對稱的。它有六呎高，最突出的部分在中間，是一個圓球形的凸出，那圓形的凸出，乍一看來，像是彌勒佛的大肚子。但是由於其他部分沒有一點和佛像相似之處，所以我才肯定那不是佛像，而只是一個不知名的物體。

在圓球上下，全是重重疊疊不規則的金屬的堆疊。那種不規則的形狀，就像是西方一些印象派的雕塑家將汽車砸扁了堆在一起的樣子。又有點像將一噸錫熔化了傾倒在冷水中凝成的奇形怪狀的模樣，全然說不出所以然來。

在那樣一堆金屬之中，又有幾根金屬的圓管伸出來，圓管是空心的，而且顯然曾經被粗暴的力量折斷過，斷口處有的扁平，有的開裂。在這樣莫名其妙的一堆金屬中，那個直徑約有三尺的圓球，表面卻又十分光滑，自然惹人注目，我試著伸手去推了推那個圓球，竟略可以活動，但是活動的幅度卻不大。我試著想推動整個東西，但是用盡氣力，紋風不動。

這實在是一種相當怪異的經歷，在可見範圍內沒有一個人，而我在這樣的一間怪異的、似廟非廟的小屋子中，面對著這樣一件古怪的東西！

在推了推圓球之後，我試圖自那東西上拆下一點什麼來，可是卻沒有成功。我再去察看剛才照片時，發出反光的那幾處地方。那幾處地方每一處只不過手掌大小，是一種烏光錚亮，十分平滑的平面，也不知是什麼東西。其中有一處在最下面，我既然站在那塊大石之上，自然只好彎下身子去察看。而就在我聚精會神在察看之際，我突然聽到身後，傳來了一個人所發出的憤怒的叫聲，我還未及直起身子來，後腦上已遭到了重重的一擊。

我是一個受過嚴格中國武術訓練的人，在一般的情形之下，要在背後偷襲我，是沒有可能的事。可是那時，眼前的這件東西實在太奇特，以致我全副心神在察看，想弄明白它究竟是什麼。而且附近根本沒有人，我可以發誓，那石屋的門沒有人推開過，偷襲我的人，不知是從哪裡來的！所以我沒能避開這一擊。而這一擊的力道又是如此之重，剎那之間，根本連感覺到痛的機會都沒有，就昏了過去。等我感到極度的痛時，那是昏過去之後又醒回來之後的事情了。

我不知道自己昏過去了多久，在又醒過來時，後腦上劇烈的刺痛，使我不由自主張大了口，要大聲呼叫。但是我卻沒有叫出聲來。因為我一醒過來之後，就聽到了一種十分粗暴憤怒的呼喝聲。

我是先聽到了這種呼喝聲，還是先睜開眼來，看到眼前全然的一片漆黑，這一點，我事後也無法記得清楚。我只記得後腦劇痛，然後眼睛和耳朵恢復功能，看到了黑暗。

正當我在思索這老者是在向誰呼喝，和他所呼喝的話是什麼意思之際，我又聽到了另一個人的聲音。那人的聲音之中，充滿了惶恐：「我沒有偷過聖物，你冤枉我，我根本沒有偷過聖物！」

這個人的聲音一傳入我的耳中，我就不禁一怔！這個人的聲音聽來十分耳熟，一定曾在什麼時候聽到過，可是一時之間，卻又想不起來。而當我想集中精神好好想一想之際，後腦又是一陣劇痛，我只好慢慢伸手向疼痛的地方按去，手蹠到後腦，是又濕又粘的一大片，這下重擊真不輕，可能已流了很多血。

那老者的聲音還在呼喝著：「你沒有偷走聖物？那是誰？」

那聲音道：「我不知道，我真的沒有，我是冤枉的。」

我聽到這裡，雖然沒有認出那聲音是屬於什麼人的，但是心中卻暗嘆了一聲，因爲我幾乎可以肯定，那人在說謊！

一個人是不是在說謊，不論他掩飾得如何巧妙，裝成如何慷慨激昂的樣子，有經驗的人聽來，一下於就可以聽出來。這個人，就是在說謊。看來老者對這個人的指責是對的，這個人的確曾偷竊過「聖物」。

我一面在想著，一面盡力想把目前聽到的和我的遭遇聯繫起來，可是我發覺事情和我全然無關，那麼，我又是為什麼會受了重重一擊的呢？

就在這時，那老者的聲音忽然變得和緩起來，嘆了一口氣：「巴因，不是我懷疑你，而是我們這一族，傳到現在，只有我和你兩個人了，我們這一族，負有極其神聖的使命，你知道的！」

剎那之間，我心中陡地一亮，我記起來了！巴因！這個尼泊爾人的名字是聽到過的，他就是曾在半途，攔住了我的吉普車，操著彆腳英語，向我兜售古董的那個傢伙！

當時我仍然不知道事情為什麼會和我有關，而且那老者的話，聽來也很難明白。尼泊爾是一個古老的國家，凡是古老的民族，都各自有他們自己的傳說。巴因和那老者可能是屬於如今只剩下了兩個人的一個族，他們在講他們自己族中的事，我當然無法明白。

只聽得巴因道：「是的，我知道，自從我一懂事起，我就知道了！」

那老者道：「那就好，我相信你，可是聖物的確少了一件，真不是你偷的？」

在黑暗中，我聽到巴因窸窸窣窣吸氣的聲音，又聽得他道：「當然不是我，你看，有外人闖進來了，可能就是他偷去的，偷了一次又來第二次！」

剎那之間，我不禁怒氣上衝。我早就聽出巴因是在撒謊。而且他曾公然向我兜售古董，他所稱的「真正的古董」，可能就是老者口中的「聖物」，而今他竟卑鄙到賴在我的頭上，這可惡的傢伙，我已決定要給他一點苦頭吃，而就在我考慮應該採取什麼行動之際，事情突然又起了極度的變化。

我仍然無法看到任何東西，但是黑暗中的聲音，聽來似乎分外清晰。我聽到那老者又嘆了一聲，接著又是「拍拍」兩下輕微的聲音，像是那老者在巴因的肩頭上輕拍了兩下，看來那老者已完全相信巴因的話了。

我也就在這時，準備大聲叫嚷起來，拆穿巴因的謊話，可是我才張了口，突然之間，聽到那老者發出了一下淒厲之極的呼叫聲，接著，便是巴因不由自主的急促喘氣聲，和他踉蹌向後退的腳步聲。那老者叫了又叫，但是聲音一下比一下微弱，分明是他受到了極嚴重的傷害，而從巴因那種充滿了驚惶的喘息聽來，老者所受的傷害，顯然是巴因造成的！

在黑暗之中，我無法確知那老者遭遇到了什麼傷害，但揣測起來，極有可能是巴因出其不意，刺了那老者一刀！這突如其來的變化，當真令我驚駭莫名。我一直只當巴因是一個狡猾的人，卻想不到他還這樣凶殘！

這個變化，令得我要對自己的處境作重新估計。巴因如果殺了那老者，他會不在乎多殺一個人。當然我不會那麼容易叫他下手，但是我連身在何處也不知道，算起來還是繼續裝成昏迷不醒來得有利！

我仍然控制著自己的呼吸，盡量不發出聲音來，只聽得老者和巴因的喘息聲在黑暗中交替，老者的氣息聽來逐漸微弱。然後，是一下長長的嘆氣聲，那老者用顫抖的聲音開了口：「巴因，你殺我，聖物是你偷的！」

巴因沒有回答，只是氣息變得更急促。老者顫抖的聲音在持續著：「巴因……你一定要將聖物找回來，我們這一族，只剩下你一個人了，你……所負的責任……重大，你一定要將聖物找回來！」

那老者並沒有責怪巴因的意思，反倒不斷提醒巴因所負的「責任」，我正聽得十分奇怪之際，突然聽得巴因像是發瘋一樣地叫了起來：「找不回來了，我已經賣給人家了！我也不會去找，我還要弄清楚，這裡一共有多少件聖物，我會一件一件去賣給人家！」

那老者的骨節發出「格格」的聲響，尖聲道：「不能！你不能……你不能……」

巴因的聲音在漸漸移近，顯然他是向前走來，他的聲音聽來是咬牙切齒的：「我能！你死了後，這裡的一切全是我的，我能，而且我一定要這樣做！」

老者發出了一下絕望的呼叫聲，接著又是好一陣子的喘息，然後又道：「巴因，隨便你吧，反正已經隔了那麼多年，你喜歡怎樣就怎樣，可是……你千萬不能……絕對不能在這裡……弄出任何光亮來……你要記得，萬萬不能有……任何亮光……」

他的聲音愈來愈是微弱，最後，只是在重複著「光亮」兩個字，終於，他吐出了最後一口氣，死了！

在這時候，我心中的怪異，真是到了極點！

那老者對自己的死，似乎不放在心上，甚至連巴因說要將「聖物」全部賣掉，他也放棄了堅持。可是他臨死之前念念不忘的卻是絕不能在這裡有任何光亮，這又是爲什麼呢？這裡究竟是什麼所在？爲什麼不能有光亮？如果有了光亮，會有什麼結果？

我一面迅速地想著，一面伸手在地上輕輕撫摸著，摸上去是十分粗糙的石塊，看來這裡像是一個地窖，那麼爲什麼在一個地窖中不能有光亮呢？

我沒有繼續想下去，是因巴因刺耳的笑聲，打斷了我的思潮，巴因足足笑了有兩分鐘之久，我才聽到有重物墜地的聲音。

聲音在漸漸遠去，在離開我約有二十餘尺之後，有「吱呀」一下開門的聲音，可是，眼前仍然是一片漆黑，但是卻陡地靜了下來。

我估計巴因已拖著那老者的屍體走出了一道門，我忙站了起來，身子向後退雙手張開，輕輕揮動著，以便在黑暗中踫到什麼物體，可以趨避。

我處身之處，看來像是空的，我退後了約有十來呎，背脊就踫到了石壁，反手摸去，一樣是十分粗糙的石塊。我原來的估計可不錯：是身在一個地窖中。

我定了定神，腦後的刺痛仍然劇烈，我想巴因一定會再回來，爲了要對付他，我必須弄清楚自己所在地方的地形。我摸了摸身上，打火機還在，我立時取了出來。我一取了打火機在手，就在我手指按下去的那一刹間，像是突然聽到了那老者臨死時的告誡，不能在這裡弄出任何光亮，萬萬不能！

我絕不明白何以在這裡不能有任何光亮，但是老者臨死時所用的那種語調，卻使人深信，這裡如果有了光亮，一定會造成一種極大的災難，當我一想到這一點時，我按在打火機上的手指，不由自主，鬆了開來。而當我再決定打著打火機來看一看之際，已經沒有機會了，我又聽到了那扇門打開，和巴因走向前來的腳步聲。

巴因已經處理了那老者的屍體，他現在又回來了，他可能以爲我一直沒有醒過來。

我屏氣靜息地等著，聽到巴因的腳步聲在傳來傳去，我貼著石壁而立，聽著巴因在發出喃喃的咒罵聲。五分鐘之後，我等待的機會終於來臨了。我聽到巴因的腳步聲就在我伸手可及的地方，我陡地伸手出來，先一掌劈了下去，接著就伸手一抓，從手上的感覺來看，我是抓到了他的一條手臂。

巴因立時叫了起來，他一叫，更給我以確切的目標，我一拳揮出，擊在他的頭部，給我抓住的身子，立時軟了下去。我伸手挾住了他的頭，拖著他向前走去。剛才我曾兩度聽到門開關的聲音，所以我記得方位，我拖著他走出了七八步，伸手摸著，摸到了一極爲平滑的平面，伸手一推，果然那是一道可以推開的門。我從門中走出去，門外依然是一片漆黑。我向前走了十步，覺出自己是在一個斜斜向上的甬道中向上走。在十來步之後，我踏上了一級石級，接著，又是二十來級石級，在石級的盡頭，又推開了另一道門，看到了光亮。

我看到的光亮，十分微弱，但是對才從極度黑暗中出來的人來說，已經足夠了。我看到的是一支燭火，在燭火的照耀下，看到那是一間約莫兩百平方尺的石室。和我在受到襲擊之前所走進的那間石屋一樣，全用十分整齊光滑的石塊砌成，還有一道石級，再通向上面。我看到那支燃燒了一大半的燭，就放在地上，在燭火之旁不遠處是一個死人，穿著傳統的尼泊爾人衣服，年紀很大，有一柄尼泊爾彎刀，插在他的心上，當然是那個老者了。

到了這間石室之中，我鬆開了手，任由巴因的頭部「咚」地一聲，重重撞在地上，然後我扯下了一幅襯衣，將腦後的傷口，緊緊紮了起來。

就在這時，巴因也醒了過來。他睜開眼來，看到了我，現出極其恐懼的神色。

他的反應也算是很敏捷，一見到了我之後，連站也不站起來，就手在地上撐著，連滾帶跌，向外逃去。看到他這樣狼狽逃避的情形，我還以爲他殺了人，陰謀敗露，心中害怕之故。可是，接下來，巴因的行動，卻又全然出乎我的意料之外。

他在避開了我大約有十來呎之後，目光灼灼望定了我，手在地上按著，緩緩站起來，神情仍然是極度的駭異，但是卻開了口，他的話有點結結巴巴，用的是尼泊爾的土話：「你……活過來了？你的樣子怎麼那麼可怕？你活過來了之後，怎麼還是這樣子……」

我怔了一怔，我相信任何人在這樣情形下，都無法明白巴因是在胡謅些什麼，我自然也不例外。而且由於他的胡言亂語，我一時之間，也不知道怎麼對付他才好。我略呆了一呆之後，就大喝一聲：「巴因，你殺了人！」

我一副嚴厲的神情，盯著他，手指著那個老者的屍體。我想，再狡猾的兇手，面對著我的指責，也該倉皇失措！

可是巴因的反應仍是十分奇特，陡然，他現出了極度難以形容的一種神情來，那種神情，像是他心中有一個長久以來不能解答的謎，忽然之間有了答案。他的神情，與其說是驚懼，不如說是興奮。他竟然完全不理會我對他發出的殺人的指責，反倒伸出手來指住了我，尖聲道：

「你……你在那裡弄過光亮出來？」

到這裡時候，我真正呆住了，巴因的話，聽來不是故意在轉移目標，而且真的以為我「在那裡弄過光亮出來」。「那裡」自然就是他殺人的地方，也就是那死者在臨死之前，千叮萬囑，決不能有任何光亮出現的地方！

剎那之間，我的思緒混亂到了極點，不知對他採取什麼行動才好。而也就在這時，巴因陡地又發出了一下叫聲，轉身便向石階上衝了上去！

這一來，我倒反而容易應付了，我也立時叫著，向上奔去。巴因奔得十分快，像他那種慣在山區生活，身形矮小的尼泊爾人，行動極其迅速，我用盡全力追上去。當他奔上石階之際，我也奔上了石階，石階一直通向上，經過一間又一間同樣的石屋，少說也有七間之多。

這時，我心中的驚訝，實在是難以形容，那些石室看來至少也有好幾百年歷史，而它的建築工程如此浩大，真難想像只有簡單工具的人，是怎麼將那些石室一層又一層築在地下的！

巴因的動作始終保持快疾，我則因為後腦的劇痛，而變得動作慢了下來。但是我咬緊牙關，緊隨其後。奔出了最後一間石室之後，就來到了那間似廟非廟的石室之中，巴因立時向門外衝去，我也立時追過去。

一出了門，到了平地上，巴因的動作更快，好幾次因為後腦上的劇痛，我真的想放棄不再追趕下去了。我也不知道追出了多遠。在黑暗的曠野中，巴因和我一前一後奔跑著，直到了前面有一輛車子駛了過來，我開始大叫，奇怪的是，巴因也開始大叫。從車中跳下了兩個人來，看來像是遊客，巴因在叫的話他們顯然聽不懂，我一面喘氣，一面向前奔去，叫道：「抓住他！他是殺人兇手，抓住他！」

那兩個人一聽到我的叫喚，立時伸手抓了巴因。這時我也看清楚了，從車上下來的兩個是歐洲人，個子很高大。巴因一被他們抓住，也改用英語叫起來，指著我叫道：「別聽他的，他已經不是人！他不是人！」

在追了至少一小時，忍受著極度的痛楚之後，再聽得巴因這樣胡說八道，我實在忍無可忍，衝過去，狠狠揮拳，在他臉頰上擊上了一拳，他才靜了下來。

那兩個歐洲人攔住了我，不讓我再動手，我喘著氣：「請送我到醫院去，將這個兇手交給警局，我完全可以作證，他殺了人！」

那兩個歐洲人相當合作——事後我知道他們是隸屬於一個爬山隊的隊員。但因爲這兩個人和以後的故事發展無關，所以從略。

那兩個人押著巴因上車，巴因的神情仍是很奇特，他顯然對自己的殺人罪名一點也不放在心上，只是以一種極其怪異的神情望著我。

在天快亮的時候，到了加德滿都，他們先送我進醫院。到了醫院之中，我看到了鏡子，才陡地吃了一驚，原來我後腦的傷口遠比我自己想像來得重，血流披面。一道一道的血痕，乾了之後變成了赭紅色，看來十分可怖。本來我對巴因的奇特反應，心中大惑不解，但當我看到了自己這副尊容之後，我想多半是我血流滿面的模樣太駭人，所以巴因才有了異樣的反應。

我被醫生在腦後縫了八針，醫生堅持要我留院，我則堅持出院。醫生拗不過，只好放我出院。回到了酒店，我已經疲乏不堪，倒在床上，也不及將我這一日夜的遭遇整理一下，就睡著了！

醫生給我的藥物之中，可能有鎮定劑在，所以我這一覺睡得極長，當我又醒過來的時候，精神恢復，我先伸手在後腦下按了按，痛楚減輕了不少，然後，我睜開眼來。當時我睜開眼來之後，我實實在在，不以爲自己已經醒過來了，而以爲自己仍在夢境之中，因爲出現在我眼前的情景，實在是無法令人相信的！我看到了足有二十個制服十分鮮明的士兵，在我的房間內。還有兩個制服更華麗的軍官，站在我的床前。在那兩個軍官之中，則站著一個穿著傳統的尼泊爾服裝，修飾得極其雅潔，一望而知是地位相當高的中年人。

各位不妨想一想，我這間酒店的房間並不大，睡下去的時候，只有一個人，醒來之後，忽然眼前多了那麼多人，有什麼法子不以爲自己在做夢？

我口唇掀動，發出了一些沒有意義的喃喃自語，正待再躺下去時，那個中年人已跨前一步，來到了我的床前，十分有禮地向我道：「對不起，打擾了你，我們一直在等你醒來！」

我一呆，伸手過去，可以摸到那中年人微凸的肚子，那表示，實實在在，有一個人站在我的床前。這個人既然是實在的，那麼其餘的軍官、士兵，當然也是實在的！這並不是夢！可是卻比夢還要怪誕。我定了定神，究竟發生了什麼事，我不知道，可是有一點我卻可以肯定：那些人，對我並無惡意。我吁了一口氣：「這算什麼？是尼泊爾人拜訪客人的傳統禮儀？閣下是——」

那中年人搓著手，神情很抱歉：「真對不起，真對不起。衛先生，有一位地位極崇高的人想見你，他派我來請你。他一定等急了，你能盡快去見他？」

我又呆了半晌。那中年人給我的第一個印象，是他的地位十分高，而如今他只不過奉人差遣而來，那麼，要見我的是什麼人呢？中年人在提到那人的時候，語氣十分尊敬，但是顯然有意避免提及他的身份。對方既派了那麼多人來請我，只怕我不去也不行。而且我心中的好奇，也到了極點：為什麼有顯赫的人物要見我？

我一面下床，一面開玩笑似地伸手在那中年人的肩頭上拍了一下：「誰要見我？是你們的國王？」

我真正是隨便說一下的，可是我的話才一出口，那中年人陡地一震，在他身後的軍官、士兵，也一起立正，神情嚴肅。

我被他們的動作嚇了一跳，我立刻知道，我開玩笑地說了一句，竟然說中了！這真是不可思議的事，尼泊爾國王要見我，爲什麼？

看到屋中那些人因爲我一提起國王便現出這樣崇敬的神態，我倒不好意思再問下去。而且這時我也可以肯定，難怪這些軍人的制服這樣鮮明，他們一定是國王的御林軍，那中年人，多半是一個高級官員。

我洗了臉，頭上的紗布沒法取下來，只好仍讓它紮著，穿好了衣服，跟他們下樓，酒店大堂中的所有人都以十分驚訝的眼光望著我們。

登上停在酒店門口的豪華汽車，那中年人坐在我的身邊，我心裡在想：國王要見我，難道是爲了我替他們的國家捉到了一個兇手？或許這裡的凶案十分少，所以抓到了一個兇手，就可以得到國王的接見？如果真是由於這個原因，那麼國王應該接見我兩次，我至少還知道另一個兇手：那個一刀刺進了柏萊心口，將柏萊殺死了的辛尼！

車子飛快地駛向皇宮，不一會便駛進了禁戒線，沿途的衛兵一見到車子駛來，紛紛敬禮。車予一直駛進皇宮的建築物之內，才停了下來。

第三部：在王宮中見到怪事

尼泊爾雖然是一個小國，可是宮殿建築輝煌宏麗。我在那中年人陪同之下，穿過了一個大廳，然後沿著一個長長的走廊向前走，到了走廊的盡頭，有兩扇相當大的桃木門，門外站著四個衛兵。

那四個衛兵一見我們走來，就立時大喝了一聲，兩扇門在內打開，我抬頭向內望去，一眼就看到了巴因。

是的，巴因，那個兇手！

無論叫我事先作多少次估計，我都無法猜得到會在王宮之中見到巴因！在我的想像之中，巴因應該在死囚牢之中，或是在警察局中接受嚴厲的盤問。可是事情卻截然相反。巴因非但在王宮中，而且穿了極其華麗的衣服，坐在一張長桌之前，長桌上放滿了食物，巴因正雙手齊飛，狼吞虎咽地在進食，在桌子的旁邊，還有幾個穿制服的人在侍候他。

我在門口看到了這樣的情景，幾乎懷疑是後腦受傷後發生的幻覺，呆往了不能動，直到那中年人輕輕推了我一下，我才如夢初醒。我指著巴因：「他……他……」

在那一剎間，我真的認爲那個巴因，就是尼泊爾國王了！如果真的那樣的話，自然未免太傳奇，就在我結結巴巴說不出口之際，那中年人道：「這位是巴因先生，你見過的！」

我由於訝異得實在太甚，以致連一句「他是殺人兇手」也講不出來，又重複了五六個「他」字，那個中年人已半推著我走過去。

正在狼吞虎咽的巴因，向我眨了眨眼睛，做了一個怪臉，在還未弄清是怎麼一回事之前，我當然不會妄動，我只是瞪著他。那中年人倒十分有禮，引著我走向另一扇門，敲了敲門，門內傳來一下聽來很莊重的「進來」聲。

那中年人推開門，側身讓我進去。門內是一間書房，傳統的英國式，四壁全是書架，在一張大桌子後坐著一個人。那個人在國際上雖然不是怎麼出風頭，可是畢竟是一國元首，我一眼就可認出他是什麼人，他就是尼泊爾的國王。

國王的樣子很憨厚，看來也沒有什麼架子。除了他身上的衣服，剪裁特別得體之外，也看不出有什麼異於常人之處。而且我一進去，他就站起來，從桌後走出來，向我走來，熱烈地和我握著手，同時打量著我。

在握手之際，是他先開口：「很高興你來了，衛先生！」

我也照例客氣了幾句，國王鬆了手：「衛先生，在你沒有來之前，我已經盡我的所能，搜集了一些你的資料！」

我推開了手：「我沒有見不得光的事，要找我的資料太容易了，國際刑警總部就有！」

國王道：「正是，我們正是從那裡得到你的資料的，也知道你曾經參與過不少神秘的事件，對你的評價是：你是一個絕對可以信任的君子！」

我笑了起來：「謝謝你！」

國王作了一個手勢，請我坐下來。我在那種堅固硬實，有著橡木扶手的皮沙發上坐了下來，國王就坐在我的對面：「衛先生，我當你是君子，向你提出一個要求，希望你答應。」

從國王的神態和語氣中，我知道他所要求的事，一定不簡單，所以我沒有一口答應，只是回答了他一句外交詞令：「請說，我一定盡我所能！」

國王吸了一口氣，盯著我，神態顯得相當嚴肅：「我的要求是：請你立即離開，無論在這裡你遇到過什麼事，見過什麼人，都請你完全忘記，再也不要在任何人面前提起，甚至你自己，也不要再去想它！」

國王的英語是標準的，他說來緩慢而莊嚴，我每一個字都聽得清清楚楚。

到這時候，我總算明白，爲什麼國王要親自見我！因爲這樣的要求，換了任何一個高級官員向我提出來的話，我一定一拳揮過去！但不論我的脾氣怎樣壞，總不好意思在一國君主的面前動粗的。

我只是霍地站了起來，心中自然充滿了怒意。可是當我看到了國王仰著頭望著我，神情充滿了懇切的期待之際，我心中的憤怒，變成了極度的疑惑。我定了定神：「我能知道是為了什麼？」

國王的回答極乾脆：「不能！」

我雙手緊緊握著拳，抽後退了一步。國王也站了起來：「這個要求由我向你提出，是對你的一種尊重。尼泊爾是一個古老的國家，有一些事，古老得你完全無法瞭解，所以，請你立刻啓程，你的行李，已經在飛機場了！」

在這樣的情形之下，我實在無話可說，我不斷地攤著手，還想說些什麼，但始終未曾講出什麼來。國王又道：「我本人很喜歡與你會面，或許以後，我們有機會在別的地方見面。」

我苦笑了一下：「好，我答應你！」

國王神情十分高興：「對了，你是絕對可信任的君子！」

我笑容愈來越苦澀，為了這個見鬼的頭銜，只怕我這一輩子都要被充塞心頭的疑惑所折磨！那時我真心答應，準備就此離去。後來我改變了主意，只因為巴因的一個鬼臉。

國王叫了一聲，那中年人推開門來，國王道：「請送衛先生到機場去！」

中年人答應著，陪我走出去，其時，巴因正喝於了一杯酒，向我做了一個得意非凡的鬼臉。

這鬼臉使我的怒氣上衝。不論國王要我完全忘記遭遇的理由是什麼，巴因殺人，是毫無疑問的事。兩眼睜睜讓一個殺人兇犯得不到懲罰，還要得意洋洋，這和我做人的根本原則不合，我寧願不做「絕對可信任的君子」而做一次出爾反爾的小人！

當我走出王宮之際，我已經有了決定，我會離開，可是立即再回來！不管這個彬彬君子的國王和那個看來十足無賴的巴因之間，有著什麼不可告人的秘密，我已決定了，我一定再回來弄清楚。

而且，還有柏萊的死，辛尼的神秘態度，這種種疑問，都需要解決！

（當時，我絕未將柏萊的死，和國王、巴因聯繫在一起，以爲那是截然不同的兩件事。事後才知道，兩件事之間有著千絲萬縷、錯綜複雜的關係，那是後話，暫且不提。）

那中年人帶我離開了國王的書房，仍然是兩個軍官、二十個制服的御林軍送我出王宮，直駛機場。名義上，我是被送走的，事實上，我是被押走的。非但被押到機場，那兩個軍官和那中年人，還押我上了飛機，一直飛到印度，才很客氣地離開了我。

這又令我加強了回去的決心，老實說，我很生氣，因爲那位一國之君，並不像他口中所說的那樣大方，真的信任我，既然他那樣對我，我不妨「小人」一次！到了印度之後，我在一家大酒店住下來，第一件事就是打電話和白素聯繫。電話通了後，聽電話的人是老蔡，老蔡在電話中道：「太太到南美洲去了！你走了之後第二天，南美洲的一個什麼教授——」

我道：「是利達教授！」

老蔡道：「是的，就是他，那個教授打了一個長途電話來，太太聽了電話，第二天就走了！太太吩咐，你要是回來的話——」

我感到十分疑惑，又嫌老蔡講得太囉嗦，就打斷了他的話頭：「太太留下了什麼話，你快說，我暫時還不能回來。」

老蔡道：「太太說，她去見那個——教授，叫你盡可能快一點趕去和她會合。」

我呆了一呆，我完全不知道白素為什麼急於趕去見利達教授，又急於要我也去。我實在想不出其中的原因來。利達教授托我到尼泊爾去找他的兒子，我在尼泊爾遇到了一連串的怪事，而且知道他的兒子已經死了。這一連串的怪事，我還一點頭緒都沒有，利達教授那裡又發生了什麼事情？

由於我一點頭緒也沒有，光憑想像無補於事，而且利達教授所住的地方，根本無法憑通訊聯絡——由這一點推想，倒可以肯定他那裡一定發生了極其嚴重的事，要不然，他不會離開叢林來用電話和我聯絡。

我想了一會，只好在電話中這樣告訴老蔡：「我有事，不能去和太太會合，太太要是打電回家，你告訴她，我在尼泊爾遇到了一點怪事，弄清楚這些事，可能要很長的時間！」

我說一句，老蔡答應一句，最後我又道：「太太如果再打電話回來，你要她留下和她聯絡的方法，我會盡量設法和她聯絡！」

老蔡又答應著，我又結結實實地囑咐了幾句，才放下了電話。躺在床上，計畫我如何再回尼泊爾去。本來我心目中的疑問已經夠多了，如今再加上白素忽然到了南美，不知道利達教授那裡出了什麼事，更有點心煩意亂。我本來想邀白素來，因爲這裡的事，竟要勞駕到國王親自出面，事情一定絕不簡單。如今，看來只有我一人獨自去探索秘奧了。

我當然不能再堂而皇之地進入尼泊爾，我相信尼泊爾方面一定已將我列入了黑名單，但是那不等於沒辦法。

我並不忙，先要弄明白一些事，將我拍攝到的那些照片，去沖曬出來。

我休息了一會，離開了酒店，找到了一家相片沖曬店。我知道普通印度人的辦事作風，所以將幾張鈔票撕成兩半，將其中的一半交給那個店員，告訴他愈快沖曬好，就可以愈快得到另外的一半。

然後，回到酒店，開始和我在印度的朋友聯絡。

在聯絡之前，我先想了一下，哪些人可以幫助我解決問題。我首先想到的是芒里博士，我知道他對尼泊爾、不丹、錫金這三個地方的歷史，有著極其深刻的研究，又是這些地區的民俗權威。然後我又想到了一個脾氣十分古怪的學者巴宗先生，他是印度次大陸宗教權威，我在石室中看到的那奇形怪狀的塑像，可能是一種冷門宗教所崇拜的神，巴宗先生應該可以給我答案。

由於巴宗先生脾氣古怪，不太肯出來見客人，所以我先約了芒里博士，一起到巴宗的家裡去。芒里博士一口答應，我再和巴宗聯絡，巴宗這個怪人，在電話中聽到了我的聲音，顯得十分愉快，要我立刻就去。當我告訴他，我還約了芒里博士時，他生氣地道：「約他幹什麼？這個人除了欺騙大學當局，拿高薪之外，還懂得什麼？」

我盡量用委婉的語氣：「我有一點事，要他解答，你算是幫我的忙好了！」巴宗悶哼了一聲，總算沒有再說什麼。我如釋重負，爭取時間休息了兩小時，芒里博士來了，我和他一起離開了酒店，先取了那疊相片。相片效果很好，我將餘下的一半鈔票給了那個店員，獎勵他工作快捷。

然後，和芒里博士一起到巴宗的家中去。巴宗迎我們進他那書房之際，竟連睬都不睬芒里博士，我只好向芒里表示歉意，芒里反倒不怎麼在乎，我想那是由於巴宗在學術界的地位比他高，他能夠見到巴宗，就已經十分高興的緣故。

我們在巴宗堆滿了新舊典籍的書房中坐了下來，當芒里博士想移開一疊放在一張椅子的書而坐在這張椅子之際，被巴宗大喝一聲：「別動我的書！」嚇得芒里連忙縮手，只好坐在地上。

爲了免除氣氛的尷尬，我先取出那疊相片來，給巴宗看。巴宗接了過去，才看了三張，神情就很憤怒：「這是什麼？我對於現代的金屬雕塑，完全不懂！」

我忙指著照片：「你看這石台，周圍的燭，這是一個神台，那堆東西，被當作一種神來崇拜！」

巴宗哈哈大笑起來：「拜這些神的，一定是美國人。」

我搖頭道：「不是，是尼泊爾人！」

巴宗又笑道：「美籍尼泊爾人。」

我吸了一口氣：「不是，地道的尼泊爾人。」

巴宗向我望了一眼，又看完了照片：「你是在什麼鬼地方拍到那些照片的？」

我道：「正確的位置，我也說不上來。首先是在離加德滿都以東七十里的一座古廟——」

巴宗立時接口道：「星其剎古廟，我三年前曾去考察過這座古廟，並且建議尼泊爾政府好好修葺這座古廟，這座古廟的歷史，可以上溯到——」

我連忙打斷了巴宗的話頭，因爲我知道，一旦當他敘述起宗教的起源來，他可以滔滔不絕講上好幾小時，我忙道：「這些照片不是在那古廟拍來的，而是在古廟以北，約莫八九十里處，一座式樣相當怪異的小廟中。」

我說著，拿過了一張紙來，用筆畫出了那間方方整整的石室的外狀。巴宗瞪著我：「開什麼玩笑，我敢說尼泊爾全境內，沒有這樣的建築物！」

我苦笑著：「有的，在這間石室下，還有著七層地下室！神秘得很！」

巴宗一味搖著頭，當他搖頭的時候，我卻一直點著頭，二人對峙半晌，巴宗才陡地向芒里道：「你看怎麼樣？怎麼一句話也不說？」

芒里博士受寵若驚，忙說道：「我也不知道尼泊爾境內有這樣的建築物，聽來好像不可能！」

巴宗「哼」地一聲：「什麼好像不可能！根本就是不可能，是衛斯理的幻想，我早知道問你也是白問！」

芒里博士受了搶白，吞了一口口水，不敢再說什麼。我道：「這根本不用爭論，因爲我到過那地方曾經遇襲，再且被困在最下層的石室之中，那最下一層的石室，絕對不能有任何光亮！」

巴宗忽然興奮了起來，拍著大腿，叫道：「黑暗教！當地的土語是克達厄爾教！這個教的教徒崇拜黑暗，不能有光亮！」他停了一下：「不過我一直只知道這種邪教在南部有教徒，不知道在尼泊爾也有！而且，他們崇拜的黑暗之神，也不像堆爛鐵！」

我嘆了一口氣：「尼泊爾的種族之中，可有一族人數極少的？」

芒里忙道：「有，喜馬拉雅山上的耶馬族，只有七百多人。」

我道：「七百多？太多了，我是說，只有兩個人，現在只剩下一個人！」

芒里瞪大了眼，答不上來，巴宗冷笑一聲：「問他！他知道什麼！」

芒里有一種忍無可忍之感：「巴宗先生，你也一樣答不出衛的問題來！」

巴宗陡地發怒了，大聲道：「我怎麼答不上來？我的答案是根本沒有這樣的廟！」

芒里也生氣道：「這樣的回答誰不會？我也會，衛，根本沒有這樣的一族！」

我看到這兩個學者像是快要打架一樣，連忙攔在他們中間：「這個族中的人，好像和尼泊爾國王有一定的關係，國王十分袒護他，甚至他殺了人，也可以逍遙法外，還可以在王宮之中，大吃大喝！」

芒里聽著我的話，睜大了眼，像是聽到了世界上最滑稽的事情一樣，大搖其頭：「不可能吧！尼泊爾的國王是世襲的，受命保護尼泊爾的人民。但是現代國王，怎麼可能保護一個殺人犯！」

我吁了一口氣，我知道，和芒里、巴宗會見，沒有結果。我的疑問，他們兩人完全不能給我任何解答。如果他們兩個不能給我解答的話，那麼世界上還有什麼人可以給我答案呢？瑞典的斯干教授或者可以，但是我不能去找他，或許，和他通一個電話，總是可以的，他是東方宗教的權威。

我並沒有立時離開巴宗的住所，又耽擱了將近三個小時，在這三個小時中，巴宗翻著各種各樣的神學書給我看，又和芒里不斷爭吵著，然後，他將那疊照片重重塞回我的手中：「你想來愚弄我，那決不會成功！你只好愚弄像他那樣的人！」

巴宗在這樣說的時候，直指芒里博士。芒里憤怒得臉漲成了紫醬色。我唯恐他們兩人真的會大打出手，連忙拉著他離開巴宗的住所。

芒里博士和我一起回到了酒店，我又向他問了不少問題，可是都不得要領。而且看樣子，他根本不怎麼相信我所說的一切。

我知道，要解開巴因和國王之間有什麼神秘聯繫的這個謎，只有靠自己的努力！這個謎可能是一個連續了極久遠年代的秘密，除了當事人之外，任何人不知道！送走了芒里博士，我開始準備離開。

三天之後，我到了大吉嶺，在那裡，我住了半個月。在這半個月之中，我不洗臉，不剃頭，身上披著舊毛毯，除了吸食大麻，就是「冥想」。半個月下來，我已經完全成了一個嘻皮士，並且和其他的嘻皮士混在一起，和我最親近的是幾個日本嬉皮士。然後，一大群嬉皮士進入尼泊爾時，我混在裡面，順順利利，到了加德滿都。

回到尼泊爾之後，我一刻也沒有停留，便立即前赴那座古廟。我就是在那裡遇到辛尼的。我再回到古廟的目的，當然是想找到辛尼。

事情的順利，出乎我的意料之外。我到的時候正是傍晚時分，緊集在古廟的幾百個嬉皮士正在舉行一個他們的儀式，幾十個人被圍在中心，在做著身體極度自由伸展的動作，一方面則發出任意所之的呼叫聲。這種情景，正常人看來，會吃驚，好在我見怪不怪，早已經習慣。在其餘的人也在不住地發出呼叫聲之際，我也叫著，一面留意火把光芒照耀下的所有人，一面想找一個人來問問辛尼的下落之間，我看到了辛尼。

辛尼在那幾十人之間，他十分容易辨認，因爲他個子矮小，鬍子不多。當我看到他的時候，他正在拼命蜷縮著他的身子，像是想將他自己擠成一團，口中發出「荷荷」的呼叫聲。在火堆的火光照映之下，臉上的神情，極之痛苦。

一看到了辛尼，我心中高興莫名，擠過人叢，來到了他的身邊，辛尼像是完全不知道有人到了他的身邊，仍然不住地叫著，拼命在縮著身子。本來我想大喝一聲，令他清醒一些，立即開始盤問他。可是在到了他身邊之後，我卻改變了主意。我也開始大叫，在地上打滾，滾到了辛尼的身邊，一伸手，就抓住了他的後頸，將大拇指用力地壓在他右頸的大動脈上。

用力緊壓頸旁的大動脈，使流向腦部的血液減少，是令人昏睡的有效手法之一。辛尼全然沒有防範，我看到他無力翻著眼皮，呼叫聲漸漸低了下來。

在那樣混亂的場合之中，全然沒有人注意我的行動，我估計辛尼已經昏了過去，就放開了手，將他負在肩上，一面大聲呼叫著，一面走了開去。一直到到了那座古廟的深處，一間充滿了黴腐氣味的小室之中，外面的喧鬧聲聽不到了。這間小室，可能是原來廟宇中的僧人靜思的地方，很合我盤問辛尼之用。

我將辛尼重重摔在地上，再過去將門關上，小室之中一片漆黑，我點著一支煙，吸了一口，再用力在辛尼的頭上，踢了一腳。

第四部：怪異莫名的「聖物」

這時，我對辛尼的行動，十分粗暴，那是我認定了辛尼是殺人兇手，不必對他客氣之故。

辛尼在被我踢了一腳之後不久，就醒了過來。小室中十分黑暗，只有我夾在手上的那支煙，有一點暗紅色的光亮，而每當我吸一口煙的時候，才能模模糊糊看到辛尼正在掙扎著坐起身來。

（很奇怪，在這時候，我突然不能遏制地想那深入地下七層的石室，那最下的一層石室，「絕對不能有任何光亮」。我不斷地想：難道像如今這樣，吸一支煙的光亮都不能有？）

辛尼在坐起身來之後，發出了幾下呻吟聲，我又吸了一口煙，看到辛尼站了起來。我已經在盤算著如何嚴厲地喝問他殺害柏萊的經過了。可是辛尼卻比我先開口，而且出乎我意料之外，他一開口，語音之中竟然充滿了歡愉，他叫道：「柏萊！是你！」

我呆了一呆，一時之間，實在不知道如何回答才好。心理學家說，一個兇手不論他生性如何凶殘，當他想起行兇的過程時，內心總有多少自疚。這時辛尼這樣叫我，分明是他將我誤認為柏萊了，而柏萊死在他手下，他為什麼這樣高興？

我還沒有想出該如何應付這樣怪異的局面，辛尼已向我走了過來，一面不斷地說著話，語言極之興奮：「柏萊，你成功了？那裡怎麼樣？你答應過回來告訴我的，我知道你一定會回來的！」

辛尼已快來到我的身前了！我只好不住往後退著，同時發出一點模糊的聲音，敷衍著他。在那一剎間，我突然想到，如果一直讓他誤認我是柏萊，我可能更易獲知柏萊死的真相！

辛尼在這時候所講的話，聽來是全然沒有意義的，他一面向前走來，一面甚至不斷地在重複著一個毫無意義的問題。

他不住地道：「你知道這些日子來，我最想不通的問題是什麼？哈哈，頭髮有什麼用處？你一定已經知道了，人的頭髮有什麼用處？告訴我，頭髮有什麼用，你為什麼不說話，頭髮有什麼用處？你為什麼不說話？頭髮有什麼用處？」

他奶奶的「頭髮有什麼用處」！

我一直後退，直到了我的背脊踫到了小室的牆，已經退無可退了，我才陡地沈聲講了一句話：「離我遠一點！」這句話果然有用，辛尼立刻站住了，而且好半晌不出聲。

隔了足有半分鐘之久，辛尼的語調，突然又變得十分悲哀：「為什麼不讓我接近你？你和以前不同了。你忘了答應我的事？」

我緩緩的吸了一口氣，又吸了一口煙，這時，辛尼離我不很遠，不到五尺。煙頭火光閃亮的時候，我可以看到他臉上那種疑惑、悲哀的神情。我唯恐他認出我來，忙將煙移開了一些。幸而看辛尼的神情，他像是正沈醉在一件十分重要的事情中，並沒有注意我。

我想，辛尼這個兇手，這時一定是在一種精神分裂的狀態之中，要不他不會誤認我是柏萊。在這樣的情形之下，我大可以冒充柏萊的「鬼魂」，嚇他一嚇，好逼他吐露真相。

所以我沈著聲：「辛尼，不論我答應你什麼，你殺死了我，你是兇手！辛尼，難道你心中一點也不內疚？你殺死了你的朋友！」

我自以為我這幾句話，一定會起到一定的作用，辛尼可能會痛哭流涕，跪在我的面前懺悔一番，可是出乎意料之外，辛尼竟充滿委屈地叫了起來：「你在說什麼？殺死？殺……死？」

他在提到「殺死」這個字眼之際，像是這個詞彙對他來說，十分生疏，他根本不懂得「殺死」是什麼意思一樣。接著，他又道：「柏萊，本來是該我去的，我爭不過你，才給你佔了先，我真不明白你究竟在說什麼！」

「本來該我去的」、「我爭不過你」，這樣類似的話，在河灘上，發現柏萊的屍體之際，我也聽到辛尼講過，可是我一直不知什麼意思。這時他又重複講了出來，我還是不明白是什麼意思。

我伸出手來，在他的胸前，指了一指：「你在我這裡，刺了一刀！」

辛尼立即道：「是啊，那一刀位置刺得多正確，你幾乎立刻就停止了心臟跳動！」

我這一生，可以說見過不知多少奇頑凶殘的人，可是從來也沒有遇到過一個如同辛尼那樣，提起自己的凶殘行爲之際，竟充滿了欣賞意味的人。我實在沒有旁的話好說了，我只好加重語氣，責道：「你殺了我！你是個兇手！」

這一句話倒收到了效果，話才出口，辛尼就迅速向後退去。我怕他再轉身逃走，忙一伸手抓住了他胸前衣服。辛尼疾叫了起來：「你不是柏萊，你是什麼人？」他喘息著，然後又像充滿希望的似地：「你是柏萊派來的？我做錯了什麼？你爲什麼不斷說我殺了他？」

事情發展到了這一地步，我的心中，實實在在，感到了一陣悲哀。辛尼是一個瘋子！他用刀刺進了柏萊的心臟，可是他卻不知道自己做錯了什麼！

我一手抓緊著他，一手取出打火機來，燃著：「辛尼，還認識我麼？」

辛尼盯著我，在這二十天來，我的樣子改變了許多，可是他看了我不一會，就認出我來了！這一點，卻又證明他的智力十分正常。當他認出我來之際，他掙扎了一下，不過我將他抓得很緊，他沒能掙脫。然後，他整個人就像是洩了氣的汽球一樣，一下子變得垂頭喪氣：「是你，你不明白，你不明白的！」

我仍抓著他，但是身子轉了一轉，轉得辛尼背向牆，將他按在牆上。我道：「當然我不明白，所以我才千辛萬苦回來找你，我不明白的是：你爲什麼要殺柏萊！」

辛尼現出一個十分苦澀的笑容，說道：「我說你不明白，你真的不明白！我殺了柏萊？你爲什麼一直不停的用『殺』這個字眼？」

我真是又好氣又好笑：「好，那麼請你告訴我，當一個人用一柄刀刺進了另一個人的心臟之際，應該用什麼字眼來形容這個動作？」

辛尼眨著眼，好一會不出聲，我熄了打火機，眼前變得一片黑暗，在黑暗中，我聽得辛尼不住喃喃地道：「你不明白的，你不明白的！」

我怒火不可遏制地上升：「算我不明白好了，我不需要明白，警方也不需要明白，法官更不需要，他們會定你的罪。」

和上次我抓住辛尼而提到警方時一樣，他又劇烈地掙扎起來，但這一次，他卻掙不脫，而是被我推著他，一直向外走去。

儘管辛尼一直在用力掙扎，而且大聲呼叫著，可是我一直推著他出了古廟到聚集著好幾百人的空地上，一直沒有人注意我們。

我一直推著、拉著、拖著辛尼向前走，花了將近一小時，才不過走出了一里多路，辛尼看來疲憊不堪，已經停止了掙扎，我也十分疲倦，可是仍緊抓著他。辛尼喘著氣，啞聲道：「如果我從頭到尾，詳細講給你聽，你會相信麼？」

我道：「那麼要看你說什麼！」

辛尼低下了頭，不出聲。過了好一會，他才道：「事情的開始，是一個叫巴因的尼泊爾人，向我和柏萊兜售古物——」我本來並沒有打算真的聽辛尼「從頭到尾」地說他的經過給我聽，只是想將他弄回加德滿都去，將他交給警方，然後我再集中力量去調查巴因和國王之間的關係，以及弄清楚那個神秘的七層地下建築，究竟是什麼來路。可是這時辛尼一開口就提到巴因。那真是極度意料之外的事情。

巴因、神秘的雕塑和七層地下建築以及他和國王的關係；辛尼和柏萊；我一直將之當成完全沒有關連的兩件事。直到聽了辛尼的那幾句話，我才知道兩件事之間有關係！

辛尼以一種十分無可奈何的目光望著我，我點頭道：「你可以說下去！」

辛尼道：「那一天，下午，我和柏萊在一起，一個叫巴因的尼泊爾人向我們兜售古物，柏萊忽然感到很有興趣，甚至沒有問那傢伙是什麼古物，就答應了下來。」

我道：「巴因沒有告訴你那是什麼古物。」

辛尼道：「沒有，其實當時巴因自己也不知道那是什麼古物，到後來，我和柏萊才知道那是什麼。」

我忍耐著，不去立即追究辛尼爲什麼要殺柏萊，問道：「那是什麼呢？真正的古物？」

辛尼長長地吸了一口氣：「真正的古物，和人類在地球上生活同樣古老，那不知有多少年——」辛尼望著我：「你猜那有多少年了？你猜，我們在地球上一代一代的延續生命，有多少年了？」

辛尼又開始說瘋話了，我撼了一下他的身子，辛尼像是如夢初醒一樣：「我說到哪裡去了？」

我冷冷地道：「你講到了人類遠祖開始在地球生活，照你這樣講下去，不知何年何月，才講到你和柏萊之間所發生的事！」

辛尼道：「你不明白，你——或許你看了那件古物，你也會明白。」

我心裡動了一動，那件古物，是巴因偷走的「聖物」。死在巴因手下的那老者曾要巴因找回來，巴因說已經賣給了人，找不回來了，原來「聖物」是賣給了柏萊和辛尼。看來這件「聖物」對柏萊和辛尼以後的遭遇有極大的關係，反正辛尼說話有點語無倫次，那麼，看看這件怪異的「聖物」，或許可以有助於解決我心頭之謎。

我點頭道：「好，在什麼地方？」

辛尼道：「我埋在……柏萊的身下。」

我有點生氣，這傢伙，上次竟然完全不提起！辛尼也看出我在責怪他，忙道：「這是我和柏萊之間的秘密，我們答應過絕不對任何人提起的！」

我嘲笑地道：「我要不要先對天發誓，你才帶我去看那東西？」

辛尼的神情很苦澀，搖著頭：「一點也不好笑，先生，一點也不好笑！」

我那時候無暇去顧及他的態度，只是對我要辦的兩件事之間忽然有了聯繫而感到興奮，我問道：「那個將古物賣給你們的尼泊爾人，你認識他有多久了？」

辛尼愣了一愣，道：「我根本不認識他，柏萊也不認識他，只不過他來向我們兜售……」

我揮了揮手，沒讓他再講下去，因爲聽來，柏萊、辛尼和巴因見面的情形，和我第一次見到巴因相同。

我一路監視著辛尼，又向前走出了幾里，在那段時間中，辛尼一直抿著嘴不出聲。走出了幾里之後，我用大量的鈔票，把一對駕車的英國夫婦引下車來，然後借了他們的車子，和辛尼疾駛向那個河灘。

等到我們到了那個河灘的時候，正是夕陽西下的時分，殷紅的晚霞，映在積雪皚皚的高山上，反射出一種奇麗的光輝，令人覺得像是身在一個夢幻世界中。不過我並沒有心情欣賞眼前的風景，一到了目的地，就打開行李箱，找到了兩件勉強可以用來掘土的工具，將一件拋給了辛尼，喝道：「快掘！」

辛尼接過了工具，和我一起開始掘。上次我走的時候，本來只是將柏萊的屍體草草掩埋了算數的，所以這時再發掘起來，十分容易，不消多久，就看到了柏萊的屍體。前後相隔還不到一個月，但由於掩埋得不夠好，柏萊的身體，可以啃吃的部分，已全成了地鼠的食糧，只剩下了森森的白骨。而這時天色正在迅速地黑下來，雪嶺上反射下來的那種冷森的光芒，映在白骨之上，看來有一股極度的淒涼可怖。

等到看到了柏萊的骸骨之後，我特地向辛尼注視了很久，看他可有慚疚的神色，因爲柏萊是他殺死的。可是辛尼卻一點也不覺得歉疚。他放下了工具，和我兩人一起拉住那條舊毯子，將柏萊的骸骨提了起來。在骸骨之下，另有一個方方整整的孔穴，在那孔穴之中，有一隻黑漆漆的盒子。

我向辛尼望了一眼，辛尼點了點頭，我就跳進坑中，伸手去取那隻箱子，那是一隻金屬箱子，十分沈重，用盡氣力才能捧起來。這時，我看到辛尼的神情，有一種異樣的緊張，口掀動著，像是在喃喃自語。我取了那鐵箱之後，跳上土坑，辛尼已俯下身來，移開了那盒子的蓋子——那盒子的蓋子不是揭開來，而是向上的一面可以移開的那種。當他移開盒蓋之際，我注意到，盒蓋和盒邊鑄造得十分吻合，手工十分精巧，絕非粗糙的手工製品。

箱蓋打開之後，天色雖然早已經黑了下來，可是我還是可以看到箱子中的東西。一剎那間，我實在無法明白那是什麼。

一眼看去，箱中的方形東西，是由許多層薄層組成的，而且又那麼沈重，十足像是俗稱「火牛」的變壓器，但是我立即發覺那不是變壓器，而是另一種東西，因爲在它的上面，有許多如同頭髮一樣的細絲。這看來是很怪異的，各位不妨試想一想，一個變壓器上，長滿了頭髮，那是什麼形狀？

我又向辛尼看了一眼，辛尼有點雙眼發直，盯著那東西。我道：「好了，這是什麼？」我一面說，一面企圖抓住那些「頭髮」，將那東西提出來。可是我才一抓住了那些「頭髮」，辛尼陡地叫了起來，動作十分粗暴地推開了我的手，我看著他小心地將那東西捧了出來，放在一塊較爲平整的石塊上。

那東西整個捧出來之後，大約有半尺見方，他向我招了招手，然後在那東西的底部摸索著，突然「拍」地一聲響，那東西生著「頭髮」的上半部，彈了開來。不知什麼原因，我一直用「頭髮」來形容那些細絲，或許是那些細絲，不但看來像頭髮，而且觸摸上去，也完全像是頭髮的緣故。

所以，這時那東西的上半部忽然彈了開來，在我看來，就像有一個人的頭蓋骨，忽然被揭了開來的感覺。那是一種十分難以形容的感覺，使人感到有一陣寒意。

我已經來到了辛尼的身邊，所以一眼就可以看到，那東西內部的情形。我更加無法形容那東西裡面是什麼，我只好大致地說，那東西裡面充滿了極其微小、發光的晶體。

那些晶體是發光的，顏色是藍色、白色、黃色和紅色，以一種十分迅速而有次序的方式，在不斷閃動。我真正呆住了，因爲無論從任何一個角度來看，這東西都不是一件「古物」，而是一件高度工業水準下的工業產品，看來就像是一具縮小的電腦，而且這「電腦」正在操作！

我心中充滿了疑惑：「巴因賣給你的，就是這東西？這算是什麼古物？」

辛尼吸了一口氣：「是的，當我和柏萊打開了那箱子之後，我們也這樣想，只當是上了巴因的當，不過我們也不打算追究，就隨便將這箱子，放在我們睡的地方旁邊。」

辛尼說：「過了幾天，我和柏萊將它拖了出來當枕頭睡，那一晚，我和他，都做了一個夢。」

我盡量保持耐心，聽辛尼在講著，一方面又細心觀察那東西，但一樣沒有結論。這時，天已經完全黑了，風吹上來，十分寒冷，我想提議辛尼到車中去繼續他的敘述，但是我連說了兩次，辛尼就像是完全沒有聽到一樣。我只好由得他，豎高了衣領，半轉過身去，用背向著寒風。

辛尼道：「做夢是每一個人都有的現象，我想，你也做過夢吧？」

我本來想譏嘲辛尼幾句的，但我看到辛尼的神態十分認真，是以雖然他的問題很蠢，我還是十分認真地回答他：「當然做過！」

辛尼又道：「你可曾試過一個夢在醒了之後，夢境中的情形，完全記得清清楚楚，就像是你真的曾經經歷過一樣？」

我道：「有時，也會有這樣的情形！」

辛尼苦笑了一下：「你可曾試過和另一個人做同樣的夢？完全一模一樣的？當你要將這個夢講給對方聽的時候，對方可以和你每人講一句，將整個夢境覆述出來？」

我聽完了辛尼的這個長問題，只好搖了搖頭；「沒有這樣的經驗。」

辛尼嘆了一聲，掠了掠被寒風吹亂了的頭髮：「這是十分奇怪的經驗，我和柏萊兩人，都呆住了，認為那是幾乎不可能的一種巧合，當天我們討論了一天，感到兩人間相通的是我們都曾將頭枕在這箱子上。」

我點頭：「你們又試將這箱子當枕頭？」

辛尼道：「是的，第二晚，情形和上一晚一樣，我們做了同一的夢，而且夢的內容，也和上一晚相同。那夢的內容……本來我們絕對不信，可是一連七八晚，全是那樣——」

辛尼講到這裡，抬起頭來，望著我：「在這樣的情形下，你會怎麼樣？」

我略想了一想：「你們如同被人催眠了，如果在那個不斷重複的夢中，有人吩咐你們去做什麼，你們可能受了潛意識催動，照吩咐去做！」

辛尼很用心地聽著，等我講完了，還不出聲。我吸了一口氣：「你們夢見了什麼？是不是有人要你們殺死對方？」

辛尼怔了一怔，顯然他一時之間，不知道我那樣說是什麼意思，但是他立時明白了，他大搖其頭：「不，你想到哪裡去了！夢裡根本沒有柏萊，只是……只是十分奇特的——」

我在等著他將他和柏萊共同所做的夢的內容講出來。可是辛尼卻突然住了口，望著我，說道：「沒有用的，你沒有做過這樣的夢，我向你說夢的內容，你決不會相信。最好的辦法是你自己——」他說到這裡，用一種徵詢的眼光望我。我雖然急於知道辛尼和柏萊怪夢的內容，因爲我可以肯定，柏萊的死、辛尼的種種不可解釋的怪行動，都和那個夢有關。可是我也同意辛尼的提議，我要親自去經歷一下那個夢，那比由辛尼來敘述好得多了！

我想了一想：「將這箱子當枕頭，就一定會有同樣的夢？」

辛尼答道：「至少我和柏萊是那樣，因爲事情實在……太離奇了，所以我們沒有另外找人試過！」

我將那東西有「頭髮」的部分合上，又將之放進鐵箱中，雙手捧著箱子，向車子走去。辛尼很順從地跟在我的後面。我們一起上了車，由我駕車，駛回加德滿都去。在途中，我向辛尼道：「你見到我，竟以為我是柏萊復活了，那是為了什麼？」

辛尼的回答很簡單，但也是不可捉摸的，他道：「因為柏萊答應過回來找我的！」他顯然也留意到了我不解的神情，是以立時又補充道：「等你也做了那個夢之後，你就會明白了！」

我沒有再問，看了看身邊的那個箱子，專心駕車。我說「專心」駕車，意思是我盡量克制著自己的思潮，不去想別的。而事實上，我要想的事情實在太多了，以致車子居然安全駛進了加德滿都的街道時，連我自己也不相信竟然如此順利！

我將車停在一家酒店的門口，示意辛尼捧著那隻箱子，一起走進酒店大堂去，我來到櫃前，問職員要房間，同時又要打電話通知那對英國夫婦，來取回他們的車子。正當我在辦手續之際，我突然聽到酒店的大堂之上，傳出了喧嘩聲來，一個我十分熟悉的聲音在叫道：「喂，我們是講好了的，銀貨兩訖，你買去的東西，不能退貨的！」

我立時轉身看去，我看到了巴因。

巴因仍然穿著我在王宮見到他時的那套華麗的衣服。不過顯然自從那一天起，他一直將這套衣服穿在身上，沒有脫下來過。所以衣服儘管華麗，卻已骯髒而皺得厲害。他正在不住後退，在他面前的是辛尼。辛尼的雙手仍捧著那隻鐵盒，正在走向前去，顯然是想向巴因講一些什麼，而巴因一面後退，一面仍在叫著：「不能退，就算我願意，我也沒有錢退給你！」

由於巴因不斷這樣說著，使我對發生的事有一定的瞭解。我知道，一定是辛尼在等我辦手續的時候，看到了巴因。辛尼可能有什麼話要問巴因，所以向巴因走了過去。而當巴因看到辛尼之際，也立即認出了辛尼手上的鐵箱，是他賣出去的「古物」。巴因一定以爲辛尼上了他的當，想來找他麻煩，所以才一面後退，一面大叫「不能退貨」。

我當然知道辛尼絕不是想向巴因「退貨」，但是巴因的反應如此奇特，至少使我知道了一件事，那就是巴因自己也不知道他賣出去的古物究竟是什麼東西！

這時，我的處境十分尷尬。巴因是我要找的人，這時在這裡見到了他，正求之不得，應該立時撲出去將他抓住。但是，我又是國王親自下令「請」出去的人，國王將我「請」出去，巴因是一定知道的，我一露面，事情就有麻煩了。

正當我舉棋不定，在設想應該如何做才好之際，事情又發生了變化。巴因後退，大聲叫著，已經引起了很多人的注意。而巴因的神態看來也更慌張。辛尼仍然在向他走去，同時在講點什麼，不過我聽不清楚。有兩個穿著保安人員制服的人，向巴因走去。巴因一見到那兩個保安人員，神情更是慌張，陡地大叫一聲，不再向後退了，反而向前直衝了過去。

巴因向前一衝，那兩個保安人員立時出手去抓他，可是一下子沒抓著，反倒令得巴因的動作更加慌張、迅速，他猛力一下，撞在辛尼的身上。

辛尼發出了一下呼叫聲，被他撞得身子陡地一側，雙手捧著的那隻箱子，跌了下來，由於巴因的橫衝直撞，酒店大堂中頓時亂了起來，我一看到那鐵箱子跌在地上，就知道事情很糟，忙向前走了過去。當我來到辛尼身邊的時候，看到辛尼失魂落魄地站著，雙眼盯著地上。

在他的腳下，那鐵箱子已經跌了開來。箱子中那不知名的東西，也跌出了箱子，而且散成了兩半，那帶有「頭髮」的一半，正迅速地爆出很多小火花，以及發出「拍拍」的輕微爆炸聲。另一半中的許多小晶體，也都散落在地上，不斷發出的火花，這引起另外一個保安人員的注意，那保安人員大聲喝著：「喂，這是什麼東西？」他一面叫，一面奔了過來。

在這樣的情形下，我非當機立斷不可了！我立時伸手拉住辛尼的手臂：「快走！」我拉著他向前疾奔出去。這時大堂中的混亂更甚，我和辛尼輕易地奔出了酒店，轉了一個彎，才停了下來。

辛尼的神情十分沮喪，他望著我，喃喃地道：「完了！完了！不論我怎麼說，你都不會相信我了！」

當我一看到箱子中那不知名的東西損壞之際，我已經知道，辛尼和柏萊曾經歷過的那個夢，我沒有法子親身去體驗了。但是在同時，我也相信了辛尼所說，他的確曾經有過一個怪夢。不然，他不會如此肯定，如此有信心。

所以這時反倒是我去安慰他，我拍著他的肩：「不要緊，只要你將事實毫不保留地告訴我。不論事情多麼荒謬，我都可以接受。」

辛尼不出聲，低著頭，用腳尖踢著路面：「都是我不好，我見到了巴因，想問他再要一個同樣的古物，誰知道他忽然發起神經來——」

我搖頭道：「我看連巴因也不知道那是什麼東西，這別去管他了，你和柏萊所做的夢——」

辛尼抬起頭來，望了我半晌，才道：「本來我想等你自己去體驗這個夢，但現在……」他像是在考慮該如何措詞，我也不去催他，又過了好一會，他才道：「這是一種很難用言語形容的經歷，我盡我力量來說，那真是十分難以用言語表達的，真的。」

我道：「我相信你。我們一面找個地方休息，你一面講述你的遭遇。」

辛尼點著頭，我和他一面向前走著，辛尼就開始了他的敘述。

當我聽到一半的時候，我已經完全呆住了，我實在無法相信他所講的是事實，我要用極大的克制力去阻止自己不去打斷他的話頭。等他講完之後，我像是整個人在夢幻中，和他一起不知在街上兜了多少個圈子，才答應了一個尼泊爾人的兜搭，到了那尼泊爾人的家裡，找到了住宿的地方。當我們兩人在一間狹小的房間中，坐在粗糙的毛毯上之際，辛尼問我：「你有什麼感想？」

我腦中十分混亂，過了好半晌，我才道：「我還想從頭到尾，再聽一遍你的敘述。」

辛尼道：「爲什麼？你不相信？」

我吸了一口氣：「辛尼，你應該知道，你剛才所講的一切，全然是在人類知識範圍以外的事情，我絕不是不相信，只不過希望再聽一遍，好將你所講的事，加入我自己的想法！」

辛尼默默地點了點頭，取出了一包大麻煙來，遞了一支給我，我們一起吸著。大麻有著高度的鎮定作用，可以使人的時間觀念變得緩慢。在吸食了大麻之後，敘述起一件複雜的事情來，就可以更加從容，更加詳盡。

第五部：第一個怪夢

辛尼又開始講他的經歷，以下就是他的經歷。爲了使各位更容易接受他所講的，我保留了他的第一人稱，那全然是他講的話、他的經歷。請各位注意，以下引號中的「我」是辛尼，括弧中的是我的反應。

「我和柏萊，付了不少錢給巴因。因爲巴因一再宣稱他賣給我們的是真正古物，古老得完全沒有人可以說得出這件東西的來歷和年份，而且，就算在王宮裡，也找不出同樣的東西，所以我們才買下來。而當巴因將那東西交給我們之後，他就一溜煙地走了。那東西——你也看到過，根本不知道是什麼，柏萊和我都知道上了當，可是也沒有別的辦法。

「柏萊的脾氣很古怪，他幾乎沒有別的朋友，除了我。我們和別的人雖在一起棲宿在那個古廟之中，但不和別的人來往，只是在其中一間十分破敗的小房間中，過我們自己的生活。

「我們的生活沒有什麼可以多說的，我們怎麼會用這個箱子當枕頭的，我也記不清了，當我們發覺上當之後，就一直將它放在房間的一角，那天晚上臨睡，柏萊將箱子拖了出來，躺下來之後，我們就將它當枕頭。那箱子你是見過的，我和柏萊，一人睡一邊，談話也很容易，和平常一樣，大麻使我們漸漸進入睡鄉。平時我們很少做夢，可是這一晚的情形卻不同。

「我再一次強調，以後，接連十晚左右，我每天晚上都做同樣的夢，所做的夢，完全一樣，到了後來，甚至是在夢境之中，我也可以憑自己的記憶連下去。夢的開始，是我到了一個地方。

「我說過，這個夢境是很難用言語來形容的。一開始就不能。我只能說，我到了一個地方。可是那很不確切。因爲我根本不在那地方，只不過我感到我到了這個地方，我應該怎麼說才好呢？這樣你或許比較容易明白一點。就像身一個四面全是銀幕的電影院中，你身子的四面，全是一個地方的景物，你是不是有身在那個地方的感覺呢？而事實上，你並不在那個地方。

（有點明白，可是不很容易瞭解。）

「我到了那地方，那是什麼地方，我也說不上來，好像是一間房間，我應該說是一個空間，充滿了柔和光芒，看不到其他什麼，不過我感到有人，開始，我只是感到有人，並沒有看到什麼，到後來，才依稀有幾個人影坐著。

「我可以聽得很清楚，聽到人的講話聲。這又極難形容，我聽到的那種語言，我以前從來也沒有聽到過。可是我卻完全聽得懂——或者我不應該說聽得懂，而是這種聲音一進入我的感覺之中，我就明白了它的意思。又或者根本沒有聲音進入我的耳朵，只是忽然有了他人的意念灌入了我腦中的感覺，你明白麼？

（還不很明白，不過就當辛尼聽到有人講話就是了，重要的是他究竟「聽」到了什麼！」

「我首先聽到一個聲音說：『最後的決定是什麼，大家有了結論沒有？』然後是一陣寂靜，又是另一個聲音說——其實所有聲音都是一樣的，而且根本可能沒有聲音，只是我自己的感覺而已。

（不必那麼詳細了！另一個聲音說什麼？）

「另一個聲音說：『有了最後的決定：將那些人驅逐出去，不能容許他們再留在我們這裡，和我們一起生活，將他們遣走，愈遠愈好！』又有人說：『問題是將他們送到什麼地方去好？』那個聲音道：『是的，以前因爲找不到適當的地方，所以方案一直耽擱了下來。現在我們找到了一個所在，不算是很理想，他們在那裡，勉強可以生活下去。』

（不明白，那真像是夢囈，不過只好耐心聽下去。）

「第一個聲音像是主持人，他們一定是在開會討論什麼，我就稱那一個聲音爲主持人，使你容易明白。（點頭，如果編號，更容易明白。）

「主持人的聲音道：『什麼地方？』一個聲音道：『是一顆十七級發光星的衛星，有大氣層，由於大氣層不夠厚，所以受發光星本體的影響相當大，溫度的差異也很大，最高可能達到超百分之八十二，最低是負超百分之一百零四。』

（不明白，這是什麼溫度計算法？）

「主持人道：『那不行，這種溫度，不能適應，會引起大量的死亡。』一個聲音道：『可以教他們怎樣去適應。讓他們向這個星體上原有的生物學習。那個星體上現存的生物，為了適應星體上的溫度，身上有很厚的毛。』主持人道：『我們無法令他們的身上長出禦寒的厚毛來，那只好教他們用厚毛來加蓋他們的身體，高溫度方面倒勉強可以生存，氣層中的需要部分怎麼樣？』一個聲音道：『五分之一，少了百分之五十，可以生活，不過會變得遲鈍和生活力不足。相對濕度只有短暫時間和某些地區，才是最適合的，大多數情形下，會感到不舒服！』

（這是說什麼地方？那個「十七級發光星的衛星」是什麼地方？）

「主持人道：『那也無法可施，這是最仁慈的辦法了，他們絕不能留在這裡！那地方的食物怎樣？』一個聲音道：『很足夠，當然要看他們怎樣去利用。』主持人像是舒了一口氣，又隔了會，才又道：『現在最主要的問題是，是不是保留他們的頭髮？』

「我已經講過，我其實並不是真正聽到有人講話，只是感覺到了有聲音進入，就有意念在我腦中產生。所有的意念都根據感覺到的聲音而來，我可以充分明白，唯有『頭髮』這個詞，我感到很模糊。當我和柏萊討論的時候，他也有同樣的感覺。可是我們又找不到其他的意念。

那些人在討論的，一定是關於頭髮的問題，你一定要相信我的話。

（我相信，可是我真不懂，頭髮有什麼重要？聽辛尼講到這裡，我已經隱隱有了一個概念，那是一個會議，會議在討論的是如何將一群不受歡迎的人送到另一個地方去。然而我不知道那是何時何地的一個會議。是十七世紀英國將罪犯送到澳洲去呢？還是十九世紀俄國將罪犯送到西伯利亞去？還是二十世紀中國將罪犯送往黑龍江？）

「另一個聲音道：『我們的形態由遺傳因子決定，外表無法改變，他們的外形，只好維持和我們一樣。或許在很長久以後，會因為他們那個生活環境而在外形上有輕微的改變，但是決不會改變得完全不一樣，他們將仍然有頭髮長出來。不過，我們可以使頭髮的功用，完全消失，這一點是做得到的。』主持人道：『好，就這樣。』

（頭髮的功用？頭髮有什麼特殊的功用？真是愈來愈莫名其妙了！）

「到這時候，我看到了人影，大約有七個，七個朦朧的人影，和我們常見的人是一樣的，有著很長的頭髮。

「在我看到人影的同時，又看到在這個空間的一個特定範圍之內，看到了一大批人，很多很多，我簡直不能說出究竟有多少。至少有上萬人聚集在一起，才能給人以有那麼多人的感覺。

（大規模的罪犯遣徙，那是在何時發生的事？歷史上好像並沒有這樣的記載！）

「主持人繼續道：『頭髮的功能消失，他們的智力，會降低到接近白癡！』其餘的人沈默了片刻，一個聲音才道：『情形大抵是這樣，但是遺傳因子不可能全部消滅，一代一代傳下去，遺傳因子有突變的機會，以後的情形如何，我們也無法估計，而且，遺傳因子的記憶部分，也無法完全消除。』主持人像是有點吃驚：『他們會記得這裡？』一個聲音道：『不是記得，而是一種極其模糊的印象。』

「主持人嘆了一聲：『這是另一個難題，如果他們有印象，就一定想回來，而我們的目的是不讓他們再回來，除非他們之中有人忽然變得能適應我們這裡的生活，這是一個很大的難題！』

「一個聲音道：『其實不要緊，那地方，那十七級發光星球的光線中，有過度的輻射，使生命變得短促。而且他們的頭髮又沒有了原來的功能，他們就無法突破時空的限制，盡他們用旁的方法好了，都無法達到目的。』

（又是「頭髮的功能」，頭髮有什麼功能？頭髮長在頭殼之上，有什麼屁功能？任何人將頭髮剃得精光或是將頭髮留得三尺長，對這個人的生活都不會有任何影響，頭髮有什麼用？）

「到這時候，有一個在這以前未曾發過言的聲音道：『照各位的意思是，將他們送走，就完全不管了?』這個人講了這句話之後,是一個長時期的沈默,然後是主持人問:『你有什麼提議?』那個聲音道:『我提議,經過若干時間之後,我們這裡,可以派人去察看一下。正像剛才所說,如果他們的後代,一代一代傳下來,其中有可以適合我們生活的,就應該讓他們回來!』

「又是一陣沈寂,主持人道:『這相當困難,他們全經過詳細檢查,證明有極強烈的罪惡因子,你想什麼人能擔當這樣的工作?』那個聲音道:『我們可能訓練幾個人,我心目中已經有了幾個人,可以擔當這個工作。』主持人道:『這是一項極艱難的工作,那幾個人是志願者?必須知道,將他們送到那地方去,在那些人的中間生活,是一件極危險的事!根據我們的估計,智力逐步恢復之後,罪惡的意識,絕對會在善良的意識之上!』

「主持人說:『那時候在那個地方會有多少人?你只派幾個人去,是不是太危險了?』那聲音道:『當然危險,可是我們應該這樣做,讓有資格回來的人回來。我已經在訓練四個人,其中一個,是我的獨生兒子。』

「然後,又是一陣沈默,才又是主持人的聲音:『好,你的方案被接受了!到底將他們放逐出去是不得已的,那地方並不適宜生活,我也相信若干年後,總會有一部分人有資格回來的!』然後是一陣腳步聲,又是那主持人的聲音:『讓我們去看看這些人的情形。』」

辛尼講到這裡，停了下來。

各位一定記得，辛尼向我將他的夢境，敘述了兩次，每一次，他都是講到這裡停下來的，而且，兩次停下來之際，臉上都現出極怪異的神色。

當他第一次敘述到這裡而停下來之際，我並沒有去催他，因為我需要時間去「消化」他所講的一切。辛尼所講的一切，我幾乎是一字不易地記錄下來了，各位自然也可以看得出，他的「夢」，的確是很難「消化」的。

這算是什麼樣的夢呢？在他停頓下來之前，他甚至什麼也沒有看到，「只見到了一些人影」，而他的夢中卻聽到了許多對話（那是一個會議正在進行）。會議的內容是要將一批人（多半是罪犯），送到另一個地方去，那是一種遣戍。被遣戍者要去的地方，並不適宜生活，只是勉強可生存。而且，罪犯（假定是罪犯）在被遣戍之前，還好像要經過某種手術，使他們的智力減低，以變得類似白癡。而這些會議的參加者之中，意見也很不同。他們肯定在若干代之後，被遣戍者的智力會漸漸恢復——但無論如何不能恢復到原來的程度。

於是，在會議的參加者之中，有一個人特別仁慈，考慮到了若干年之後，被遣戍者的後代之中，有若干人可能完全和他們祖先不一樣，罪惡的遺傳減少到了零，他就主張這些人應該可以回來，而不是完全放任不管。所以他主張派人到遣戍地去，擇善使歸，這個人甚至已決定了派四個人去做這件危險的工作，而這四個人是志願工作者，其中的一個是提出這個主張的人的獨生兒子。

當我將辛尼的敘述，好好想一遍之後，我得出的印象就是這樣。而在那一剎間，我突然起了一個十分古怪的念頭，我模模糊糊地覺得，辛尼講給我聽的那個「會議」中的對話，我好像十分熟悉，並不陌生。尤其是提這個主張的人的獨生兒子這一節，我更不陌生，但在當時，我完全想不起我這種熟悉的印象是從哪裡來的。當時，我想了大約有十分鐘，辛尼也停了有十分鐘，直到我已經有了一點概念，我才問道：「夢完了麼？」

辛尼道：「沒有。」

我沒有再催他，於是，隔了一分鐘左右，他又開始講述他的夢境。

「當那主持人說了要去看看那些人的情形之後，我也看到了那些人。那些人，至少有上萬人，從一個球形的白色建築物中列隊走出來。那座白色的建築物，一共有七道門，每一道門中都有人走出來，這些人的行動，很有次序，排著隊，走向前，他們各自走向一個……一個十分奇怪的東西，那東西，像是一枚橄欖，放大了一億倍，這些人就陸續走去。

「我看得很清楚。你想那些人的樣子是怎麼樣的？和我們一樣，就像是你和我，身形比較高大。令我最難忘的是他們的神情，幾乎每一個人全一樣，雙眼發直，一點表情也沒有，那種神情，當我和柏萊討論的時候，一致認爲那是白癡的神情。而上萬個白癡，一齊列隊在向前進，這……這實在十分駭人。

（那真是很駭人！）

「更奇怪的是，這麼多神情呆板的人，完全是自己列隊在向前走，我沒有看到其他的人，可是在空地的遠處，卻有一些奇形怪狀的動物在遊蕩。什麼樣的動物？我完全說不上來，有的像牛和馬的混合——一半是牛，一半是馬，有的是狗和馬的混合，總之太奇怪了！

（一定真的太奇怪了，奇怪到了超乎辛尼知識範圍之外的程度，所以他才無法確切地講出來。）

「然後，最怪異的事情來了，那些像是極大的橄欖一樣的東西——至少有五百公尺長，在所有的人全登上去之後，突然發出極其驚人的巨響，發出耀目的火光，沖天而起，飛走了！

「在這種震耳欲聾的聲響和火光之中漸漸消失之際，我又聽到了主持人的怪聲，他像是對另一個人在說話：『你準備什麼時候實行你的計畫？』那人道：『十二個循環之後。』主持人道：『你估計那時候，他們的變化已經傳了多少代了？』那人嘆了一口氣：『至少一萬代以上了！那裡的時間和這裡不同，而他們又無法克服最後的一關。是你下的命令，他們的頭髮的功用已經永遠消失！』

「主持人的聲音也有點無可奈何：『不是我一個人的意見，是會議決定的。其實，我們已也已經算是夠仁慈的了！』那人沈默了半晌，像是並不表示同意，然後才又道：『志願前去做這危險工作的四個人，去的時候，會照我們在這裡同樣再生的方式進行。』

「衛先生，請你注意，以後發生在我和柏萊身上的事，和這句話有極重大的關係，這個人提到了『再生』這兩個字。當時，主持人又道：『願他們成功！我們克服了死亡這一個難關，算來也有二十個循環了！我還有一點不明白我們的科學家對那批人的解釋。那批人死亡之後，就什麼都沒有了？』那人道：『不是什麼都沒有了，死亡之後，和我們未曾找到再生方法前一樣，是在一種虛無縹緲的境界，無法重新找到生命。』主持人沒有出聲，只是『嗯嗯』兩聲，從此就沒有了聲音，而在那時，我也醒了！」

辛尼後一段的敘述，聽來更令人難懂，我想了一會，發現他的敘述，和柏萊的死，並沒有直接的關係。

在暗淡的燈光下，我用疑惑的眼光望定了他。辛尼嘆了一口氣：「衛先生，我連七八晚，都做同樣的夢，但是柏萊卻和我不同。」

我有點惱怒：「你不是說，柏萊的夢，和你的一模一樣麼？」

辛尼道：「是，開始有了那個夢之後，我們每次在夢醒來之後，就詳細討論這個夢的內容。那是一個極其異樣的夢。你只是聽我說，可能還感覺不了親歷這個夢境時的那種震慑的感覺。在連接七八天之後，那天，我出去買食物，柏萊一個人留在古廟中。那時我們對這件古物，已經十分重視，所以才留下一個人看守。」

我吸了一口氣，辛尼繼續道：「等我回來的時候，我看到柏萊緊緊地抱住那東西，臉上現出了一種極其難以形容的光采來。我從來也沒有看到他那樣高興過，他一見我回來就叫道：『辛尼，我明白了！我完全明白了！』我有點莫名其妙：『你明白了什麼？』柏萊用力在我頭上拍了一下，道：『辛尼，很對不起，在你離去的時候，我又使我自己有了一個新的夢。』」

我悶哼了一聲：「辛尼，你的意思是，柏萊對你不忠？他使用了那東西，使他自己獲得了一個新的夢，而這個夢的內容，你不知道。」

辛尼並不理會我話中的暗示，因爲我一直認定辛尼爲某種原因而殺了柏萊，如果柏萊的行爲，惹得他生氣，這正是原因之一！

辛尼搖著頭：「我並沒有怪他的意思，至少我當時是這樣想，我只是問：『又有什麼新的夢了？』柏萊的神情和語氣，興奮到了極點，他反問我：『你可知道那批被趕走的是什麼人？』我搖著頭，柏萊幾乎是狂叫出來的：『是我們的祖先，我們就是他們的後代！』接著，他抓住了我，用力搖撼我身子：『辛尼，我要回去，我要回去，你幫我一下！』奇怪得很，當時我突然也有了一種強烈的感覺，道：『爲什麼我們不一起回去？』柏萊說道：『不行，只能一個去。』我接連說了三次我要先去，可是沒有用，我是一直爭不過柏萊的，只好讓他。」

我皺著眉，柏萊說「我們就是那些人的後代」，「我們」，當然不僅指他和辛尼。因爲那些人，照辛尼夢中所見，至少已有上萬人，後代怎麼會只有兩個，但是，這「我們」又是什麼意思呢？

我在想著，辛尼又道：「柏萊原來早有了準備，他取出了一柄刀來，指著自己的心口：『你是學過解剖學的，在我這裡刺一刀，愈深愈好。』衛先生，當時我的反應和你一樣，我叫了起來：『你叫我殺你？』柏萊卻哈哈大笑了起來：『辛尼傻小子，你怎麼還不明白，我不會死，我已經知道怎麼回去，回去了之後，我就不會死，你忘了我們在夢中聽到的，再生！生命一直延續，死亡早被克服！』我握著柏萊硬塞在我手裡的利刀，還是遲疑著下不了手。」

我心中極亂：「後來你終於下手了！」

辛尼道：「是的，我下了手。當時，柏萊的神情焦急而興奮：『你刺我一刀，使我能夠盡快地脫離自己的肉體。肉體沒用，只不過像是房舍！一個人搬出了一間舊屋子，才能夠搬進新屋子中，你明白嗎？唉，你不明白，我已經明白了！趕快，小子，趕快，再遲，這東西只怕會失去作用了。』他一面說，一面用力指著巴因賣給我們的那東西。由於他的神情是如此之急迫，而且他的話又是這樣的懇切——」

我不等辛尼講完，就道：「這不成理由，他如果要拋棄……肉體，大可以自殺。」

辛尼道：「是的，我也拿同樣的話問過他，柏萊的回答是：『當然我可以自殺，可是如果有人幫助我，用最快疾的方法拋棄我不要的東西，何必再找麻煩而慢的方法？辛尼，我向你保證，我一定會回來告訴你一切，而且和你一同回去，這真是太有趣了，我們竟然一直未曾想到過，人的頭髮有什麼用處，哈哈！』他一面笑著，一面催我下手，於是我就……我就——」

我道：「你終於就一刀刺進了他的心臟！」

辛尼望著燈光，喃喃地道：「是的，我還照他的吩咐，將那東西埋在他的身體下面，這之後，我就一直在等他回來，可是他沒有回來，我……我……」

他說到這裡，用一種十分傷感的眼神望著我：「一直到現在，我甚至連人的頭髮有什麼用處也不知道。」

我這時，自己看不到自己的神情，但是我相信自己的神情之中，一定充滿了悲哀。因為辛尼的這個問題是如此之幼稚。這可以證明他的精神狀態十分不正常，他所說的一切，可能也全是胡說八道！

我沒有好氣地道：「頭髮有什麼用？頭髮，是用來保護頭部的，小學生都知道！」

辛尼忽然笑了起來：「小學生可以滿足於這樣的答案。不過我相信以你的知識程度而論，不會滿足於這樣的答案，你知道人的頭骨有多厚？」

我仍然沒有好氣地道：「將近一寸，而且極硬而結實！」

辛尼道：「是啊，人的思想集中在腦部，腦是人體極重要的組成部分，保護腦的責任，由厚而堅硬的頭骨來擔任。人類一直到十八世紀，才找到鑿開頭骨的方法。既有了那麼穩固的保護者，還要那樣柔軟的頭髮來幹什麼？你難道沒有想過這一點？」

我無法回答辛尼的這一個問題。的確，我以前絕未想過這一問題，頭髮用來保護頭部，這是自受教育以來就根深蒂固的一個印象。而事實還在於，頭髮除了保護頭部之外，的確是什麼用處也沒有了，一個人，有沒有頭髮，完全無關緊要。

在我沈默期間，辛尼又問道：「難道你也沒有留意到頭髮的長度，和它所謂『保護頭部』的責任不怎麼相稱麼？人的頭髮，從出生到成年，可以長達八十公分。幾乎等於一個人體體高的三分之二！任它披下來，不單可以保護頭部，而且可以保護背部和臀部了，哈哈！」

我被辛尼笑得有點氣惱，大聲反問道：「那麼你說頭髮有什麼用處吧！」

辛尼搖頭，道：「我現在不知道，柏萊一定知道了，不過他還沒有回來告訴我。衛先生，在我的夢中，我聽到夢中人的對話，也不止一次提到頭髮、頭髮的功用，它們一定有用處。我是學醫的，深知人體結構之精密，決不容許有無用的東西存在，可是頭髮，那麼長的頭髮，一點用也沒有，於是只好卻硬加給它一個用處，保護頭部。」

我沒有再出聲，辛尼的話，聽來倒也不無道理。頭髮有什麼用處呢？為什麼人的頭上，要長出那麼多、那麼長的頭髮來呢？一般人對於頭髮的概念，不容易想到頭髮有將近一公尺長，那是因為人一直在將它剪短的緣故。如果任由頭髮生長，除非是由於病態，不然，人的頭髮，就可以長到將近一公尺！

當我想到這裡的時候，我發覺自己的思緒也被辛尼弄亂了，我用力搖了一下頭，決定不再去想這個無聊的問題。而辛尼在這時，卻又充滿了神秘的俯過身來：「你一定更未曾注意到另一個怪異的現象！」

聽到「怪異的現象」，我精神一振，以為他有什麼驚人的話要說出來！誰知道他說的，仍然是有關頭髮！他道：「地球上的生物有多少種？幾十萬種，幾百萬種，可是只有人有頭髮，只有人在頭部生有可達體高三分之二的毛！而且這種毛的組織是如此之奇妙，每一根頭髮都是中間空心的，有極其精密的組織！它本來一定有極其重大的功能，只不過功能被停止了！」

我只好不斷地眨著眼，辛尼卻愈說愈激動：「雖然柏萊沒有回來告訴我一切詳情，但是我也可以料到一點，衛先生，那十七等發光星的衛星，就是地球！」我陡地震動了一下，連我自己也說不出是什麼緣故來，我竟自然而然地順著他的語氣道：「你夢中所見的那個地方——」

辛尼的神態更詭異神秘，聲音也壓低了許多：「那就是我們每一個人都想回去的地方。我不知道那地方原來的名稱是什麼，但是在地球上，儘管人類的語言有所不同，對那個地方，都有一個共同的稱呼：天堂！」

我的呼吸不由自主，急促起來，辛尼仰了仰身子：「而且，多少年來，地球上的人，一直想上天堂，什麼方法都用盡了，甚至有人想造一座塔，順著這座塔爬到天堂去！」

一聽到辛尼講到「甚至有人想造一座塔，順著塔爬到天堂去」，我心中恍然了！

我恍然明白了何以在聽辛尼的敘述之際，會有「熟悉」的感覺。那是宗教上的故事！

當我想到這一點之際，我不禁啞然失笑。在我腦中湧起更多名詞來：「罪惡」、「拯救」、「唯一的兒子」等等。

我登時覺得心情輕鬆，而且絕對肯定辛尼是個神經失常的人。嬉皮士常和宗教發生關係，喜歡「冥想」，他一定是宗教的狂熱者，而在腦中夾纏著混淆不清的許多概念，所以才有這樣的「怪夢」，而生活在混亂的幻想之中。

在隔了相當時日之後，我對於當時會下這樣草率的決定，覺得很奇怪。因爲至少巴因出售的那個「古物」，我就不能解釋是什麼東西。但當時我這樣決定，當然有理由。我給辛尼的話，弄得頭昏腦脹，好不容易有了可解釋的理由，當然不會放棄。就像一個在大海飄浮的人忽然見到了有船駛來一樣，第一反應一定是爬上這艘船去，誰還會去研究這艘船屬於什麼國家！

當時我順著這條路想下去，對於辛尼對我說過的那些東西，自然不再放在心上，我心中已有了打算，拍了拍他的肩頭：「我們也該睡了！」

辛尼眨著眼，好像還很想和我討論他講的一切，我卻已伸了一個懶腰，打了一個呵欠。

辛尼神情很失望：「真可惜，那東西跌壞了！不然你一定會做同樣的夢！你既然對一切全那麼好奇，一定可以找出點道理來的！」我隨口敷衍著，裝出倦極欲睡的樣子，睡了下去。辛尼已躺了下來。但是他在躺下之後，似在喃喃自語：「不知道巴因是不是還有這樣的東西？我本來想向他再買一具的，他卻不知害怕些什麼？」

我竭力忍著笑，巴因爲什麼要害怕？這道理很簡單，巴因不知道從哪裡找來了一個不知什麼東西，放在一隻舊鐵盒之中，騙西方遊客說是「真正的古物」。騙子突然之間遇上了被騙人，哪還有不害怕的？

辛尼又喃喃自語了許久，但是我沒有留意他在說什麼，而我卻沒有睡著，只是在維持極度警覺的狀態下盡量爭取休息，因爲我怕他逃走。

天亮之後，辛尼睡醒，我和他一起離開了那家尼泊爾人家，騙他道：「我們再去找找巴因，看看他是不是還有這樣的古物！」

辛尼顯得十分高興，一步不離地跟著我。我先帶著他兜了幾個圈子，然後在一家酒店的大堂中，吩咐他暫時等著，我找到了酒店的職員，向他要了電話簿，查到了一間精神病院的電話。

我昨晚就已經決定，我不將辛尼送給當地的警方，最好是將他送進精神病院去。辛尼有時很清醒，他會講出他家人的地址，醫院方面和他家人聯絡，接他回去。

我打電話給精神病院，告訴他們有這樣的一個病人，我會送他來接受檢查。醫院方面支吾了半天，一個電話至少有十個人聽過，最後才轉到了一位負責醫生的手上。我只是將我自己的論斷，大致講給那位醫生聽。我並沒有說出辛尼曾經一刀刺進另一個人心臟這件事，只是告訴那醫生，當辛尼的幻想太豐富時，他可能是一個十分危險的人。

那個醫生總算接納了我的要求，我放下電話，和辛尼找了一個地方，吃了一餐飽，然後和他信步走向那家精神病院。

可憐的辛尼，即使來到了醫院的門口，仍然完全不曾覺察我的陰謀。

第六部：在南美洲發生的非常事故

事後，我想起來，那真是極卑鄙的陰謀，欺騙了一個完全相信了我的人！

我和辛尼才一走進醫院的建築物，就看到一個中年醫生帶著兩個壯漢走了過來。我走前幾步，問明了那醫生的名字，就向身後的辛尼擺了擺手，那兩個壯漢直衝了過去，將辛尼抓住。

辛尼直到這時，才明白發生什麼事，他被那兩個壯漢拖開去時的那種神情，我一輩子也不會忘記。我從來也沒有見過一個人臉上，有過這樣憤怒的神情。他一面掙扎著，一面叫道：「無恥，卑鄙！你太罪惡了！罪惡！罪惡！就是因爲罪惡，我們才不得不生活在地球上！你的罪惡，代表了世人的罪惡，不應該得救！全不應該得救！」

辛尼一面狂叫著，一面被那兩個壯漢拖了開去。那醫生向我攤手：「你的朋友比你所說的情形，要嚴重得多了！」

我只好苦笑了一下：「他有時候很清醒。如果你們這裡設備和人手不足的話，可以和他家人聯絡，送他回去！」

那醫生點著頭，又叫我留下我的記錄。我隨便捏造了一個假名字，敷衍了過去，離開了醫院。

離開了醫院之後，我也不將辛尼對我的咒罵放在心上，反而覺得已經解決了一件事。剩下來的，只是再找到巴因就可以了。

而我相信，巴因一直還在加德滿都，可能還在繼續他的「出售古物」的勾當。只要到遊客常到的地方去找一找，應該可以找到他的。

最多遊客出沒的地方當然是酒店，而且，我也想到我第一次來住的那家酒店去問一問白素是不是曾和我聯絡過。白素走得那麼急，南美那邊，利達教授不知道又遇到了什麼怪事？

我經過了幾家酒店，略為停留了一下，沒有看到巴因。等我來到那家酒店的時候，已經將近天黑了。

我才走近櫃台，酒店的職員就認出我來了，他用十分奇怪的眼神望著我：「先生，上次你跟著御前大臣離去之後，就通知退房，原來你認識御前大臣！」

直到這時，我才知道那個中年人，是尼泊爾國王的御前大臣。我含糊其辭地回答了幾句：「可有我的信、電報，或者什麼的？」

那職員連聲道：「有！有！有一個長途電話，我們錄了音，是南美洲打來的，請等一等。」

對尼泊爾這個地方的人的辦事效率，不能苛求。我一聽得南美洲有長途電話打來，知道事情絕不尋常，當然急想聽到電話的錄音。可是「請等一等」，就等了將近一小時，且等得我無名火起，才看到那職員拿了一卷錄音帶來，我伸手想去取錄音帶時，職員卻伸手向我索取幾乎可以買一架錄音機的代價。

我急急付了錢，才想起沒有錄音機是聽不出帶上講些什麼的，我再問他要錄音機，他回答的還是那句話：「請等一等！」

這次，我不再等了，我出了酒店，來到另一家電器店中，乾脆買了一架小型錄音機，塞進錄音帶，按了掣，我聽到了白素的聲音。白素說要找我，酒店的人回答說我已經不再住在酒店中了。白素的聲音很焦急，我完全可以聽得出來的。白素請酒店的職員留下她的話，說我一定會來取消息，酒店的職員回答說沒有這種服務。

我聽到這裡，已經火冒三千丈了，白素在不斷說著，酒店的職員才說，他們在接到外地長途電話之際，一開始就有記錄，不過：「對不起，小姐，你講得太久了，請別妨礙他人通話的機會！」

我聽得白素叫了一聲：「衛，快來！快來！」接著，錄音就結束了！

我捧著錄音機，簡直難以相信天下竟會有這樣的事！雖然我早就知道在這種地方，對人的辦事能力是不能估計過高的！

我所聽到的白素對我的留言，只是：「快來！快來！」那是緊急的呼喚，如果不是她那裡有急事，決不會作這樣的呼喚。

我不知道在利達教授那裡發生了什麼事，而白素打電話給我，是好多天以前的事情，那時我正在大吉嶺，和嘻皮士混在一起。

雖然沒有找到巴因，但是我實在無法不離開尼泊爾了。我還不能公然離開，要是被人發現我在尼泊爾，不知道還會惹什麼麻煩上身。如果我再走陸路離開，又要耽擱幾天，在這時候，我想起白素那邊的事情如果極其緊急，她一定會和家裡的老蔡聯絡。

我拍了自己的腦袋一下，又用力抓自己的頭髮——這可能就是頭髮的作用之一，哈哈——怪自己爲什麼沒有立刻想到這一點。

我奔回酒店去打長途電話，這一次倒沒有耽擱多久就接通了，老蔡一聽到我的聲音，就叫道：「我等了你五天了！」

我忙道：「少廢話，太太說了些什麼！」

老蔡道：「不是太太說的，根本是錄音帶，我全轉錄下來了，你聽！」

不到半分鐘，我就聽到了白素的聲音：「衛，我不能自己打電話給你，所以錄了音，托人把我的聲音傳來給你。快來，利用最快的交通工具，這裡發生的事我無法向你詳釋，你不必再找柏萊，柏萊回來了！」

聽到這裡，我就呆了一呆，「柏萊回來了」，這是什麼話，柏萊已經死了，怎麼能到南美去？白素一定不知道柏萊已經死了。可是再聽下去，我更呆住了，白素繼續道：「事情極怪，我相信柏萊在尼泊爾死了！利達教授的處境很不妙，快點來！這裡情形很不對——」

白素的錄音帶講到這裡，聲音已經愈來愈急促，而且我聽到有一種「篷篷」的鼓聲。我對印地安人的鼓語也略有研究，一聽那種鼓聲，就可以知道那是一個印地安部落，正在召集所有的人，要進行一項極其隆重的祭神儀式，這個重大的祭神儀式，一定是突發的。

這時，我並沒有對那種鼓聲多加注意。因爲我知道利達教授的實驗室是在巴西亞馬遜河上游的叢林中心，附近有許多印地安部落，有的部落幾乎和文明世界完全隔絕，十分兇狠。白素講話的時候，可能就是在利達教授的實驗室之中，那麼，其中夾雜著一些印地安人鼓聲，當然也不足爲奇。

可是再聽下去，我不禁吃驚。白素的聲音愈來愈驚惶。她決不是一個遇事張皇失措的人，所以她那種驚惶的語氣，才特別令我吃驚。她繼續道：「我會盡量應付，希望你快點來，我不知道是不是能和你講完，不過我託的人很可靠，他一定會盡他所能，將錄音帶轉過你那裡——等一等，等一等——」

白素連叫了兩聲「等一等」，顯然，那不是對我說的話，而是當她在講話之際，發生了異常的變故，再接著，便是一下驚呼聲，我一聽就明白，那是利達教授的呼叫聲，然後，音響寂然，錄音帶的聲音完了。

這種情形，實在是令人心中焦急之極的，事情可能發生在十天之前，而我又遠在數萬里之外，當時如果發生了什麼不幸的事，我無論如何無法補救了！

就在我發急之際，老蔡的聲音又傳了過來，他道：「打電話來的那個人，說他是祁高中尉，他也叫你盡快去。」

我忙問道：「他有沒有說太太怎樣了？」

老蔡道：「沒有，沒有說，你——」

我深深吸了一口氣，說道：「我立刻就去，我會用最快的方法去！」我不等老蔡再囉嗦什麼，就放下了電話。在放下了電話之後，我只不過思索了幾分鐘，就有了決定：如果我要用最快的方法到南美的話，只有找一個人幫助我，才可能達到目的，這個人，我再去見他，雖然難免尷尬，但是非他不可。這個人就是尼泊爾國王。

我通過酒店職員，租了一輛車子，直駛王宮，在我被衛隊攔住之際，我就提出要見御前大臣。我被帶到警衛室中等了半小時，御前大臣——我曾和他打過交道的那個中年人，就走了過來。我一見他，不等他開口責難我，就立即道：「我要見國王，無論如何，我要見國王！」

御前大臣的臉色很難看：「國王不會見一個背信棄義的人！」

我道：「我再回來，是解決一件私人的事，這件事十分重要，和巴因完全無關！」

御前大臣的臉色更難看了：「什麼巴因，我根本不知道有這個人！」

巴因和國王之間，有著極不尋常的關係，這一點我早已肯定，御前大臣否認有巴因這個人，當然也是由於這種神秘關係不能公開之故。如果照我平時的脾氣，一定不肯放棄，要追查下去。但如今我自然沒有心情去顧及這些。

我急忙道：「好的，根本沒有這個人，我將他完全忘記好了，不過我有事情，要國王幫助。」

御前大臣哈哈地道：「國王日常事務，全由我代為處理，你有什麼事，儘管向我提出好了！」

我略想了一想：「我要盡快趕到南美洲去，是不是可通過貴國的關係，向印度軍方借一架軍用機？我自己會駕駛！」

我相信自己的要求是夠古怪的，所以御前大臣一聽，用一種十分怪異的神情望著我。我不給他推搪的機會：「你們幫了我這個忙，我決不會忘記，以後貴國如果有任何事情要我效勞，不論事情如何困難，我一定盡我的能力。」

御前大臣又望了我片刻，才道：「我要去和國王商量一下。」

他講完了那句話，就走了出去，在他一走之後，就有兩個軍官來「陪」我。他去了不過三十分鐘。而在這三十分鐘之中，我急得就像熱鍋上的螞蟻一樣，團團亂轉。三十分鐘之後，電話來了，是一個軍官接聽的。軍官放下電話之後，立時向我行了一個敬禮：「請到王宮去，大臣說國王準備見你！」

一聽他這樣說，我大大鬆了一口氣，那兩個軍官陪我進了王宮，仍然在上次那間華麗的房中，我見到了大臣和國王。

國王並沒有生氣，只是用一種似笑非笑的目光望著我：「你是一個很有趣的人！」

我苦笑著：「謝謝你，我有不得已的苦衷。」

想不到這一句話，倒引起了國王的共鳴，他突然嘆了一口氣：「和你一樣，我也有不得已的苦衷。大臣已經聯絡好了，一架印度的噴射軍用機已在途中，會停在加德滿都機場。有駕駛員送你去，因爲我不想你送回飛機時，再見到你！」

我大喜過望，向國王行了一禮：「我實在不知道怎樣感謝你才好。」

國王盯了我片刻：「其實，你應該知道如何做才是最好的感謝方法。」

我並不是蠢人，當然明白他的意思。我略想了一想：「是，我和陛下是第一次見面。」國王聽我這樣講，頑皮地眨著眼，呵呵大笑起來。那使我發現國王實在是一個十分有幽默感，而且十分平易近人的君子。

而在那時候，我實實在在，想到他和巴因之間的關係，一定有不可告人的苦衷。他既然這樣誠心誠意地幫我，我當然應該瞭解他的苦衷，不再調查下去了。的確，我當時是決定放棄調查的了。至於事後我再次又來到尼泊爾，又再找到巴因，將巴因和國王的神秘關係弄清楚，那並不是我本人的意願，而是事態的發展，逼得我非如此不可。幸而國王後來也原諒了我。這是以後的事，暫且擱下不說。

當時，我的問題已解決，御前大臣已通過外交途徑，將飛機經過的地方全聯絡好，我會在巴西北部一個軍用機場上落降，然後驅車直趨利達教授的實驗室。這是最快的方法，沒有任何方法可以快過它。

在等候那架飛機前來之際，我和國王有大約半小時的閒談機會。國王向我問及我一生經歷之中幾件最奇怪的事，我扼要對他說了。

國王問我：「你是不是堅信，除了地球之外，別的星球上還有高級生物？」

我笑道：「我是堅信，而且一定有！」

國王對這個問題像是很感興趣，問了很多。我並沒有想到國王另有深意，只當他對這個問題有著普通人都有的興趣而已。直到他忽然問到了一個問題，我才覺得有點不尋常。

他忽然問道：「照你來說，幾個極其特出的人，會不會來自別的星球呢？」

我隨口問道：「像是什麼人？」

國王道：「譬如——」他講到這裡，略停了一停，看他神情像是在考慮是不是應該問我，他終於問了出來：「譬如，像佛祖。」

我怔了一怔，這是很難回答的一個問題。我只好道：「這很難說，佛祖是特殊的人物，他所創造的宗教，對人的生命提出了一整套的理論，這套理論，歷時兩千多年，人類還無法在實踐上得到證明。」

國王湊近了身子，現出十分殷切的神色來：「佛祖的理論，最終目的是要人能脫出輪迴，回到西天去，你知道西天何所指？」

我想不到國王在這樣的時候，忽然會和我討論起這個問題來，我只好道：「西天，就是西方極樂世界。」

國王像是在自言自語，又像是在問我：「在西方極樂世界，人是永生的？沒有死亡？」

我笑了起來：「能到西方極樂世界，那就不是人，而是神了，神當然是永生的。」

國王將「神當然是永生的」這句話，重複了幾遍。我已經看出了國王的心目之中，一定有一件十分重大的事想和我討論，但是看來他又不想將心中所想的突然講出來。

我只好道：「有一個現象很奇怪，所有宗教，目的幾乎全是一樣。」

國王道：「是，目的全是離開了肉體之後，人的某一部分，可以到某一個地方去，這個地方，或稱西方極樂世界，或稱天堂。所有的宗教，都告訴信仰的人有神存在，而人生活的歷程，身體並不要緊，精神或是靈魂，才是首要。」

我點頭表示同意，國王的忽然又問道：「爲什麼呢？」

爲什麼？我自然答不上來，國王笑著，那是一種無可奈何，又有點自嘲的笑容，道：「會不會那些宗教的始創人，本來全是由一個地方來的？」

我感到了震驚，一時之間，更不知說什麼才好，國王卻繼續道：「耶穌、穆罕默德、佛祖、老子，他們四個人本來是不是認識的？」

這是一個怪誕到不能再怪誕的問題。儘管我對一切怪誕的事，都抱著可以接受的態度，在聽到了這個問題之後，我也不由自主搖著頭：「那不可能吧，這四個人生存的時間，相差很遠，好幾百年。」

國王卻望向窗外，出了一會神：「好幾百年，那只是我們的時間，在別的地方來說，可能只是前後幾分鐘、幾小時的差別。」

我感到愈來愈離奇，國王在這方面的問題，有無窮無盡的想像力。將耶穌、穆罕默德、佛祖釋迦牟尼和老子李耳聯在一起的人，不是沒有，但說他們四人根本是相識，這真有點匪夷所思。

我想國王的心中，或者有他自己一套想法，我倒很願意聽他進一步的說明，可是就在這時，御前大臣走了進來：「再過十分鐘，飛機就可以降落！」

我連忙站了起來，國王很客氣地送我到房門口，我可以感到他還有很多話要對我說，也可以感到他心中有話，但是找不到傾訴的對象的那種寂寞感。

可是我急於趕路，而且，由於「不得已的苦衷」，我甚至不能在尼泊爾的境內停留，所以看來我這個講話的對象，以後也很難和他相見了！

御前大臣派車子送我到機場，飛機已經來了。駕駛飛機的是一個中校，他不知道我是什麼來歷，只當我是王室的貴賓，對我十分尊重。我請他在安全範圍的邊緣，盡可能用高速飛行，他答應了。

儘管噴射機已是地球上最快的交通工具，等我駕著車，在巴西北部的叢林中向前疾駛之際，也已是三十多小時之後的事情了。

利達教授的實驗室我曾經到過一次，路途我是熟悉的，儘管是在晚上，也不至於迷路。

雖然夜晚在叢林中硬闖是一件十分危險的事，我也顧不了許多，吉普車的車頭燈，時時射到野獸的眼睛。那些眼睛在強光的照射之下，發出亮晶晶、綠黝黝的光芒，看來怪異和駭人。愈是快接近目的地，我愈是心急，等到朝陽升起，我已經駛到了河邊，那是一條不很寬的小河，但是河水很湍急。

利達教授的實驗室，就在前面的一個河灣，大約只有十分鐘的行程了，我的心中更是緊張，將車子駛得飛快。在高低不平的路上，車子有時可以跳到三四呎高，再跌下來，十分鐘後，我已經駛進了那個河灣，而突然之間，我用力踏下了煞車掣。

我看到的情形，令我產生了如此巨大的震動，以致我踏下煞車掣，是一種自然而然的反應，車子在高速行駛中，突然停下，車子打著轉，陡地翻了過來。我也不理會自己有沒有受傷，一面發出呼叫聲，一面掙扎著自車子下爬了出來，站直身子。

雖然我的身子搖搖晃晃，不是很站得穩，但是眼前的情形，我還是看得十分清楚。

利達教授的實驗室本來是六列十分整齊的茅屋，其中四列，是他千辛萬苦運來的玻璃搭成的溫室。裡面種著上千種他所珍逾性命，費了近二十年功夫採集而來的植物。但是現在，我所看到的，只是一片廢墟！

六列茅屋全都成了灰燼，一點也沒有剩下。在朝陽的光芒之下，我看到焦黑的屋基下，有許多閃耀發光的物體，等我踉蹌地走向前之際，才看出那些發光物體，是碎裂成千上萬碎片的碎玻璃。

根本沒有人，如果有人的話，一眼就可以望到，利達教授哪裡去了？他的助手哪裡去了？他雇用的土人哪裡去了？更重要的是，白素哪裡去了？

我早已知道，就算我用最快的方法趕來，也一定遲了，可是我料不到事情會糟到這樣地步！這裡究竟發生了什麼事？

我一面發出毫無意義的呼叫聲，一面在六列茅屋的屋基上，來回奔跑著。

白素曾說過處境不妙，但是她已曾說過可以應付，除非是情況極端惡劣，不然她至少該留下一點什麼來，好讓我推測這裡究竟發生過什麼事。

可是我找了又找，卻什麼也沒有發現，眼前只是一片荒涼已極的廢墟！

到了我坐下來的時候，才發現日頭早已正中！我完全不知該如何才好，從來也沒有這樣徬徨失措過，簡直完全不知道該怎麼辦。所以，當我突然又聽到了有車聲傳來之際，我像是遇到了一個大救星一樣，陡地跳了起來，迎了上去。

我只不過奔出了一百多公尺，就看到了輛軍用吉普車駛了過來。車上有三個士兵，一個軍官。車子在我身邊停下，那軍官道：「衛斯理先生？」

我也不去問他，怎麼知道我的名字，只是點著頭。那軍官道：「我接到報告，有人在晚間駕車通過森林，向這地方駛來，知道一定是你。」

我想起了老蔡的話，忙道：「閣下是祁高中尉？」

軍官點頭答應，我叫了起來：「這裡究竟發生了什麼事？」

祁高中尉嘆了一口氣，下了車，向前走去，我跟在他的後面，來到了廢墟附近，他才道：「事情很不尋常，你看那邊——」

他一面說，一面指向東邊。他手指處，是密密層層的崇山峻嶺。他道：「在那裡，住著黑軍族——」

我一聽到「黑軍族」三字，就倒抽了一口涼氣，失聲道：「黑軍族！黑軍族和外界不相往來，只要沒有人會侵犯他們，他們儘管兇悍，卻不會主動去侵犯他人！」

祁高的神情有點訝異，像是驚疑於我對巴西北部深山中的一個人數不過千的印地安部落，居然也有認識，他點頭道：「本來是如此，但是——」

我吞了一口口水，指著廢墟，問道：「這……是黑軍族的傑作？」

祁高苦笑了一下：「我來遲了！你……也來得太遲了！」

我只覺得頭皮發麻：「黑軍族……他們……教授和我太太，他們——」

祁高搖了搖頭：「我不知道他們怎麼樣了！我定期巡視，一次來到這裡的時候，是一個多月之前，當時的情形已經很不尋常。從來和外界不通音訊的黑軍族，竟然派了一個巫師下山，來找利達教授，要教授進山去。」

我道：「是不是教授在採集標本的時候，侵犯了黑軍族的禁地？」

祁高道：「絕不是，教授在這裡多年，對黑軍族有很深刻的瞭解，不會做這樣的傻事。我到的那天，是那巫師來過的第二天，利達教授對我說起這件事，他還開玩笑似地對我說：『真是奇怪，黑軍族的巫師居然對我說我的兒子在他們那裡，叫我去！』」

祁高向我望來：「這不是太無稽了麼？」

這當然太無稽了，但是我卻感到了一股涼意——「柏萊回來了。」這是白素說的：「我相信柏萊在尼泊爾死了。」這也是白素說的。這其中究竟還有什麼怪異的聯繫呢？

祁高繼續道：「巫師在族中的地位十分高，親自出山，事不尋常，我還問他那土人是不是真的祭師。利達教授還回答我：『他的帽子上的羽毛，只有黑、白二色，你說他不是巫師，又是什麼身份？』只有黑白二色，不但是巫師，而且是重大儀式中的主要祭師，事情可真不簡單了。當日，當我離開的時候，教授就坐我的車子離去，說是要和亞洲的一個朋友通電話。」

我道：「那就是我，可是我在尼泊爾，正在找他的兒子！我妻子接到了他的電話。」

祁高的神情十分疑惑，我也沒和他作進一步的解釋。因爲我一聽祁高的敘述，就可以肯定，利達教授對祁高只不過說了一點點事實，而隱瞞了許多。因爲單憑一個巫師來找他，說他的兒子在山裡——黑軍族的聚居地，絕不足以使教授打電話來找我，而更不足以使白素一聽到他的電話，就萬里迢迢前來。

祁高繼續道：「後來，好像又沒有什麼事，你太太是我派人送到這裡來的，我駕車，當我們來到這裡的時候，可以聽到黑軍族召集全族人的鼓聲，表示他們的族中，有重大的事發生，鼓聲持續了好幾天，我每隔一天來一次，最後一次來的時候，你太太要我帶一卷錄音帶去打電話給你，你仍然不在。」

我道：「是的，我聽到了那卷錄音帶。當時，她處境十分不妙，你難道沒有覺察到麼？」

祁高聽出了我的話中有責備他的意思，忙道：「誰說我沒有覺察到！我看出她和教授，都十分驚惶，好像有什麼絕不可解釋的事降臨在他們身上，但是我問了，他們卻全說沒有什麼，我問不出所以然來，當然只好離去，又隔了一天，再到這裡時，已經這樣子了！」

我道：「你推測發生了什麼事？」

祁高道：「當然是黑軍族的進攻。」

我又道：「人呢？所有的人呢？」

祁高搖頭，表示答不上來，我想了一想：「將你車上的汽油盡量給我！」

祁高像立即想到了我想幹什麼，他大叫了起來：「不能！」

我道：「不是能不能的問題，而是我一定要去！」

祁高極其驚駭，甚至在不由自主地喘著氣：「你想去闖黑軍族的禁區！你對黑軍族既然有認識，難道就不知道亨爵士探險團的事？」

我當然知道亨爵士探險團的事。亨爵士是偉大的英國探險家，他想突破黑軍族與世隔絕的現象，招募了七個志願隊員，不管巴西政府的反對，甚至擊退了巴西政府派來阻截他們的一隊軍隊，進入黑軍族的禁區。當時，英國的賭博公司對他們能生還的機會的盤口是五百對一。結果，五百分之一的機會並沒有出現。八個人，連亨爵士的屍體在內，被人在亞馬遜河的一條支流上發現，被紮在一個木排之上。

八個人全死了，在木排上，有黑軍族的標誌。自此之後，巴西政府就畫出了禁地，不准任何人走近離這個印地安部落三里的範圍之內。

我並沒有向祁高再說什麼，只是重複著我的要求。祁高的面色灰白，喃喃地道：「這簡直是自殺，我不能供給你汽油。」

我簡捷地道：「結果是一樣的，即使是步行，我也一樣要去。中尉，這裡並沒有發現屍體，我們不能絕望，這裡的人，可能還生存在黑軍族中！」

祁高眨著眼，外人能在黑軍族部落中生活，那是不可思議的事，我不是不知道這一點，但在我而言，不能不如此希望。

祁高道：「那麼，至少等一等，等我和長官商量一下！」

我斬釘截鐵道：「不行，我一分鐘也不願耽擱！」

祁高嘆了一聲，指揮著他手下的三個士兵，將六罐汽油，搬到了我的車上，將傾覆了的車子推起來，我立即上車，向祁高揚了揚手，疾駛向前，在我經過了祁高身邊的時候，祁高解下了他的佩槍，向我拋來。

我接住了佩槍，一停不停地繼續駛向前，不消片刻，又已經進入叢林之中了。

叢林中只有一條很窄的路，即使是在那「路」上，也全是灌木和樹椿。不論我如何心急，車速都無法快得過每小時五里。

當晚，我只是認定了方向，一直向北駛。那些山嶺看來很近，但實際至少有七八十里，直到天黑，還是相隔很遠。我已經有一晚未曾睡過，但是焦急的心情，使我一點睡意也沒有，我又徹夜不停地駕著車，快到天亮時，總算闖出了叢林，眼前是山腳下的一片小平原。在平原的邊緣上，豎立著巨大的木牌，用各種文字，甚至有原始的印地安象形文字，表示再向前去，便有極度的危險。

我一直將車駛到了警告牌下，才停了一停，喝了幾口水，吃了點乾糧。

向前看去，前面十分平靜，小平原上野花叢生，有一群小鹿在我不遠處，用好奇的眼光望著我，山嶺就在不到五里之前，不消十分鐘，就可以直達。

第七部：第二個怪夢

我絕無法想像再向前駛去會有什麼結果。但正如我告訴祁高一樣：我非去不可！

我休息了半小時左右，就踏下油門，車子向前直衝過去，一直駛到了山腳下。幾乎是我才一到，就聽到了一陣急驟的鼓聲，六個身上畫著暗紅花紋的印地安人，用極其矯捷的身手，躍了出來。他們的手中，都持著已經搭上了箭的小弓。

那種小弓，只不過一呎長，看來就像兒童的玩具，箭也不過一呎長，可是我知道這絕不是兒童的玩具，而是致命的武器。這種小箭箭鏃上的毒藥，大約是世界上最劇烈的毒藥之一。

我仍然在車中，不知道應該如何表示才好。我會一些普通印地安族的語言，但黑軍族的語言我全然不知。我也不敢照文明世界表示和平那樣高舉雙手，唯恐略動一動，就被他們誤會那是不友好的行動。所以我只是僵坐著，一動也不敢動。

那六個土人向我走來，一直張著弓，來到了我車邊，就散了開來。其中一個臉上紅紋特多的土人開了口，一時之間，我真不相信自己的耳朵！

那土人一開口，竟然是我做夢也想不到的字正腔圓的三個字：「衛斯理？」

聽到了那三個字之後，我只不過呆了一秒鐘，陡然之間，連日來焦急的心情，一掃而空，我實在忍不住，陡地「哈哈」大笑起來。

再沒有比這一刻更開心的了！一個與世隔絕的土人，會叫得出我的名字來，那不消說，一定有人教他。教他的是什麼人？除了白素，還會有什麼人！

我一笑，那六個土人，也哈哈大笑了起來，而且收起了小弓。我仍然不斷笑著，六個土人用十分好奇的神情，打量著我的車子，我作手勢令他們上來，等他們全上車子，我開動車子。開始很慢，愈來愈快，在平原上兜著圈子，六個土人發出極其興奮的叫聲來。

我陪他們「玩」了半小時，停下車，指著自己：「衛斯理。」六個土人一起點頭，紅紋最多的那個作手勢令我下車，帶著我一起向山中走去。

我們經過了一個峽谷，峽谷底部全是圓石，可知在雨季，那是一條山澗。沿著峽谷向山中走，漸漸上了一個山嶺。山嶺上全然沒有道路，全是聳天大樹。六個土人十分熟練地竄上跳下，我一直跟著他們。

等到翻過了那個山嶺，開始下山的時候，我看到下面一個被濃密的樹蔭所遮住，看不到底的山谷之中，突然冒起了幾股濃煙。同時，一陣極其急驟的鼓聲，自下面山谷傳了上來。

我不知道那些濃煙和鼓聲是什麼意思，可是看情形，像是有什麼意外發生了。我想向那六個土人用手勢詢問一下，可是當我回望向他們看去之際，我不禁呆住了！

本來，我全然未曾注意到那六個土人之間有什麼不對頭的地方。土人就是土人，他們一起出現，一起向我走來，我自然當他們是一夥的。可是這時，他們六個人，卻分成了兩組，每組三個人，雙方全以十分敵對的態度對峙著，而且手中也各自抓住了武器——他們所用的武器，是一種一端十分尖銳的獸骨，形狀像是相當寬的小刀。從他們互相瞪視著的情形來看，箭拔弩張，氣氛十分緊張。

我還未曾來得及向他們詢問究竟發生了什麼事，山谷下的鼓聲更急，而且有吶喊聲傳了上來，那種吶喊聲，分明是山谷下正有了戰鬥。

而就在此際，那六個土人，也各自發出了一下呼喊聲，隨著呼喊聲，似乎人人都爭著說話。我全然聽不懂他們在講什麼，只聽得他們一面叫著，一面撲向前，揮動著手中的武器，激烈地拼鬥起來。

他們鬥得如此之激烈，簡直就是在拼命！別說我和他們根本語言不通，就算是語言通的話，要勸開他們，也不是一件易事。我看了一會，下面山谷中廝殺聲更激烈，我陡地想起，從下面山谷中的呼喊聲聽來，下面至少有幾百個人在參加打鬥，可知下面山谷，一定是黑軍族的聚居地，白素和利達教授一定就在山谷下面！我還在山上呆等幹什麼？

我一想到這一點，便不再理會那打鬥著的六個土人，轉身就向山直衝了下去。

山上十分崎嶇，到處全是大樹，有的樹根凸出地面老高，我幾乎是連跌帶滾向山下奔去的，幸而我身手敏捷，總算沒有出什麼意外。

當我離山谷底部愈來愈接近之際。自下面冒上來的濃煙，也愈來愈甚，看來下面發生的意外，比我想像中還要嚴重。

我大約奔下了三百多公尺，來到了一個石坪上，當我正在石坪上略停，打量著四面的地形，看從哪裡繼續向下去好，陡然之間，一隊大約有二十多個土人，自下面直奔了上來。

那二十多個土人一見到了我，呆了一呆，就各自狂喊著，向我衝了過來！

我一生之中，有過不少驚險的經歷，但是像如今這樣的處境，卻也不多見。二十多個臉上畫滿了紅棕色花紋，口中哇哇怪叫，手中拿著原始武器的土人，忽然向我攻了過來！

我絕不敢輕視他們手中的原始武器，因為在這原始武器之上，就可能有文明世界還無法解救的毒藥。我一面身形閃動，避開了衝在最前面兩個人的攻擊，又飛腿踢得兩個土人向外直跌了出去，同時叫道：「衛斯理！衛斯理！」

我叫著自己的名字，是因為我遇到的第一批六個土人，他們曾叫出我的名字來，我希望這時，我的名字，可以起停止他們向我攻擊的作用。

可是我叫了幾次，一點用處也沒有，，那一群土人仍向我攻擊不已，其中有幾個，還極其兇狠，令我不得不用較重的手法將他們打退。

就在我和那群土人打得不可開交之際，忽然聽得一邊不遠處，響起了一下口哨聲。那一下口哨聲一傳入耳中，我就陡地一怔，幾乎被一個攻過來的土人用他手中的獸骨擊中了我！

那是白素的口哨聲！我一聽就可以聽得出來！我一打退了那土人，立時便循聲直奔過去，果然，在一塊大石之後，白素陡地現身出來，手中握著一柄散彈槍，向我叫道：「快過來！」

一看到了白素，我心中的興奮，實是難以形容，陡地一彈身子，淩空翻起，已落到了大石後，十幾個土人攻了過來，白素扳動槍掣，轟然巨響之中，一篷小鉛彈射了出去，追過來的土人狼狽後退。

白素向我一打手勢，和我一起向前疾奔而出，我們在一大叢灌木之上直翻了下去，白素指向左，我們一起進了一個相當狹窄的山洞之中。

那山洞所在處十分隱蔽，洞口是一大叢濃密的灌木，洞中十分黑暗。在山洞中，仍可以聽到山谷下傳來的鼓聲和打殺聲。

我定了定神，心中不知有多少問題想問白素，正因為問題太多了，竟不知如何說才好。

白素先開口：「你聽到我的錄音帶了？為什麼這麼久才來？」

我嘆了一聲，真有不知從何說起才好之感。白素也沒有再問下去，接著道：「黑軍族分裂了，一邊是由酋長率領，另一邊由祭師率領，他們正在內戰。」

我聽了之後，不禁有啼笑皆非之感，原始部落也會發生內戰，真是匪夷所思，我順口問：「他們爲什麼內戰？」

這句話才出口，突然聽得山洞之中有一個聲音回答道：「爲了我！」

我並沒有想到除了我和白素之外，山洞中另外還有一個人在，是以一聽得有人搭腔，不禁嚇了老大一跳，立時轉過頭去。山洞較深處十分黑暗，也看不清是不是有人。

白素在這時，向我作了一個手勢，示意我不要轉過頭去。看她的情形，她是早已知道山洞中另外有人的！我充滿了懷疑：「那是誰？」

白素沒有回答，仍是那聲音自山洞深處傳出來：「我是柏萊！」

這四個那麼普通的字給我的震驚，當真是難以形容，我陡地直跳了起來。那山洞並不是很高，我一跳了起來，頭就重重撞在山洞頂上，可是我也不覺得疼痛！

山洞中那傢伙，竟然自稱柏萊，這是什麼意思？我一跳起來之後，立時落地，望著山洞深處，只是喘著氣，不知該如何是好。

那聲音繼續從山洞內傳來：「衛先生，事情的確是怪了一點，但是尊夫人說，你連再怪異的事也可以接受！」

我定了定神，仍然不知道該怎樣回答才好！

我在尼泊爾見過柏萊，第一次，他半腐爛；第二次，簡直就是一副白骨。而這時，柏萊卻就在這裡，這究竟是怎麼一回事？白素早就說過：「柏萊回來了！」

柏萊回來了，他……他………

我腦中十分混亂，爲了儘量使自己輕鬆些，我吞了一口口水：「希望你的樣子不是太駭人！」我在這樣說的時候，真怕自山洞的陰暗處，搖搖晃晃走出一具白骨來！

笑聲自山洞內傳來：「不太駭人，但是也不太好看！」

語音已漸漸傳近，我先看到了一個人影。當這個人來到較爲光亮處之際，我已經可以將他看得清清楚楚！當然不是一具白骨，是一個人，而且我一看之下，就可以肯定那是一個黑軍族的印第安土人，臉上有著紅、棕的鈐紋，樣子看來有點滑稽。

我忙問白素道：「開什麼玩笑，這是一個土人！」

「土人」又向前走來，一直來到我的身前：「衛先生，你幾時見過一個黑軍族的土人會講這樣流利的英語？我是柏萊！」

剛才，我一下子跳了起來，這時，我又不由自主，坐了下來。那「土人」在我面前蹲了下來，目光炯炯地望著我。的確，無論從哪一個角度來看，他都不是一個尋常的土人，但是要我接受他是柏萊，這似乎有點不可思議！

我和他對望著，大家都不出聲。白素在我身後道：「你一定想不到發生了什麼事！」

我心中陡地一震，反手向後擺了一擺，阻止白素往下說去，直盯著那土人：「柏萊，你不是要回去麼？爲什麼會來到這裡？」

那「土人」的臉上，現出了十分悲哀的神情來：「是的。我想回去，可是不知是少了什麼的幫助，或是什麼地方出了差錯，我來到了這裡。」

我又道：「你和辛尼的那個夢——」

那「土人」陡地現出十分興奮的神情來，叫道：「原來你見過辛尼了！那太好了，他對你說了那個夢？你如果已經知道，對瞭解整件事，就容易得多！」

這時，我和那「土人」兩人的對話，聽在任何不明來龍去脈的人耳中，都會莫名其妙，白素也不例外：「天，你們在講什麼？」

這時，我也處在一種極其迷惘而興奮的狀態之中，對於整個事情，我也已經有了一定的概念，我不理會白素的問題，用力在自己的頭上拍了一下。

我道：「老天，原來這一切全是真的！我卻將辛尼送進了瘋人院之中，這……可真是太糟糕了！」

那「土人」不知道辛尼被我送進神經病院的那種憤怒，是以他一聽之下，反倒輕鬆地笑了起來：「可憐的辛尼！」

他講了一句之後，湊近身來：「那東西，還在不在？」

我立時知道他問的是什麼，但是我還是多問了一下：「巴因售給你們的古物？已經毀壞了！」

那「土人」立時發出了「啊」的一聲響，失望的神情，簡直難以形容，呆呆地望著洞頂，雙手捧住了頭。白素在身後，拉了拉我的衣袖，我轉過頭去：「這位真是柏萊先生，就是我要到尼泊爾去找的人！」

白素道：「我已經知道了，土人的身體，可是柏萊的……的……靈魂……？」

她望了我一眼，像是在徵詢我對她使用的「靈魂」這個詞是否恰當。我道：「靈魂、鬼、精神等等，全是同樣的東西，就是死人和活人之間的差別，就叫作靈魂，也沒有什麼不可以。」

白素點著頭：「柏萊的靈魂——柏萊在尼泊爾死了之後，他的靈魂來到了這裡？進入了一個土人身中！他爲什麼有這樣的力量？」

我道：「靠一件十分奇妙的東西。」

我的話才一出口，那「土人」——不妨就稱他爲柏萊——又發出了一下絕望的叫聲：「那東西怎麼會毀去的，怎麼會？」

他一面說，一面伸手抓住了我的手臂，用力搖撼著我的身子，我反抓住他的手臂，令他鎮定下來：「你別激動，我先要知道你的事！」

柏萊叫道：「我要回去！我要回去！我不要留在這裡，我應該可以回去的，什麼地方出了差錯？」

我用力令他鎮定下來：「聽著，如果你不鎮定，那麼，我們就找不到什麼地方出了差錯！」

柏萊鎮定了許多，雖然他仍不住喘著氣。我道：「我先講我在尼泊爾的經歷，再聽你們的事。」

白素立時點頭表示同意，柏萊卻只是呆呆發怔，我又用力推了一下：「柏萊，在我的敘述中，有一些地方需要你作補充，你必須用心聽著！」

柏萊苦笑了一下，點了點頭。於是我就開始了我的敘述。我說得十分詳細，白素只是用心聽著，柏萊則顯得很不安，尤其聽到我說到那七層神秘的石室，和巴因在石室的最底層殺死了那老者之後。

接著，我覆述了辛尼告訴我的那個「夢」，一面說，一面留意柏萊的反應。柏萊不住的點頭，表示辛尼告訴我的全然是實話。

然後，我停了下來，問道：「柏萊，辛尼說你有了一個單獨的夢，不曾和他共用，因爲你有了這個單獨的夢，你才決心用那麼奇特的方式去『試』，你那個單獨的夢，是怎麼樣的？」

柏萊深深吸了一口氣，用力拗著手指，像是不知該如何說才好。

過了好一會，他才道：「那天，辛尼出去購日常用品，只有我一個人對著那儀器。」

我呆了一呆，因爲柏萊竟然毫不猶豫地說「那儀器」，而不是說「那東西」。那麼，他是不是對這個東西——已經有了一定程度的瞭解呢？

雖然我知道這時候不宜去打斷他的話題，但是我還是忍不住問道：「你稱那東西——巴因當古物賣給你的那東西爲『儀器』？那是什麼儀器？」

柏萊呆了一呆，望著我。我忘記那時候，他的外形，完全是一個黑軍族的土人！當一個黑軍族的土人，用充滿智慧的眼光望著你時，這實在是一種極其怪異的經歷。我只好在心中不斷告訴自己：他是柏萊，他一定是柏萊！只不過由於某種不可知的原因，他的身體變成了黑軍族的土人，身體不要緊，外貌不要緊，現代整容術都可以將任何人的外貌作徹底的改變，但是外貌改變、之後，這個人還是這個人！

當我這樣想的時候，心中怪異的感覺就少了許多。就當柏萊是經過徹底整過容的人好了，雖然我明知事情不是這樣，但唯有這樣假設，才比較容易接受眼前的事實。

柏萊望了我片刻，才道：「你也見過那東西，如果它不是某種儀器，又是什麼？」

我同意柏萊的說法，所以點了點頭。

柏萊又道：「那是一種儀器，我至少已經知道了它的一個主要的作用！」

白素在一旁插口道：「是的，它可以使人做夢。」

柏萊的神情很正經，板著臉，以致他臉上鈴花，顯著地變寬了。他道：「這是最簡單的說法，詳細的說法應該是：當人的頭部靠著它而又處在睡眠狀態中的時候，這個儀器所記錄的一切，可以進入人的腦部，使人的腦部，使人產生一種感覺，感到它所記錄的一切。」

我和白素互望了一眼，柏萊這樣的解釋，堪稱透徹，可以接受。柏萊看到我們出現了明白的神情之後，又道：「我和辛尼，一連經過了將近十晚，做同樣的夢。也就是說，我們感覺到同樣的『記錄』已經有十次左右。已經對它的內容，熟得不能再熟了！我已經堅信，那不是普通的夢。於是當我單獨一個人的時候，我在考慮：這個記錄儀器，是不是還有另一套記錄，而使我可以感覺得到的呢？」

我和白素同時吸了一口氣。這真是太不可思議了，柏萊的想法，聽來異想天開，不可思議！

柏萊道：「我打開了它——你見過這儀器，當然知道它是可以打開的，而且也知道打開了它之後的情形。我當然不知道如何去操縱它，我只是用了一支鐵絲，凡是可以按下去的地方，我都按了一下，當我這麼做的時候，有一些地方快速地閃亮起來，我知道可以成功！」

柏萊說到這裡，神情極其興奮，不斷做著手勢。

他又道：「當我感到已經準備好的時候，我又將頭枕上去，盡量使自己的心境平靜進入睡眠狀態，不一會，我就有了一個新的夢……」

他說到這裡，深深吸了一口氣，才又道：「和第一個夢一樣，我又感到了有人在說話，說話的人語氣十分激昂、果斷，他道：『我的辦法是一定要他們相信我的話，我一面向他們講明我的來意，一面用武器顯示我的威力，令他們服從！任何對我服從的人，經過考察，認為他們確然夠條件了，我會使他們回來！』這個人的那種肯定的語氣，給我深刻的印象，由於以後還有三個人發言，所以這個人，姑且稱他為A！」

柏萊向我望了一眼，像是在徵求我的同意。我當然沒有什麼反對的理由。用A來代表一個人，和用一個名字來代表一個人，意義是同樣的。

柏萊見我同意了，又道：「在A說完了之後，另一個聲音又開始講話，這人的聲音，充滿了平和寧謐，他語調緩慢，可是有極強的說服力，他道：『他們和我們本來是平等的，他們所受的苦楚，連他們自己也不知道是爲了什麼，他們的貪嗔無知，並不是他們的過錯。只要他們一認識了自己的過錯，我就會帶他們回來。當然，我要每一個信我的人知道我是最尊貴的，他們信我，就必須要能放下一切。我會要他們將已經根本沒有用處的頭髮全去掉——』

柏萊講到這裡，停了一停，才又道：「這個B，又提到了頭髮！」

我點頭，表示同意，因爲在第一個「夢」中，就有一些神秘人物不斷提到頭髮和頭髮的功用。

柏萊續道：「B的話還沒有完，他又道：『去掉了根本沒用的東西，才能使他們知道還有更多東西沒有用，包括他們認爲最珍貴的肉體在內！』

聽到這裡，我不由自主吸了一口氣，又自然而然和白素握緊了手。

柏萊說得出了神，也不望向我們，繼續道：「接著，是第三個人——我稱他爲B的講話。B說：『他們實在是太値得同情了！遺傳因子的發作，使他們漸漸地愈來愈接近他們的祖先，而他們不自知。他們所在的地方一定已成了罪惡之都。我要他們明白，他們的一切成就，根本算不了是什麼成就，我要顯示一定的力量，但力量只能使他們懼怕的。唉，希望他們能信我！信我的人，都可得救！』他的語調，誠摯懇切，令人感動。」

柏萊講到這裡，又停了一停，然後以一種極其奇異的神情望著我。

而這時，我心中亂到了極點，除了將白素的手握得更緊之外，不知做什麼好。

白素和我有同樣的感覺，因爲我覺出她也將我的手握得更緊。

柏萊沈默了片刻，才又道：「最後一個說話的人，語調最輕鬆：『當然要講道理給他們聽，但是以他們知識程度而論，可以講給他們聽的道路，就不會是真正道理。我看只好看他們各人的領悟能力，不能強求。他們要是明白了身從何來，自然會覺得他們現在的所謂一生，實在只是一種幻象，當他們明白這一點之後，當然有資格回來了！』」

那四個人，被柏萊稱爲A、B、C、D的話，柏萊顯然已經講述完畢了，他望著我和白素。

我思緒極度混亂，呆了片刻，只是道：「如果只是那樣，那應不足以導致你叫辛尼用刀刺進你的心臟！」

柏萊道：「當然不止這樣。在這四個人講完了之後，我又感到了一個熟悉的聲音，就是第一個夢中，提議派志願人員去那個地方，看看是不是有人夠資格回來的那個，我知道這四個人中，有一個是那人的獨生子！」

我略爲回憶了一下他們的「第一個夢」，便知道柏萊所指的是那一個人了。

柏萊道：「這人道：『很好，你們四個人性格不同，使用的方法自然也不同，但是結果殊途同歸，完全一樣。在你們決定動身之前，還可以考慮退出，因爲那實在是一件十分凶險的事。你們在那裡，不知道要受多少苦楚！你們沒有他們的資料可供研究，我們這裡，甚至不能有一定的把握接你們回來！』接著是一陣沈默，才聽到B說：『我不去，誰去？』其餘三人一致表示同意。」

柏萊又停了一停，閉上眼睛一會，才又道：「那人說了一些話，那人，應該是這四個人的領導人。他道：『你們前去的方式已經定下，你們將和他們在一起生活，一起長大，外形完全沒有分別。當然，你們的知識仍在，你們分別啓程，到達那裡時，先後有一定時間的差別，你們隨身可以帶一些應用的東西。記得，在最初的時間中，你們幾乎沒有任何能力，然後，能力才會慢慢恢復！』那四個人齊聲答應著。那領導人又道：『不論成功失敗，我會盡一切力量接你們回來。』

「這時D問了一句：『如果回不來呢？』領導人道：『這是最壞的情形了，如果有這種情形出現，你們四個人應該互相聯絡一下，就算暫時有困難也不要緊，我們是永生的，和他們不同。』衛先生，你不感到這是一個極大的誘惑麼？永生！」

我只覺得自己的思緒飄飄蕩蕩，不著邊際。好像找到了一些什麼，但是卻又空虛得全然不知道自己想到的是什麼，所以我並沒有回答柏萊的話。

柏萊又繼續道：「第二個夢到這裡爲止了，當我醒過來之後，我不斷想著，和第一個夢聯結起來，我終於明白了。衛先生，我明白了，我們——地球上的人類，根本不是地球上發展起來的生物，而是外來的，不知多少代以前的祖先，是一群罪犯，被剝奪了智力，送到地球上來，讓他們繼續生存下去。他們才來的時候，智力等於白癡，那就是原始人！」

我和白素互望了一眼，沒有表示意見。

柏萊愈說愈是激昂：「當時不知道有多少人原始人被遣謫到地球來，他們完全和地球上的野獸沒有分別。他們原來是極具智慧，智慧之高，遠非我們現在所能想像的！原始人在地球上繁殖，智慧的遺傳，一代一代逐漸恢復，恢復的速度，一定是幾何級數，最初幾百萬年之中，根本沒有什麼進步，在最後的幾千年，有了飛速的進步，衛先生，這就是地球人類的進步史！」

我呆了許久，柏萊目光灼灼地望著我。我道：「這樣假設，未免太過武斷了！」

柏萊笑了起來：「你不覺得，我們對地球的一切是多麼不合適？儘管過了那麼多年，人對地球的氣候還不能適應。地球的空氣中水分太多，你記得那個夢？空氣的濕度一超過百分之八十，人就不舒服；而一低過百分之六十，人也會不舒服，這是在地球上進化而成的生物應有的現象。」

我道：「這也不能確定人是從外星來的！」

柏萊直盯著我：「還有，人和地球上的其他的生物，多麼不同！」

白素道：「是的，人有頭髮，地球上的生物，只有人，才在最接近腦部的地方，長有這樣長的、不知有什麼作用的頭髮！」

白素是一直留著長頭髮的，當她這樣說的時候，我自然而然的看她束成一束的長髮，白素有時對一件事，會很固執，而且反應迅速而直覺，對一件事信或不信，都是這樣。這時她完全接受了柏萊的想法。自然，柏萊變成了黑軍族的土人——這一個奇異的事實，也令得她非信柏萊的想法不可。

柏萊立時興高采烈地道：「是的，人有頭髮。人會使用工具。人會憑空發明出一種東西來，你想想，別的不說，單說自礦物中提煉金屬，這是一個何等複雜的過程，如果不是某幾個人的智慧遺傳因子突然發作，有什麼生物可以憑空想得出來？」

我揮了揮手，想揮去我腦中許多雜亂的念頭（當然那不可能）。我道：「這一切慢慢再討論，說你自己！」

柏萊道：「好！我明白了我們根本是從別地方來。那地方才是我們的家鄉，在地球上的人可以回去。在地球上，人的生命短促猶如一聲嘆息，痛苦和罪惡充塞，而回到原來的家鄉之後，我可以永生，那裡，是——天——堂！」

他將「是天堂」三個字，分成三個拖長的音節來說，以加強語氣。

第八部：看來是死亡其實是永生

然後，他又道：「當我想到這一點的時候，我唯一的願望就是回去！我再參詳那四個人的話和那領導人的話，發現如果要回去，我要摒棄我們認爲最珍貴的東西：我們的身體！」

我感染到柏萊的興奮，因爲柏萊本來已經是紅棕色的臉，這時幾乎變成了紫色，他站了起來：「血在流，細胞在活動，空氣在循壞，新陳代謝在進行，這些都不是生命！這些能維持多久？以地球上的時間來說，一百年？在我們家鄉的時間來說，可能是眨一眨眼！這不是生命，真正的生命是永恆的，不受肉體的束縛！」

他停了一停：「當辛尼回來之後，我和他簡略地講了那第二個夢，辛尼爭著要比我先回去，他當然爭不過我，於是他在我心臟部位刺了一刀……哈哈，白癡一樣被送到地球上來的人，多麼重視這個以爲可以維持到一百年之久的心臟，哈哈哈……」

我敢發誓，柏萊這時的笑絕不是做作，而且真正感到可笑。不過我和白素卻笑不出來。白素道：「那一刀進去之後，你……怎麼了？」

柏萊道：「真是奇妙之極。那時，那儀器就在我的身邊，我先是一陣暈眩，眼前一片漆黑，接著就起了一種極微妙的感覺。」

我忍不住打斷了他的話頭：「這時，從人類醫學的觀點來說，你已經死了，可是你還有感覺？」

柏萊有點不耐煩，揮著手：「別向我談什麼人類的醫學！我就是學醫的，知道所謂醫學是怎麼一回事，我真後悔在這上面浪費了這許多年！是的，我有感覺，我雖然死了，可是有感覺！」

白素在這時候，也問了他一個問題：「你的意思是，每一個人的死亡都是一樣的！在死亡之後還可以有感覺？」

柏萊對這個問題想了一想：「我不能肯定。我只是說，我在那時有感覺。我可以肯定的是，我之所以會有這種特殊的感覺，完全是由於有那儀器在旁的緣故！」

他講到這裡，打了一個「哈哈」：「所以，如果你沒有這種儀器，我不鼓勵你輕試！」

白素口唇掀動了一下，沒有人知道她想講什麼，因為她並沒有再出聲。

柏萊又道：「這種感覺十分奇特，我感到和那儀器之間有了聯繫。而我的生命，正通過許多通道——是許多許多通道，不是一條，在奔向外面，離開我的肉體。在那個過程中，一切漆黑；接著，眼前就是一片光明，那是一種極其柔和的光芒，但我可以看到一切，看到了我自己！」

柏萊說到這裡，不斷地作著手勢：「我看到，可是我不知道我用什麼東西來看，那只是一種感覺。我看到自己倒在地上，心口插著一柄刀，也看到辛尼用一種十分奇特的神情望著我，口中喃喃自語，不知在說什麼，而那儀器，就在身邊。我曾叫辛尼將那儀器放在我的身子之下，而這時一看到那儀器，我突然有一種熟悉之感，我看著其中的一個小小按鈕……」

柏萊咽下了一口口水，側著頭，像是想如何措詞才更恰當，他靜默了相當久，才道：「我真不知該如何對你說明才好，本來我一看到了那按鈕，就想按它。可是這時我什麼也沒有，我沒有身體，當然沒有手指，我應該用什麼去按那個鈕掣呢？而正當我這樣想的時候，突然之間，我覺出我想按的那個鈕掣，已經發生了作用！」

我想了一想：「就像是無線電波遙控一樣！」

柏萊一揚手，手指相叩，發出「拍」地聲響：「一點不錯，那是我精神的控制。我不知道我出了什麼差錯，我的願望，極其強烈的願望是回去。回到家鄉去！你該知道我所謂家鄉是什麼意思。我只感到一片光芒，一片又一片的光芒不斷地閃耀，那只是一個極短的過程，在這個過程中，我想到了父親，想到了我自小長大的南美叢林——差錯或者就在這裡，當我眼前又一黑，接著又睜開眼來時——」

柏萊說到這，現出了一個十分苦澀的笑容來。

即使他不說，我也可以知道了！當他又有了正常的知覺之際，他的精神（靈魂），已經進入了一個印第安人黑軍族土人的身體之中！

他說：「那一片又一片的光芒，爲時十分短暫。」可是那究竟短暫到什麼程度呢？在這段時間，他至少從尼泊爾到了南美，就算以直線進行，也有好幾萬里。當然，如果以電波的速度來進行，那只要十幾分之一秒的時間就足夠了！

柏萊苦笑著：「我睜開眼來，立即覺得不對！首先我覺得又有了身體，而我是不要身體的，只有不要身體，才能回去，怎麼我又會有了身體呢？接著，我看到周圍有很多人在圍著我跳舞，一個黑白羽飾的土人，在用羽毛造成的掃帚，掃我的身子。我大叫一聲，坐了起身來。」

柏萊居然出現了一個頑皮的笑容來：「當我坐起來之後，當場所發生的混亂，你們可以想像得到。」他拍著自己的心口：「我這個身體，是一個才死的人，忽然復活了！當時我的錯愕，也絕不在在我身邊的那些土人之下，我講了幾句話，顯然沒有人聽得懂。我定了定神，打量了一下周圍的情形，我立時肯定，我是在一個印第安人的部落之中。我會說不少印第安人部落的語言，我忙試著一種又一種，可是滿面驚愕、圍住我的那些人，卻沒有一個聽得懂我的話。我在這時，已經想到自己可能是在黑軍族的地方；黑軍族不和外人來往，當然我說的其他部落的話，他們不會明白。我只聽到他們在爭論，五色羽的我猜是酋長，和黑白羽飾的祭師在爭論，我竭力想使他們明白我的處境，但是沒有可能。」

柏萊這時的處境，可想而知。他就算處在一個文明的社會中，也駭人聽聞，何況他處身在一個半開化的印第安人部落之中，自然更加夾纏不清了。

柏萊又道：「他們聽了很久，才有一個很老的土人被幾個人帶了來，來到我的面前。一開口，原來這個老土人是早十幾年被黑軍族人俘虜來，破例沒有殺死的。這個土人會講我懂得的一種印第安語，他又會說黑軍族的話，所以我能夠藉他的翻譯，來表達我的意思。」

柏萊以後的遭遇，可以用「長話短說」的來表達，因為那只是我要講述的主要事件之外的一個插曲。

當柏萊知道了他真的是在黑軍族部落之中時，他立時想到他父親的實驗室並不遠，他就向土人表示了自己的身份。土人當然不相信他的話，但是祭師卻比較相信。祭師宣佈他是天上的神派來的使者，要為他舉行一項極其龐大的儀式，並且認為用天神派來的使者來當全族的領袖，是理所當然的事。

原來的酋長，自然反對，於是整個黑軍族，分成了兩派，經過了多日的爭論，柏萊在這些日子中，真是啼笑皆非，他又找不到道路出山去和他父親會合，只好說服了祭師去找利達教授。祭師是帶著那個老人一起去的。

利達教授一聽到祭師的話，說他的兒子已化爲一個黑軍族的土人，當然不知所措。他自然而想到，這種怪異莫名的事，可以幫他的，當然只有我，於是，他打了一個電話給我。

而那時候，我不在家中，在尼泊爾。白素接聽了這個電話。

白素一聽到了利達教授的轉述，事非尋常，而且教授一定需要幫助，所以她立時趕來。並且留言要我快點趕來。

當白素和利達教授會面之後，黑軍族內部的爭論更加激烈，已經有小規模的衝突。柏萊知道自己要和文明世界有所接觸，必須利用祭師，於是又要求祭師去接他父親來與他相會。

當祭師答應了這一點之後，酋長卻也同進派人去對付利達教授。幸好祭師派去的人先到一步，將利達和白素接到山中，酋長的人就放火將教授的實驗室，燒成了平地。白素和利達教授到了山中，和柏萊會了面，黑軍族內部爭吵激烈，還是白素有辦法，聲稱另外有一個天神的使者要前來，這個天神的使者叫衛斯理。

她花了幾天時間，教會不少土人能讀我的名字來。我首先遇到的那六個土人，就是白素的「學生」，所以一見我就能叫出我的名字來。

就在我還未曾到達他們聚居的山谷之前，酋長感到有了一個「天神使者」，他的地位已經受到了威脅，如果再來一個，豈不更加糟糕？所以率先進攻，內戰開始。這些驍勇善戰，強悍兇猛的土人，一開始了內戰，激烈程度可想而知。白素見勢不好，帶著教授和柏萊逃走，躲進了這個山洞之中。

整個事情的經過就是那樣，我聽他們講完，忙問道：「教授呢？」

白素嘆了一口氣：「在我們逃上山來的時候，一隊忠於酋長的土人向我們攻擊，教授中了一支毒箭，立刻死亡。」

我吸了一口氣，向柏萊望去。柏萊一點也沒有悲傷的神情。當然，那是他對於「死亡」這個概念已不相同的緣故。我沈默了片刻，才道：「柏萊，照你想來，教授死了，他的精神是不是像你一樣，通過了許多通道，可以看到自己的身體？」

柏萊道：「我也想過這個問題，但是不能肯定。我們在地球上的生命，實在太不足道，永生是最重要的。假設有一種生物只有三秒鐘的生命，當這種生物活了一秒鐘就死了，我們不會感到有甚麼難過。因爲相差實在太少。一百年，和五十年，二十五年，其實差不多！」

我又呆了片刻，沒有再問甚麼。因爲我發覺柏萊對生命的觀念之特異，我很難接受，我向洞口走去，到了洞口，殺聲仍持續著，但是戰鬥看來已經結束。白素來到了我的身邊：「糟糕，忠於酋長的人得到了勝利，我們是禍首，要設法逃走！」

我向柏萊望去：「和他一起？」

柏萊叫了起來：「當然和我一起，我要到尼泊爾去，再去找那儀器，我要回去，不要在地球，我一點罪惡的念頭也沒有，完全有資格回去！」

我望他半晌：「像你現在的樣子，如果去搭飛機的話——。」

柏萊不等我講完，就怒道：「不必靠你，我自己也可以到尼泊爾去！」

我在這時，極其自然地道：「你還說你全然沒有罪惡的念頭，憤怒就是惡念之一！」

柏萊陡地一呆，他是真正震驚，剎那之間，簡直呆若木雞，而且，現出了極悲哀的神情來。他的那種神情，倒使我很不忍：「你別難過，你已經有了這樣奇異的經歷，你可能是地球上唯一的再生人，如果地球上有人可以回去，你一定是第一個最有資格的人！」

柏萊嘆了一口氣：「最怕我一直頂著地球人的軀體！」

我想使氣氛輕鬆些：「至少那也十分有趣！」

柏萊一點也不欣賞我的幽默：「有趣？有甚麼趣？如果我忽然變成了一個嬰兒，還得花一年的時間去學習走路，那一點也沒有趣！」

我心中陡地一動，想起柏萊所說的那第二個夢，那四個人，由不知何處，帶著使命，來到地球，那個領導人曾說：「你們前去的方式已經定下了，你們將和他們一起生活，一起長大……」

這四人前來的方式，是不是和柏萊一樣，是進了一個嬰兒的體內？如果是這樣的話，那麼他們的確和地球上的人沒有分別，他們的能力在長大之後才逐漸恢復，有了神通，這四個人——

想到這裡，我震動了一下，向白素望去。白素也現出一種十分怪異的神情來，低聲道：「衛，那四個人之中，那個領導人的獨生子——」

我不等她再講下去，便點頭道：「就是那個在馬廄中出世的嬰兒！」

白素又道：「那個激昂、堅決的A——」

我望向柏萊，柏萊喃喃地道：「一手持劍，一手持他所宣揚的真理！」

我的喉際，不由自主發出了咯地一聲，道：「那個B，他要求人放下一切，首先不要頭髮，要將地球上持續的生命當做空幻——」

柏萊和白素兩人一起攤了攤手，白素又道：「那個感嘆能和地球人講的道理決不會是真正道理的D——」

我失聲叫了起來，道：「太奇怪了！國王向我問過一個怪問題，這問題我當時聽了就覺得怪，現在想來，更是怪得可以！」

白素和柏萊都聽我講過我在尼泊爾的遭遇。其中，我和國王的一段談話，我因為覺得怪，所以也轉述得十分詳細。這時經我一提，他們也現出奇怪的神情來，柏萊道：「國王怎麼會有這樣的想法？國王問：『他們四個人是不是以前相識的？』他們當然是相識的，他們就是那四個志願工作者！」

我道：「國王和巴因之間，有著一種十分奇妙的關係，巴因明明殺了人，反而可以成為國王的上賓，而且國王說他也有不得已的苦衷。而巴因，就是擁有那個儀器的人！這其中一定有聯繫！」

白素並不注意我說話，只是在喃喃自語，而陡地提高了聲音：「這四個人的能力，超乎一切地球人，是毫無疑問的了。而他們也的確受了不少苦楚，不過，他們堅持著他們的工作，他們現在已回去了？為什麼不再來？難道因為這裡的人，根本不值得救？」

柏萊道：「當然！那位C，不是被他認為可信的人出賣而受盡苦楚麼？幸而他是永生的，不會死亡，死了也能夠復活！」

白素向我望了一眼：「那個D，結果『化為胡』，變了另一個人，情形是不是和如今的柏萊一樣？」

我聽得他們這樣講，實在忍不住，大聲道：「我們不必再用A、B、C、D的代號，簡直可以稱呼他們在地球上的名字！他們真是來自另一個星球，爲了拯救地球人而來？」

白素道：「我相信。」

柏萊也道：「我也相信！」

我揮著手：「好了！這四個人，有四種不同的理論，你們相信的是哪一種？」

柏萊道：「哪一種都是一樣，他們四個人性格不同，方法不同，但是殊途同歸，目的一樣：使能回去的人回去！」

白素簡直完全站在柏萊的這一邊：「事實是柏萊證明了人的肉體是不重要的，重要的是精神，精神不滅，生命永存！」

我無法辯駁，因爲在我面前活生生的事實是柏萊的精神飄洋過海，從尼泊爾喜馬拉雅山麓，來到南美洲亞馬遜河上游！

我道：「柏萊的情形有點特別，他的身邊有那東西。」

白素立即道：「所以我們要立即到尼泊爾去，再找到那東西，我們可以回去！」

我吃了一驚，望著白素。當白素說：「我們可以回去」之際，神情和語氣都極其自然，像是回去就是回到地球上的住所一樣！

我的聲音也因爲吃驚而變得有點尖銳：「你可知道你剛才所說的『回去』的意義？」

白素笑道：「當然知道，我的回去，在地球人的心目中，就是死亡。他們看來我死了，其實，我得到了永生，永恆的生命！」

我心中極亂，強迫自己閉上眼睛片刻，盡量使自己的心緒平靜下來，才道：「如果你回去了，而我回不去，難道你就自己一個人走了，對我，對地球上的一切，一點留戀都沒有？」

白素笑道：「你當然和我一起去！」

我道：「如果，如果只有你一個人能回去，我不能，你將會怎樣。別將問題岔開去，就回答我這個問題！」

白素現出了極其爲難的神情來，望著我，口唇掀動，欲言又止。我知道白素是一個極有決斷力的人，平時不論多麼困難的事，她都可以一言而決，但這時，她的心中一定在激烈交戰：應該怎麼回答呢？過了好一會，她才嘆了一口氣，將手按在我的手背之上。

雖然她沒有說話，但是她的行動已經作了回答，她放不下我！

我吸了一口氣：「放不下的人，是很難回去的，那四個工作者之中的一個，對這一點，早就有極透徹的解釋！」

白素點頭道：「對！可是柏萊無牽無掛，我們兩個人也有機會可以一起走，我們還是要到尼泊爾去，繼續找尋這個秘密！」

各位，別以爲剛才我和白素之間的那一番話，只是夫婦之間的打情罵俏。事實上，我問了問題，白素作出了回答，她的回答，對以後發生的事，有著極其重大的影響。可以說，我今天還能在地球上，執筆將這件事記述出來，全和這一節談話有關。各位看下去就會明白了！

當時，我們一直在山洞中等到大黑，鼓聲已漸漸靜了下來，我們三人一起離開了山洞。那六個土人帶我前來的山路，我還依稀記得。連夜出了山，到第二天清早，就到達了利達教授的實驗室。

到了利達教授的實驗室，我才知道祁高中尉爲人的忠厚，他竟在我離去了之後，一直等在那裡。當他見到我們三人的時候，一再揉著眼睛，像是不敢相信自己的眼睛！

我們在前來之時，已經商量好了別人見到了柏萊之後的應付方法。

我們決定不將實情講出來，因爲那極之駭人聽聞，而且也不會有什麼人相信。

儘管我明知中尉是十分忠厚的好人，還是騙了他。告訴他我們在黑軍族中歷險，教授已死，我們帶了一個黑軍族的土人出來，這個土人願意向我們提供黑軍族的情形。

祁高毫無疑問地相信了我們的話。當他向柏萊仔細的打量時，柏萊甚至做出十分凶惡的樣子來，嚇得祁高中尉連連後退。

我們借用了祁高的車子，離開了叢林，來到了一個鎮市。我來的時候，那架軍用印度機，就是停在這個鎮市的。由於我有一份國際警方發出，由數十個警察首長簽署的文件，所以要使柏萊出境，並不是難事。

我們先回到家裡。老蔡看到我們回來，高興得奔進奔出，不住講著毫無條理的話。柏萊的樣子雖然怪一點，但當他換了普通人的衣服之後，也不算十分礙眼，並沒有人對他特別注意。

當晚，我們詳細的商量如何前往尼泊爾的細節。我對於我再要回去，感到十分抱歉，那是我又一次對國王的失信。

但即使我再失信，也是非去不可，爲了柏萊，爲了自己，爲了解決這一切謎團。就算爲了被我騙進神經病院中的辛尼，我也必須回去。

我們商量下來，白素用正常的方法入境，我和柏萊，採取我第二次到尼泊爾的路線。

第二天，我們就上了飛機，到了大吉嶺，白素繼續飛往加德滿都。我要她一到加德滿都就到那家精神病院去解救辛尼。我和柏萊在大吉嶺停了一天。有了上次的經驗，對於嬉皮士的生活已經十分熟悉。而柏萊，本來就是一個嬉皮士。

在正常人的眼中看來，所有嘻皮士全是一樣的，管他是白皮膚、紅皮膚，白種人或印地安人！所以當柏萊披上了毛毯，留長了頭髮之後，根本沒有人去注意他。

我們和一群嬉皮士一起，步行進入尼泊爾國境。然後租了一輛車，直駛加德滿都，到的時候，正是傍晚時分，直驅和白素約定的酒店。

照我們的計畫，我們一到，白素和辛尼，就應該在酒店中迎接我們了。可是酒店大堂中卻看不到他們兩人。我到櫃臺上去一問，職員看我這一身打扮，愛理不理，直到我給了豐厚的小費，職員才變得十分客氣。可是情形卻出乎意料之外，白素在四天之前，就應該到達的了，可她並沒有來。她根本沒有到過這間酒店！

我並不十分擔心，因為我知道白素應付非常事故的能力在我之上。連在黑軍族中都能履險如夷，別說其他了，應該沒有什麼困難可以難得倒她。我首先想到的，倒是辛尼。

所以，我和柏萊一進入酒店的房間，立時就打電話到那家醫院中，幾經轉折，又找到了那位醫生，我道：「醫生，我是衛斯理，你可還記得我，我送過一個病人進你的醫院。」

那醫生立時道：「記得，關於那病人——」

我忙道：「我不知怎麼說才好！真的抱歉之極，他不是一個瘋子，是一個極其正常的人！」

醫生在電話那邊叫了起來：「什麼？」

我道：「這是一個可怕的誤會，我會馬上就來接他走，一切全是我不好！」

醫生呆了半晌：「只怕遲了！」

我呆了一呆：「遲了？是什麼意思？這次你們辦事那麼快，已經將他送回家鄉去了？」

醫生道：「不是，在你走後，我們就將他關進了危險病人的病房，第二天早上，管理員就發現他已經自殺了！」

我陡地一震，這震動是如此之甚，以致連手中的電話聽筒，也落了下來。

在那一剎那，我心中的悔恨，真是難以形容，我想起辛尼在被拖進去的時候的那種憤怒的神情和他所說的那些話。

我以乎緊握著拳，心中感到一陣絞痛。落在地上的電話聽筒之中傳來「喂喂」聲，而我的腦中一片「嗡嗡」聲，全然不知如何才好。

柏萊吃驚望著我：「辛尼怎麼了？」

真的，在我一生之中，我從來也沒有那麼悔恨，難過過。我害了辛尼，辛尼不知是帶著多大的仇恨自殺的！

在我呆若木雞之際，柏萊拾起了電話來，講了一些話，我也沒有聽清楚他在講些什麼，直到柏萊將電話聽筒放在我的耳際，我才聽得那醫生道：「奇怪得很，辛尼一進了病房，就十分平靜，反倒不時笑著，所以管理員才疏忽了他。而他在自殺之前，在牆上留下了四個大字，真是怪不可言。」

我直到這時，才啞著聲道：「四個什麼字？」

那醫生道：「他寫著：『我回去了！』」

我深深吸了一口氣，望向柏萊，柏萊點著頭：「他回去了。」

我放下電話：「他沒有那個儀器，如何回去？」

柏萊搖頭道：「不知道，我們不知道的事情太多了！辛尼既是在心情極平靜的狀態之下，是在極具信心的情形之下放棄了肉體，他可能真的回去了！」

我苦笑著：「你是在安慰我。不過你的話，也提醒我有一個責任，不論辛尼去了何處，我都一定要盡我的能力使他回去！」

柏萊將手按在我的肩頭上，看他的神情，他的好友出了事，他一點也不悲戚。這難怪，他本來就是個叫人用利刀刺進他的心臟的人，要他這種人對死亡表示哀切，莫非緣木求魚？

我一直極難過，勉強休息了一夜，簡直沒有合過眼。第二天一開始，我們就在大街小巷，尋找巴因。

可是這個出售假古董的巴因，就像是在空氣中消失了。我們分別問過很多人，都說在四天之前遇到過巴因，自從那時候起，就未曾見過他。

一直到傍晚，才遇到了一個老人，當我們問到巴因，我形容巴因的樣子和他的行為時，只講到一半，老人就叫了起來：「我知道，那是巴因！我四天前見過他——」

又是「四天前見過他」，我正感到失望之際，老人又道：「那時，我看到他和一個很美麗的女子在一起。那女子好像是日本人。」

我連忙問道：「那女子的樣子——」

老人形容出那女子的樣子來，我和柏萊互望了一眼，一聽就知道那是白素！白素正應該是四天之前到達加德滿都的，她可能一到就遇上了巴因，但是她和巴因一起到了什麼地方去了呢？

柏萊打發走了那老人：「照我的推測，巴因的所謂古物，一定是你曾經到過的那七層石室得來的，我們可以到那裡去，順便到巴因的那個村子裡去找他，看他是不是在！」

我點頭表示同意，在我心中，另有別的想法，白素找到了巴因，事情一定有意料之外的變化，不然她不會不照預定的計畫等我們。

我又租了一輛吉普車，和柏萊向前直駛，經過柏萊和辛尼曾經棲身的古廟，繼續向前駛，到了我記憶之中那七間石室的所在地附近，我停了車：「應該就在這裡附近了。」

柏萊站起來，四周看看。這時夜已很深了，月色黯淡。雖然有雪山上的反光，視野也不是很遠，柏萊看了一會，轉過頭來；「我看不到什麼建築物！」

我也站了起來，向記憶中那石屋所在的方向望去。眼前的影像全在我的記憶之中，那座古怪的石屋，應該就在左邊一百公尺左右處。可是這時望過去，卻是一片平地，什麼也沒有！

柏萊以疑惑的眼光望著我：「你真的記得，就在這裡？」

我沒有回答柏萊的問題，跳下車，向前走去。柏萊跟在我的後面。我向前走出了百來步，盡量回憶當日的情景，那古怪的石屋，應該就在我的面前，可是現在我面前卻空無一物！

我望著地下，在尼泊爾，所謂平地，其實也是在山上，只不過地形平坦而已。地上全是大大小小的石塊，散發著一種貧瘠而淒涼的味道，我慢慢向前走著，兜著圈子。心中在想，那石屋既然這樣古怪，是不是因爲什麼特別原因而經人拆除了呢？但是，石屋露出在地面上的建築可以拆去，在地下的那七層，又怎能拆去呢？而且就算拆除了，多少也應該有點痕跡才是，何以一點痕跡也找不到？

這時，我算是想到了石屋已被人拆去這一點。因爲我對於自己的記憶力很有信心，我知道：石屋一定在這裡，既不見了，那就一定有人拆了它。可是，我卻沒有想到拆除石屋的是什麼人。

第九部：夜探王宮發現國王的秘密

在我的想像之中，那多半是巴因和一些鄉人做的事，那麼，應該有點痕跡留下來，所以當我找不到那間石屋的任何痕跡之際，我心中的疑惑，愈來愈甚。

就在這時，在我身後的柏萊，忽然叫了起來：「有人來了！」

柏萊叫了一聲，我抬頭看去，已看到一輛車子，向我疾駛而來，那輛車子著亮了車頭燈，直射著我和柏萊，以致我要自然而然地用手遮住自己的雙眼。

車子的來勢很快，一下子就來到了我們的面前。那時，我還不知道車子上的是什麼人，但是車頭燈照射著我，我冒險生活的經驗，使我自然地感到，自己在明處，人家在暗處，總是一件十分不利的事，所以我立時向後退出了幾步，到了車頭燈的照射範圍之外。

當我來到暗處的時候，我已經可以清楚地看到眼前的情形。

柏萊沒有我這樣的經驗，儘管他看來也覺得十分不舒服，用手遮著眼，可是他卻沒有退開去，他只是在叫著：「喂，你們幹什麼？」

這時，我也看到那輛車子，那是一輛十分華貴的房車，在車門上，有一個徽飾。

那是尼泊爾國王的徽飾！不論是不是國王親自來了，我被車中的人發現，總不是好事，所以我連忙又退開了幾步。

就在此際，車門打開，兩個軍官先下車，接著下車的那個人，我再熟悉也沒有，他就是第一次請我去見國王的御前大臣。

御前大臣下車之後，我看到了車中還有一個人坐著。我一看到了御前大臣，心就怦怦亂跳。我又到尼泊爾來了！這是一件十分難以解釋的事！

就在我思索著該怎樣掩飾自己之際，我已聽得御前大臣十分不客氣的聲音在問柏萊，他道：「你是什麼人？你在這裡幹什麼？」

柏萊顯得有點惱怒，反問道：「你又是什麼人？」

御前大臣身邊的兩個軍官叱道：「大臣問你話，你必須回答，放下手來！」

柏萊呆了一呆，放下手來，燈光直射在他的臉上。

別忘了這時的柏萊，是一個黑軍族的土人，當他瞇著眼以適應強烈的燈光之際，樣子真是怪得可以。柏萊的應變能力，倒出乎我的意料之外，他大概聽我說起過御前大臣和我之間的事，所以他攤著手，說道：「我是遊客，迷了路，要怎樣才能回到酒店去？」

御前大臣盯著柏萊，接著，又向我望了過來。我估計以他和我之間的距離，天色又這樣昏暗，他認不出我的容貌來，所以我只是站著不動，並沒有畏縮，以免反而引起他的疑竇。

就在御前大臣向我望來之際，柏萊又幫了我一個忙，大聲叫道：「亨利，不必怕，這裡有兩個軍官，一定可以指點我們歸途！」

我含糊地答應了一聲，御前大臣本來向我走前了一步，這時才轉回向去，指著柏萊：「這一帶已由軍事當局下令，列爲禁區，你們快離開這裡！」

一聽得御前大臣如此說法，我心中陡地一動。而這時，柏萊索性做戲做到十足：「軍事禁區？爲什麼我們來的時候，看不到任何標誌？」

御前大臣的聲音很不耐煩：「我現在通知你也是一樣，快離開！」

柏萊咕噥著，表示不滿，向我們的車子走去，我也向前走去，不一會就追上了柏萊，低聲笑道：「真有辦法，要是被御前大臣看到了我，事情就麻煩得很！」

柏萊吸了一口氣：「車中不止一個人，你注意到了沒有？」

我說道：「我看到了，這個人——」

柏萊接口道：「他坐在一輛車後座的左首，通常這是車子主人的座位，這個人的地位，比御前大臣還要高，你以爲他是誰？」

我將聲音壓得極低：「國王？」

柏萊沒有出聲。我們已經來到了吉普車旁，我們一起上了車，柏萊發動車子，向前直駛出去，我們看到那輛車子的車頭燈，一起照射著我們，直到我們駛出了燈光照射的範圍之外。

柏萊回過頭來，望著我：「我相信你沒有記錯，那豎立著奇異雕刻的石屋，一定就在剛才我們站著的那個地方！」

我有點奇怪：「你爲什麼這樣肯定？」

柏萊道：「你沒聽御前大臣說，這裡列爲軍事禁區，當然是爲了那奇怪的石屋之故。不讓人接近它！」

我不禁笑了起來：「石屋根本不存在了，讓不讓人接近，有什麼關係？」

柏萊搖頭道：「我也不明白，但是事情看來十分嚴重，如果在車中的是國上，那麼國王和巴因之間有著不可告人的秘密，國王和那古怪的石屋之間，一定也有著某種聯繫，你想是不是？」

我腦中很亂，但是柏萊的話很有道理，所以我點了點頭，表示同意。柏萊道：「所以，我們應該分途去進行，回到加德滿都之後，我繼續去找巴因和白素，你——」

我陡地一震，立時想到柏萊想說什麼，是以我立時大聲道：「不，我不去！」

柏萊嘆了一口氣：「好，你不去，那就只好我去了，一定要去，一定可以在那裡探出一些因由來的。」

我望著柏萊，我發現他的思想極其靈敏，對他人心意的領悟能力，也在常人之上，而且有著一種異常的自信力，好像他說的話必須被遵從，不可抗拒！

我沒有理由相信柏萊以前就是這樣的人，因爲一般來說，嘻皮士總是糊裡糊塗的，而他和辛尼，是不折不扣的嬉皮士！

柏萊是不是在經過了突變之後，忽然變得精明能幹了？難道一個印地安人的身體，比他以前的身體更有用？

不過這時，我沒有機會去探索這個問題，因爲柏萊又已咄咄逼人地問我：「是不是？你說是不是？」

我想了一想，才緩緩地道：「柏萊，你要知道，偷進王宮去，那不是鬧著玩的，一旦被發現，後果如何，你應該想得到！」

柏萊道：「如果被發現，可以求見國王，我相信國王的心中，一定有著不可告人的秘密，只是我們掌握了這一點，國王至多將我驅逐出境！」

我苦笑道：「國王是一個不折不扣的君子，你這樣做是不是——」

柏萊卻粗魯的打斷了我的話頭：「那我不管，我要回去！任何對我的回去有一絲一毫幫助的事，我都去做，我一定要回去！」

這時候，我心中真的感到十分吃驚。我吃驚，是因為柏萊在這樣講的時候那種咬牙切齒的情形，甚至他額上的筋，都現了起來。而接下來，更令我吃驚的是，他竟然立即覺察到了自己的神態十分不對，所以立即恢復了常態，而且企圖掩飾他剛才表現出來的那股「狠勁」，在剎那之間，他的語調變得十分柔順：「我實在太想回去了，你知道，太想了！」

柏萊這樣說，自然是希望我原諒他剛才的粗暴。但是由於他轉變得如此之快，那真使我震驚。首先，柏萊的話，使我感到他為了「回去」，簡直有點不擇手段！這和我已知的「回去」的條件，絕不相合。光是這樣，還可以解釋他嚮往永生，急於要「回去」。可是他隨之而來的那種掩飾，卻不折不扣是一種邪惡！

我迅速地轉著念，一面隨口應道；「我明白——」然後，頓了一頓：「既然這樣，還是讓我去的好，至少我去過兩次，比較熟悉一點！」

柏萊很高興地道：「本來你就是最理想的人選，趁今晚就去！一有消息，立刻到酒店來聯絡！」

這時，連我自己也說不出為了什麼緣故，心中感到了一重隱憂。

這股隱憂，十分強烈，我感到柏萊在變，變得不可捉摸。或許，柏萊原來就是這樣子的，因為我和柏萊並不熟，只是在辛尼的敘述中才對他略有所知，辛尼曾不止一次地說：「我一直是爭不過他的」，這情形，會不會和如今一樣呢？

我沒有再說什麼，車子繼續向前駛著，駛進了市區之後，在一個街角處，柏萊停下車來，望著我。

老實說，這時我自己也覺得有到王宮中去探索一番的必要。因爲那古怪石屋的突然消失，那地方又湊巧劃爲軍事禁區，御前大臣的出現，車中坐著的那人又可能是國王，這種情形，都表示國王和那古屋之間，有著極其微妙的關聯！

由於我自己也想去，所以這時我並沒有柏萊在支配我行動的感覺。我下了車：「如果沒有意外，天亮之前，我會回來！」

柏萊道：「祝你好運！」

他一面揮著手，一面駕著車，向前疾駛而出。我一個人倚著牆角，點燃了一支煙，等到一支煙吸完，對於柏萊，究竟有什麼隱憂，還是說不出所以然來，只是感到事情很不對頭。

我在黑暗中向前走著，步行了約莫一小時，已經可以看到王宮的巍峨建築。我知道，要正面進入王宮而不被人發覺，是不可能的事，所以我繞著道走，一直來到了王宮圍牆的一邊。

我抬頭望著高牆，牆用石砌成，凹凸不平的石塊可以使我輕易地攀上去。當我上了牆頭之後，一切就變得簡單多了！

以前王宮的情形怎樣，我並不知道，至少近數十年來，尼泊爾一直處在平靜的生活之中，只怕沒有人會料到有人會偷進王宮來，所以幾乎沒有什麼警衛。當我開始進入了建築物的陰影之中後，沒有遇到什麼人。我一直向前走著，王宮的建築十分大，我初步的目的地，是曾經兩次到過的那間國王的書房，可是在進入了建築物範圍內的半小時之後，在長長短短的走廊和甬道中不斷打轉，我發現那並不是容易的事。

我在一條很長的走廊中停了下來，竭力想弄清楚方向。走廊中相當黑暗，正當我站立不動之際，我聽到一陣腳步聲，傳了過來。

我連忙一側身子，躲向一條大柱之後，大柱的陰影，恰好將我整個人遮住。

我躲在柱後，連探頭出去看一看也不敢，因爲偷入王宮，不是鬧著玩的事，說不定尼泊爾有什麼古老的法律來懲處偷入者，例如砍頭或斷去雙腿之類，那麼我就糟糕了！

我躲在柱後，屏住了氣息，只聽得腳步聲愈來愈近，來的是兩個人，那兩個人在交談，開始語音還聽不清，而當他們漸漸走近之後，我已經可以聽到他們在講些什麼了。而且，就在一問一答之間，我已經聽出向前走來的兩個是什麼人！

那是國王和御前大臣！

我所在的那條走廊，看來是一處十分冷僻的所在，我絕想不到國王和御前大臣也會到這裡來。我又將自己掩藏得好一點。只聽得國王嘆了一聲：「你知道我現在最想見什麼人？」

御前大臣道：「不知道，陛下想見什麼人，大可以召他來見你！」

國王又嘆了一聲：「這個人，我又想見他，又怕見他，和他談話是一種樂趣，但是他那種尋根究底的態度卻又使我不能接受，我根本不知他如今在什麼地方！」

我聽到這裡，心中陡然一動，這是在說什麼人？不會是我吧？

御前大臣靜了片刻：「陛下說的是衛斯理？」

國王苦笑了起來：「就是他！」

御前大臣又不出聲，在靜默中，他們兩人在我前面走了過去。我可以看到他們的背影。在那一剎間，我真想直衝出去，大叫：「我就在這裡！」

但是我卻並沒有這樣做，我之所以不出去和國王相見的原因，是因爲我從國王的語氣中，聽出了他心中，有一個極其重大的秘密。

任何人心中有了秘密，總會有一股向人講述這個秘密的欲望，國王喜歡和我談話，當然是因爲在和我談話之中，能夠觸及這個秘密。但是看他的情形，他又不想洩露這個秘密。如果我現身出來，和他相見，那結果一定和上次與他會面一樣，沒有結果，不如我在暗中觀察探索，來得有用。

國王和御前大臣向前走去，又繼續道：「這東西搬到宮裡來了，他可滿意？」

這句話，我聽得莫名其妙，不知他指什麼而言。但御前大臣顯然聽得懂：「哼，這傢伙，根本忘了世世代代的祖訓，他在乎什麼，只要有錢、有酒！他甚至偷了祖傳的古物出賣！我敢說如果有人出一千盧比，他會將整座東西賣給人家！」

我心中「啊」地一聲！這幾句話，我倒是聽懂的了！他們在說的那個人是巴因！那麼，「搬到宮裡來」的「那東西」又是什麼呢？

一想到這裡，我不禁心頭亂跳。向前看去，看到國王和御前大臣，已經轉過了一個彎角，我忙從柱後閃身出來，迅速地貼牆向前奔出幾步，來到了轉角處，剛好看到國王和御前大臣，站在一扇門前。那扇門上著鎖，御前大臣取出了一柄相當巨型的鎖匙，將門打開，讓國王先進去，他自己了跟了進去，隨即將門關上。

我來到那扇門前站定，四周圍極靜，只有遠處，走廊的一端，有輕微的、有節奏的腳步聲傳來，聽來像是衛兵在來回踱步。

我將耳朵貼在門上，希望可以聽清楚門內的聲音，但那道門十分厚，什麼也聽不到。

我在門外等了約莫有二十分鐘，我才又聽到了門柄轉動的聲音，立時又閃身到陰暗處，看到，國王和御前大臣走了出來。國王的神色很迷惘，御前大臣則鄭而重之地上著鎖。我看到他這樣鄭重地上鎖，就覺得好笑，因爲這種鎖，我可以用最簡單的工具，在半分鐘之內就打開它！

國王的神情非但迷惘，而且還有點鬱鬱不歡。他又嘆了一聲：「真不知道究竟曾發生過什麼事，我真想到那七間石室之中去冒一下險，在那最下層的石室中，弄出些光亮來，看看會有什麼事故發生！」

我一聽得這句話，心中陡地一震！我的推斷沒有錯，國王果然也知道那七間石室的秘密，那麼，國王到那地方去，又將那地方劃爲軍事禁區，也不是偶然的事了！

我的心中固然吃驚，但只是我的吃驚，比起御前大臣來，卻大大不如了。御前大臣一聽得國王的如此說法，簡直臉色發青，雙手亂搖，說道：「陛下，萬萬不可！」

國王苦澀地笑了一下：「你知道，如果在最底下的那一層石室中弄出光亮來，會有什麼結果？」

御前大臣喘著氣：「我當然不知道，但是既然有這樣的禁例，一定會有非常事故發生，陛下千萬不要再去想它。就當沒有這件事好了。反正這件事決沒有人知道。族長已經死了，巴因又是個糊塗蟲，陛下不想，我不講，世界上再也沒有人知道的了！」

國王直視著御前大臣：「你錯了，還有一個人知道的，衛斯理！」

我心中苦笑了一下，因為國王也說錯了，除了我之外，還有兩人知道，那是我講給他們聽的：柏萊和白素！

御前大臣仍是揮著手，一臉惶恐的神色，國王不再說什麼，向前走了開去，大臣跟在後面，漸漸走遠了。等他們走遠之後，我定了定神。從國王的說話中，我至少又知道了一項事實！在那間七層神秘的石室最底下一層，被巴因殺死的那個老者，他的身份是一個「族長」，而巴因是這個族的最後一個人。

令我不明白的是：這是一個什麼族？這個族和國王之間，又有什麼關係？何以國王明知巴因殺死了族長，反而對他仍然這樣優待？

我一面想，一面取出一根鐵絲來，撥弄著那把鎖。不到一分鐘，我就打開了鎖，推門進去。

當我推開門之際，我陡地呆了一呆，我看到了我不應該在王宮中看到的東西，然而那東西，卻又確確實實出現在我的眼前！

我進了那房間，反手將門掩上。一點也不錯，在我面前的，就是我曾在神秘石屋中見到的那像是神像一樣被供著的不知名物禮！

不但那不知名的物體在，連放著那物體的石壇，石壇旁環繞著的香、燭，也一樣在，看來是整個自那石屋之中，搬過來的！

一看到了那東西之後，我自然明白了「這東西搬到宮裡來了，他可滿意」這句話的意思了。

「這東西」，就是那件不知名物體。「他」，當然是指巴因而言。看來這件東西屬於巴因，或是巴因那一族。國王爲了某種原因，而將之搬到宮裡來。難怪我找不到那間石屋，一定已被國王拆掉了。

石屋被拆得如此乾淨，一點痕跡也找不出來，當然不是普通鄉民可以做得到的事。

而我也可以肯定，石屋被拆除的部分，一定只是地面上的建築，地下的那七層石室還在。因爲國王剛才還曾提起過，要到最底下的一層去弄出一點光亮來，看看會有什麼結果！

我呆了半晌，在這件不知名物體旁，大約逗留了三十分鐘。我第一次見到這件不知名物體之際，全然說不上那是什麼東西。如今，我第二次看到這件物體。在這段時間內，我已經知道了很多事，知道了柏萊的第一個「夢」和第二個「夢」，對整件不可思議的事，已經有了一個我內心不願意接受，但是卻又不可否認的概念。所以，我再度仔細審查那件不知名的東西之間，我有了不同的感受。

雖然那件東西，被當作神像一樣供著，但這時我看起來，那東西，根本是一件極其精巧的機械製作的一部分，那東西本來可能是一輛車，或是飛船，或是相類的一件東西，但是卻肯定經歷過極大力量的撞擊，已經極度損毀了。

我轉動著那件東西上的那個金屬球，那看來顯然是一個可以作任何方向轉動的球形輪子！這是一艘太空船的一部分？這艘太空船（我假定如此），是不是和柏萊所說，巴因售給他的那具「記錄儀器」是同一來源？是來自一個不可測的遙遠星球？而這個遙遠的星球，就是地球人的老家？地球人的祖先，因為犯了罪，所以才被從這個遙遠的星球上被遣到地球來，剝奪了永生的能力？

這一切疑問，一起湧上我的心頭，可是我卻得不到任何的答案。

我在想：下一步應該怎麼辦？是將發現告訴柏萊？我甚至可以預料得到，只要將情形一告訴柏萊，柏萊立即會逼我到石屋原來的所在去，發掘那七層地下石室。

我為什麼會有這樣肯定的想法，自己也說不上來，只是感到柏萊近日來的言行，有一種說不出來的味道。他變得專橫，凡是他所想要做的事，他就不顧一切，要達到目的，而且在行事的過程中，全然只為了一個目的而進行，這個目的就是：回去！似乎為了「回去」，他不在乎做任何事情！

我很不喜歡柏萊這樣的態度，而且也覺得，如果順從柏萊的意思，可能傷害到國王，國王內心有著苦衷，有著不可告人的秘密，他有權保持秘密，柏萊和我的一切行動，都在剝奪他這種權利。

我真的不知該如何做才好，所以才會在那房間中耽了那麼長久。

我最後決定，還是先離開王宮再說，等到和白素會合之後，我要和白素商量一下，再作決定。我來到門口，又回頭向那件不知名物體看了一眼。心中泛起了一個國王曾經問過的問題：「真不知道曾經發生過什麼事！」

我出了那房間，照樣將門鎖好，在走廊中，向前走著，轉了幾個彎。我是從哪裡進來的，我記得很清楚。不一會，又來到了圍牆之下，攀上了圍牆，順利地翻了出去，向前疾奔出了百多公尺，才鬆了一口氣。我偷進王宮來，總算沒有被人發現。我放慢了腳步，向前走著，才走出了不多遠，突然聽得黑暗中，傳來了一下淒厲的叫聲。

那一下叫聲在深夜的寂靜中聽來，令人心驚肉跳，我立時轉身，向那下叫聲傳來的方向看去，心中也充滿了疑惑。因爲那下叫聲，聽來竟像是巴因所發出來的一樣！

我等著，想再聽到一些聲響，以判斷發生了什麼事。可是在那一下叫聲之後，四周圍就一片死寂。我並沒有等了多久，就向著那下叫聲傳來的方向，疾奔了過去。轉過了兩道牆角，聽到了一陣急速的喘息聲。我立時放輕腳步，再轉過一道牆角，我看到了巴因。

巴因的神情極其驚慌，臉肉甚至因爲恐怖而扭曲著，他的手搭在右肩上，自他的指縫之中，有鮮血在流出來。但是他的神情只是驚怖，而不是痛苦，因爲這時，有一柄鋒利的，在黑暗之中也閃著光亮的尖刀，正抵在他的咽喉之上！

巴因的喉核，因爲不可控制的驚怖而上下移動，每當他的喉核移動之際，喉際的軟肉，就有幾分陷入刀尖之中。那柄尖刀，隨時可以令得他喪生！

看到這種情形，已經夠令人吃驚的了！然而，當我看清了手握尖刀的那人之際，我更吃驚了！那是柏萊！

這時柏萊的神情獰惡，幾乎使我認不出他是什麼人來。但是在尼泊爾境內，決不會有第二個臉上刺紅黑色花紋的印地安人！

柏萊在幹什麼？他想殺巴因？柏萊何以變得這樣兇狠？我雙手緊握著拳，正想出聲，已聽得柏萊狠狠地道：「你不認得我了？是不是？我還要一件你出售過的古物，你一定要找來給我！」

巴因因爲恐懼而聲音發顫：「我……我……無法再找得到……那地方已經封起來了……我已將所有的東西全部賣掉了！」

柏萊的神情更兇狠，厲聲道：「不行，我一定要，你不給我，我就殺了你！」

巴因啞著聲叫了起來：「你不能殺我！我是受國王特別保護的人！」

柏萊「嘿嘿」冷笑著：「我才不理會什麼國王！達不到目的，連國王我也要殺！」

看到這裡，我心中的吃驚程度，可以說絕不在巴因之下。在我的一生之中，看到過很多凶惡的人、罪惡的人，可是這些人的神情，加起來，也不及柏萊這時神情的邪惡。柏萊這時，簡直就是邪惡的化身！

我早就覺得柏萊有點不對勁，但是也決未想到他竟會變成這樣子！

就在這時，我聽到了一陣腳步聲，傳了過來，同時聽到有人叫道：「柏萊！」

那是白素的聲音，我一聽就聽了出來。就在我迅速地轉著念，考慮讓白素接近如此邪惡的柏萊是否適宜之際，我又呆住了！

白素的叫聲才一傳來，柏萊的動作十分快，掉轉刀柄，重重在巴因的頭上敲了一下，巴因立即昏了過去。巴因的身子還未倒地，柏萊已經將他扶住，迅速地將之拖進一條小巷子中，立即又走了出來。

當他從巷子走出來的時候，已經收起了那柄刀，我向他看了一眼，心頭的震驚，比剛才更甚！前後不過極短的時間，他已經完全換了一副神情！

剛才，柏萊看來如此邪惡，但這時，他卻是一副忠厚老實的樣子，像是剛才我所看到的只不過是幻象一樣！

他一出小巷，就轉過身來，向著自牆角處現身出來的白素，迎了上去！

柏萊竟能在剎那之間，完全將他剛才的行爲掩飾起來，這才真正令我吃驚！

我一直認爲人類的邪惡之中，最最壞的一件事，還不是邪惡本身，而是將邪惡隱藏在善良之後來進行！

邪惡如果可以令人看得見，有提防，那還不是真正的邪惡，只有像柏萊那樣，讓邪惡藏在忠厚的外貌之下，不知道在什麼時候忽然發作，令人防不勝防，那才真的令人可怕！

柏萊這時，幾乎已經達到了地球人邪惡的巔峰，我不知道他何以會變成這樣。而這時，我也無暇去深思，我看到白素正在向柏萊走近，這時，我唯一擔心的是，柏萊突然對白素有所不利，所以我陡地大叫一聲：「柏萊！」一面叫，一面向前奔了出去。

我的叫聲，令得柏萊立時轉過身來，我注意著他的神情，當他才一轉過身來之際，我看出有極度的錯愕，然後，立時恢復了原狀，而白素一見到我，也高興地奔過來，我握住了白素的手，柏萊問道：「你是……你來了有多久了？」

我裝著什麼也未曾見到過，這種僞裝，本身當然也不算是一種「善行」，然而在我震驚於柏萊的行爲之餘，我不能不設法保護自己。所以我立時道：「才來，你是怎麼找到白素的？」

柏萊道：「我一回到酒店，她已經在了！」

我盯著白素：「你爲什麼過了四天才來和我們會合，可有合理的解釋？」

白素笑道：「當然有，不過說來話長！」

柏萊現出十分焦切的神情來：「你到王宮去，可有什麼發現？」

第十部：你們中間誰是沒有罪的

我本來想回答一句「有點發現」的。可是剎那之間，我又改變了主意，雖然我在王宮中大有發現，但是我仍裝出一副發怒的神情來：「你爲什麼不問我在王宮中被衛兵和狼狗追逐的情形？」

柏萊呆了一呆，沒再說什麼，白素道：「我們回酒店再說吧，柏萊，你沒有追上巴因？」

柏萊甚至連望也不向那個巷子望一眼，就道：「沒有，你們先回去，我還要去找他！」

剛才我親眼看到，巴因被柏萊打昏了過去，拖進了那個巷子之中，可是如今柏萊說起謊來，卻比我還流利！

在這時候，很奇怪，我突然想到地球人的許多惡行中的一項：欺詐。我並不是單單責備柏萊，也包括我自己在內。如今的情形，美其名曰「鬥智」，實際上，是不折不扣的「爾虞我詐」。欺詐可能是地球人最易犯的一種邪惡。如果有哪一個地球人站出來大聲說：「我一生之中，從來沒有犯過欺詐——」那麼這個人，一定就是最邪惡的欺詐者！

我迅速地轉著念，柏萊不肯和我們一起回酒店去，他自然是準備在我們走了之後，再去逼巴因，向他要那種「記錄儀」，或是逼問那七間石室的秘密。在剎那間，我也有了主意。我立時裝出很高興的神情來：「有巴因的下落了麼？我和你一起去找他！」

柏萊揮著手：「不必了，在深夜的街頭找一個人不是難事，我找到了他，一定將他帶到酒店來！」

我若無其事地笑著——這種偽裝情緒的本領，是地球人與生俱來的——道：「小心，你現在的外形是一個印地安人，樣子很駭人的！」

柏萊也現出一副無可奈河的神情來——當然也是遺傳本能的發揮——道：「不要緊，反正巴因從來也沒有見過印地安人！」

白素好像還想有什麼異議，可是我拉了拉她的手，已和她一起走了開去。我拉著白素，向她來的方向走過去，很快就轉過了牆角。

我的行動有點不自然，這一點，可以輕而易舉地瞞得過柏萊，但是當然很難瞞得過多年夫妻的白素。

一轉過牆角，白素立時以一種疑惑而責備的眼光望我。我忙向她作了一個「一切聽我」的手勢，拉著她，又轉過了一個牆角，然後放慢了腳步，盡量不發出任何的聲音來，低聲道：「我帶你去看一點東西！」

白素的神情仍然疑惑，但她卻沒有抗議，我帶著她，來到了柏萊將巴因拖進去的那條巷子的另一端，才又低聲道：「小心，別發出任何聲音來！」

我一面說，一面向巷子中指了一指。巷子中十分黑暗，只是影影綽綽地可以看到有一個人站著。我卻看到，那站著的人手伸向前，按在牆上，而貼牆另有一個人站著，白素是不是看到了被人按在牆上的巴因，那並不重要，因為巴因這時清醒過來，一面呻吟著，一面道：「你——為什麼要殺我？我根本不認識你！」

柏萊的聲音從黑暗中傳來，兇狠而冷酷，一聽到他那種聲音，我是早有準備，當然不會再度感到吃驚，可是在我身邊的白素，卻震動了一下。

柏萊道：「我是柏萊！和辛尼一起的柏萊！你曾經賣過一件古物給我們，記起來了？」

巴因發出一下驚呼聲，但他的驚呼十分短促，分明是柏萊用了什麼方法使他不再叫嚷下去。

接著，便是巴因急速的喘氣聲：「你……你為什麼會變了——樣子？」

柏萊的聲音硬得像石頭：「全是你那件古物的緣故，我還要一件，你還有多少這樣的古物，它們在什麼地方？我全要，你不照實講出來，我就一刀一刀將你割死！」

在柏萊這樣兇狠的威脅下，巴因卻反常地沒再驚呼，我只是聽到他在喃喃自語。由於我和他隔得相當遠，所以不是很聽得清楚他在講些什麼，只是約略地聽到了一些，他在道：「那是真的了！」然後，忽然提高了聲音：「你……是不是已經死了？」

柏萊發出了一下低沈的吼叫聲，接著，便是巴因喉際的「咯咯」聲，顯然是柏萊被巴因的話激怒了，陡地伸出手來，掐住了巴因的脖子。

白素在這時候，突然向前奔出了一步，我大吃一驚，忙將她拉了回來，迅速地退出了一步。在我們爭執間，有點聲響發出來，柏萊的呼喚聲立時傳來：「誰？誰在那邊！」

我急忙拉著白素奔出兩步，在一個凸出石柱後躲了起來。我們才一躲起，就看到帕萊手中握著刀，凶神惡煞地奔了出來，在巷上四面看著，利刀上的閃光和他臉上那種凶惡的神情，看來極其駭人。

他看了一會，沒有發現我和白素，又返身奔了回去，等到他奔回了巷子之中，白素才以極其吃驚的聲音問：「天，剛才……那是誰？」

我沈聲道：「柏萊，是我們熟悉的柏萊！」

白素望著我：「你早知道他是這樣的？」

我搖頭：「不是早知道，是才知道。」

白素的神情更疑惑：「他會殺巴因！」

我嘆了一口氣道：「我們還是回酒店去好，我想他不會殺巴因。因爲他想從巴因口中問出一點秘密來，而巴因根本已沒有秘密可出賣，所以柏萊不會殺他，我們還是先回酒店去好！」

白素道：「你爲什麼那麼急於回酒店？」

我苦笑道：「我也不知道，我心情太亂了，我想，我需要休息，和你在不受騷擾的情形下詳談！」

白素沒有再表示什麼，我們一起站直身子，向外走去，兩人一直不開口，直到走出相當遠，我才道：「辛尼在神經病院中自殺了！」

白素震動了一下，瞪大了眼望著我。我也不由自主抽搐著，說道：「我實在很難過，是我害了他。可是病院的醫生說，他很平靜，不斷笑著，而且在牆上留下了他們認爲不可解的四個字。而我們都是很明白辛尼留字的意義的，他留下的四個字是：我回去了！」

白素「啊」地一聲，叫了起來，不由自主，抬頭向天上望去。

抬頭望天，當然看不到辛尼，只是看到無窮無盡的蒼穹和數不盡的億萬顆星星。我知道白素這時在想什麼，她在想：辛尼這時，在這些星星的哪一顆之上呢？

呆了半晌，白素才道：「辛尼……他真的回去了？」

我攤著手：「在我而言，自然希望是這樣！」

白素道：「他是怎麼回去的？他……有儀器的幫助？他用什麼方法回去？」

我搖頭道：「我不知道，但是可以肯定，他不會用柏萊的方法。」

白素低下頭來，我們又向前走著。可能是我們都有太多的話要說，所以反而變得沈默起來。一直回到了酒店，我坐了下來，喝了兩杯酒，白素才道：「要說的事情太多，我提議先說柏萊。」

我點頭道：「好的，剛才你看到過了，柏萊給你的印象是什麼？」

白素想了一想：「像是邪惡的化身！」她講了這一句之後，略停了一停，苦笑起來，道：「如果柏萊表現出來的邪惡，是來自我們祖先的遺傳，那麼，難怪我們的祖先要被趕到地球上來了！」我剛想說話，但是白素立即又道：「其實我們也沒有資格責備柏萊……」她連續地苦笑了幾下，才又道：「你們中間誰是沒有罪的，誰就可以先拿石頭打她！」

白素說這兩句話的時候，轉頭向我望來，我也不禁苦澀地笑了起來。我本來是很不願意接受辛尼和柏萊的「夢」的。可是如果你仔細想一想，地球上的一切罪惡，全是人，這種有異於地球上其他一切生物製造出來的，那麼，必須接受那兩個「夢」中的一切，地球人，是罪惡的後代，罪惡的遺傳因子，不斷迸發，愈來愈甚，罪惡決定了地球人的性格和行爲！

我用手在額頭上敲了兩下：「你以爲柏萊原來就是這樣，還是在他身上發生了變化之後，才會這樣？」

白素嘆了一聲：「我想，我們每一個人，本來都是一樣的，我們的祖先是這樣，一代一代傳下來，只有變本加厲，不會逐漸改善！」

我抗議道：「照你這樣說．教育是沒有用的了？」

白素忽然有點不羈地笑了起來：「教育？你以爲爲什麼要有教育。譬如說，人類自從有了文字以來，就不斷在文字中提倡道德，那是爲了什麼？」

我吸了一口氣，還沒有出聲，白素已經回答了她自己的問題：「就是因爲人類根本沒有道德，所以才要不斷提倡！」

我不想再在這個沒有結果的問題上討論下去，揮了揮手：「我們暫且將這個問題擱一擱，你來了已經四天，這四天，你在幹什麼？」

白素來回踱了幾步，喝了一口酒，才又坐了下來：「我一下飛機，本來準備立刻到酒店來，事實上，我也到了酒店。可是，我才一進酒店大堂，還沒有到櫃台前去辦登記手續，我就遇到了巴因！」

我「哦」地一聲：「你又沒見過他，怎麼一下就認得出他來？」

白素笑著，翻了一下手：「很簡單，我才一進來，巴因就向我走了過來，道：『小姐，歡迎你來到尼泊爾。你可想買一件尼泊爾古物？那是絕無僅有的，再也不會有了！』」

我「啊」地一聲：「巴因他……真的還有那——東西在手上？」

白素道：「當時我一聽得一個尼泊爾人對我這樣說，而你又多少描述過一下他的樣子，所以我立即可以肯定，這個人就是巴因！我當時並沒有拆穿他的把戲，事實上，我在欣慶自己的好運氣。我問他道：『我對古物很有興趣，但只怕買到假貨！』巴因指天發誓，樣子極其誠懇。我當然不肯錯過這個機會，問他古物在哪裡，他說可以帶我去看。」

白素講到這時，我已經急不及待，問白素：「你……你又得到了一個……和柏萊他們同樣的東西？」

白素揚了揚眉：「略有不同，大致上相同，我相信作用也一樣！」

我直跳了起來：「柏萊知道了？」

白素搖頭道：「不，我沒有告訴他！」

我苦笑了一下，又坐了下來，不由自主，想起白素剛才所講的那句話：你們中間誰是沒有罪的，就可以先拿石頭打她！白素已得了一個「記錄儀」，但是她也對柏萊玩弄了狡獪！

我停了一停：「那東西呢？」

白素先向房門望了一眼，打開一隻衣箱，揭起了上面的一層衣服，下面，就是那個我們姑且稱之爲「記錄儀」的東西。我不是第一次見到那樣的物事。這一個，和辛尼在柏萊的屍體下取出來的那隻，略有不同，但那只不過是外形上的分別，結構部分完全相同。

我深深吸了一口氣，問道：「如果將頭靠在這東西上，而進入睡眠狀態的話，就可以有『夢』？」

白素道：「應該是這樣！」

我奇道：「爲什麼應該是這樣？你得到這東西，應該已經有好幾天了，難道你沒有試過？」

白素道：「不，我今天才得到它，你還沒有聽我講得到它的經過，而且，我願意和你一起有共同的『夢』，我不願意一個人單獨試它！」

我想了片刻，道：「那麼，等我們想睡的時候再說，先把它收起來，別讓——」

我講到這裡，陡地停了下來，心中起了一種極其內疚的念頭。我、白素和柏萊三個人，目的就是在找這個東西。如今這個東西已到了手，我卻自然想將之收起來，不讓我們的同伴柏萊知道！

雖然，我立即自我解釋，那是因爲柏萊已變得十分難以理解，簡直就是邪惡的化身之故。

但是我又不禁自己問自己：如果柏萊完全沒有變，我是不是也會作出同樣的決定？

當我心中迅速轉念之際，白素已經接上了口：「對，別讓柏萊知道。」

我立即向她望了一眼，她也向我望來。當我們眼光接觸之際，我們都可以知道對方的心中在想些什麼。我們的眼神之中，也都流露出一絲慚愧的神色。但是這種慚愧，並不能改變我們的決定。白素立時將頭轉了過來，蓋上衣服，將箱蓋蓋上，放在原來的地方，而我也沒有阻止她的行動。

白素看來爲了想盡快忘記這種尷尬的感覺，所以她立時將她和巴因之間所發生的事講述了出來。以下就是她在這四天之中的遭遇。白素的遭遇，有很多地方，我是節略了的，但是與整件事有關之處，我卻寫得十分詳盡。

白素和巴因交談了沒有幾句，巴因便急不及待，自告奮勇，替白素提著衣箱：「我現在就帶你去看，再不去，就沒有機會了！當然，你得先租一輛車子！」

白素道：「那很容易，我從機場租來的車子還沒有退租，就在門口。」

巴因發出了一下歡嘯聲，好像一大把鈔票已經進了他的口袋一樣。他們一起到了門口，上了車，由白素駕著車，巴因指點著路線。

白素向我，約略講述了經過的所在，我只聽到一半，便可以肯定巴因帶她去的地方，是那間古怪的、突然被國王拆掉的石屋！

白素依著巴因的指示，向前行駛著。她到的時候是下午，當車子駛到目的地的時候，天色已經黑下來了。白素也沒有見到那間石屋，石屋已經被拆去，她看到了——就是我後來在王宮中看到的那個不知名物體。

所有參加工作的人，全是軍人，而且隔老遠就有軍人攔著，不讓人前去。可是巴因卻向阻住去路的軍人道：「是我！看清楚了，是我！」

白素也不明白何以巴因的話如此有效，他叫嚷了幾聲，一個軍官走過來，揮了揮手，就讓車子駛了過去，巴因的神情十分自負：「你看到了，小姐，整座古代建築要拆除，這是尼泊爾境內最古老的建築，最神秘的建築！」

白素望著那些被拆下來的，整齊的花崗石，她並沒有向巴因多問什麼。

白素心中卻在想：這樣堅硬的石塊，這樣精巧的切割術，真是古代尼泊爾人建造的？她不和巴因討論這個問題，因爲她覺得自己對這間石屋，知道得比巴因多！

她只是隨口道：「在最古老的建築之中，一定是真正的古物！」

巴因高興地笑了起來：「當然，所以價錢可能貴一點！你看屋子拆掉了，屋子下面的古物，以後再也沒有出現的機會了！」

白素笑道：「你放心，我出得起價錢，我可以先給你一千美元！」

白素一面說，一面果然數了一千美元給巴因。巴因接了鈔票在手，在車座上亂跳，神情興奮得難以形容，他本來就十分多話，這時因爲興奮，話更多了起來：「你別看這間屋子不大，那是屬於我的，本來屬於我們族人，可是我們一族，只剩下我一個人了，所以，就屬於我的了！也只有我，才有進入地下室的鎖匙！」

他一面說，一面自項際拉出了一條滿是油膩，十分骯髒的繩子來。繩子末端，結著一塊一寸直徑，圓形，大約有半寸厚的鐵牌，他展示給白素看。

白素一看到了這塊鐵牌，心中打了一個突。那塊圓形的，上面有著許多極淺的交錯條紋的鐵牌，果如巴因所說是「鑰匙」的話，白素幾乎一看就可以斷定那是一柄高級的磁性鎖的鑰匙！

（白素後來向巴因也買下了這柄鑰匙！當她講到這裡的時候，她拿出來給我看，我完全同意她的見解。）

當巴因向白素展示那柄鑰匙之際，車子已來到石屋原來所在的位置之前，白素看到石屋所在的地面，已經被封沒了一大片，只剩下一個兩尺見方的方洞，也正有人在下劏著水泥。巴因自車上直跳了下來，叫道：「等一等！等一等！」

一個高級軍官走了過來，看他的樣子，對巴因十分不耐煩，但是又不敢得罪他：「什麼事？」

巴因喘著氣，指著那個方洞；「我還要下去一次，拿點東西出來！」

高級軍官答道：「我可沒有接到這樣的令，我收到的指示是——」

他才講到這裡，巴因已伸手搭上他的肩頭，那高級軍官本來像是要用力將他的手拂開去的，可是巴因卻已經在他的耳際，講了一些什麼，那高級軍官的手放了下來，不但任由巴因的手搭在他的肩上，而且兩人一直向前交談著，走了開去。

他們走出二十多步，站定，巴因給了那高級軍官一些東西——（猜一猜，那是什麼？那還會是什麼！）兩個人就一起走了回來。

巴因一走回來，就向白素道：「你等著，我下去就來。小姐，你將親眼看到我帶著古物上來，可是，你決不能向任何人說起你得到古物的情形！」

白素道：「我和你一起下去吧！」

巴因的神態極其堅決：「不行，這神廟絕對不准外人進入！」

白素笑道：「從來也沒有外人進去過？」

巴因的神情，變得十分莊嚴，道：「是的，自從佛祖和他座下的七尊者進過這座神廟之後，除了我們這一族的族人之外，就沒有人進入過！」

白素本來是想譏諷巴因「沒有外人進入過」這句謊言的。因爲她知道我進去過、巴因也知道我進去過，可是當她聽得巴因這樣說的時候，不禁呆了一呆：「你說什麼？佛祖？」

巴因像是有點經不起白素嚴厲的質問，神情多少有點尷尬：「傳說是那樣的，佛祖和他七個弟子，到過這座神廟，他親口將這座廟交給我們這一族當時的族長，傳說是那樣！而且他吩咐過，外人不能進入！」

白素當時的思緒很亂，所以不再堅持也要進去。巴因如釋重負地鬆了一口氣，自那個洞口鑽了進去。這時，那高級軍官在向他的部下訓話，白素約略可以聽懂幾句，那高級警官要在場的所有人，都不對任何人講起白素和巴因曾經來過！

巴因只進去了五分鐘左右，就攀了出來，將一隻鐵箱挾在脅下，來到了車前，將鐵箱放在白素的身邊，白素立時想去打開那鐵箱，但是卻打不開，巴因也來幫忙，兩人將鐵箱翻來覆去弄了半天，都無法打開。巴因發起急來：「古物一定在箱子裡，一定在，你看，光是一隻鐵箱，不會這樣重！」

白素道：「那誰知道，一隻鐵箱，箱子裡可能只是一大塊石頭！」

巴因沮喪地道：「我再去，再去找一個來。」

白素道：「還有？」

巴因道：「我不是很清楚，應該還有！」

可是，當巴因轉過身去時，他卻已沒有法子再下去了，因爲那個孔洞已經被水泥封沒，巴因又去和高級軍官講了很久，那高級軍官卻只是搖頭。巴因神情苦澀，來到了車前。

白素道：「我看這樣，我設法去弄開這隻箱子，如果箱子中真有古物，我另外再給你一千美元。如果沒有，或是根本打不開，我付給你的錢也不要你還了，就算向你買這隻鐵箱，和那柄鑰匙！」

巴因聽到不要他還錢，已經高興起來，下面白素的要求，他滿口答應，伸手一拉，就將他掛在項際的鑰匙拉了下來，交給白素。白素讓他上車，向前駛去，一面用心記住了那石屋的所在。

當她離去的時候，她看到許多軍人在做著最後清除那石屋的工作，在石屋原來所在的地方，鋪上砂土，再從附近拾來石塊，放在上面。

（原來是整隊軍隊所做的工作，刻意要使那間石屋在地上消失！難怪我再去的時候，什麼痕跡也找不到了！」）

白素在駕車回來的時候，再引巴因說話：「你們這一族，好像和國王也認識？國王是你們的族人？」

巴因是個笨人，他也不問白素是如何知道這一點的，一聽就高興了起來，拍著胸：「嘿，我們這一族最尊貴。佛祖在委託我的祖先看管神廟的同時，曾答應我的祖先，他會去告訴尼泊爾國王，要國王世世代代傳下去，對我們這一族作特別的照顧，不論我們這一族發生了什麼事，國王都要幫我們！每一代國王，都會遵守這個遺訓。」

白素在這時，犯了一個極大的錯誤，她竟然道：「原來是這樣，所以，你雖然殺死了你們族中的一個老人，國王也將你保了出來，不必治罪！」

巴因陡地跳了起來，怪叫著。

在那時候，巴因也犯一個錯誤，他竟認為他可以輕而易舉對付白素。他一面叫者，一面一拳向白素的頭部打了過來。

白素右手握著駕駛盤，左手一翻，已經抓住了巴因的拳頭，用力一捏，巴因的指骨，被她捏得格格作響，殺豬般地叫了起來。

白素冷冷地望著他：「你想幹什麼？」

巴因駭絕：「放開我……我不敢了！」

白素冷笑一聲；「我問你什麼，你回答什麼！」

巴因叫道：「一定，一定，你先放開我！」

白素鬆開了手，巴因幾乎將他整個手都塞進口中，神情極其痛苦。

白素的心中很高興。巴因是整件不可思議的事中的中心人物！白素已經在他的口中得到了不少新的資料，如今自然可以得到更多的資料！

巴因用一種十分恐懼的神情望著白素，白素道：「好了，現在我問，你答！」

巴因轉動著身子，神情愈來愈不自在。白素問道：「你剛才下去的地方，一共有七層，是不是？」

巴因突然震動了一下，不知道白素何以知道這一點，神情更加吃驚。白素冷笑道：「我知道很多，甚至連你在最下面的一層石室之中殺過你的一個族人，我也知道！」

巴因的身子，已不由自主在發起抖來。白素在這時候，卻還未曾發覺巴因另有企圖，她繼續在緊逼他：「在這七層石室之中，每一層有些什麼，還有，爲什麼在最後一層石室中——」

白素才講到這裡，巴因陡地發出了一下吼叫聲，或者，應該說是驚呼聲，雙手抱起那東西，陡然打開車門，向車外直滾出去！白素立時停車，也躍出車外，看到巴因跑得極快，已經在一百公尺之外，白素一面叫著，一面向前追去，追出了不多遠，前面有一片相當大的樹叢，巴因對於當地的地形顯然十分熟，左閃右避，白素盡力追著，但是在幾分鐘之後，就失去了他的蹤影。

這時，白素的心中，真是沮喪莫名，她大聲叫著，希望巴因再出現，並且大聲向他保證，如果他再露面的話，可以不向他問任何問題。

可是，巴因卻沒有出現。

白素無法可施，只好回到車中，靜了片刻，向前駛去，駛到了一個就近的村莊。幸好尼泊爾人很好客，遊客的各種奇怪行徑，他們已見怪不怪，所以白素能在一家人家中，喝到了熱茶，她就在車中過了一夜。

從第二天起，她就駕著車，在村莊之間，尋找巴因。

一連四天，都沒有結果。

在那四天之中，她沒有找到巴因。但是由於到處打聽巴因消息，倒知道了不少巴因和他那個族的事。

巴因和他的那個族，當地人稱之為「尼格底拉之族」，那意思就是「獨一無二之族」。族人一直不多，而且，這一族的族人，對於娶妻生子這類事，好像一點興趣也沒有，是以族人更加稀少。

太久以前的情形，當然沒有人知道。近數十年的情形，據一個老年鄉民說，在他小時候，巴因那一族，還有一百多人，可是有一次，這個族的許多人，至少有八九十人，突然出發，遠征雪峰，從此就再也沒有回來。

他們去的那個山峰叫「天母峰」，最是險峻，從來也沒有人攀登過。那老年鄉民，形容這批人的行動，是「送死的行動」。

自此之後，族中人數更形零落，終於只剩下了兩個人。而如今，照那老鄉民的說法，是「一個人也沒有了」。因爲巴因終日留連在加德滿都，不肯回鄉村去。而這個獨一無二的族，究竟爲什麼會如此特別，連年紀最老的鄉民，也說不出所然來。

第十一部：第三個怪夢

至於那間供奉著那個前時的不知名物體，和在地面建築物之下，又有著七層石室的石屋，鄉民倒也知道它的存在。可是由於某種神秘氣氛的原因，從來也未曾有人走近過那間石屋的附近，更別說進去了。他們只知道在那座「廟」中，供奉著一個十分奇特的神像，這個神像，在不知多少年前，是一個大火球的化身云云。

關於這一類傳說，白素並未曾多加注意，在她搜尋了四天而找不到巴因之後，她只好放棄了繼續搜尋，回到了加德滿都。

當她來到了那家酒店之後，她知道我和柏萊已經到了，可是她也不知道我們到了什麼地方。她略爲休息一下，就到街頭上去閒逛，當她看到有十幾個遊客聚集在一起，聽一個人在大聲講述著「真正古物」之際，白素吸了一口氣，來到了那人的背後，先伸手抓住了那人的手臂，然後才道：「據我所知，這件古物，你早賣了給我！」

那個人，當然就是巴因。當巴因圍過頭來，看到白素之際，那神情——

白素並沒有說出巴因的神情，而是說到這裡，就忍不住笑了起來！

當然，巴因又將那「古物」給了白素，所以，古物和巴因身上的那「鑰匙」，就一起到了白素的手裡。我和柏萊中途分手，柏萊先回酒店，一到酒店，就見到了白素，白素卻沒有向他提起她已得到了古物，只是告訴他在街上見到過巴因。

柏萊一聽到白素曾見過巴因，就立時衝了出來，白素也跟了出去，可是柏萊已經不見了。柏萊是怎樣找到巴因的，白素也不知道，她只是一直在找柏萊，聽到有人聲，走過來看，見到了柏萊，接著我也現身了。

當白素講完了她的遭遇之後．柏萊還沒有回來。我們又等了將近一小時，柏萊還沒有回來。

白素向我望了一眼：「你猜柏萊到哪裡去了？是不是他殺死了巴因，逃走了？」

我搖頭道：「不會的，他需要在巴因的口中得出秘密來，不會殺他，他並不知道我們已經有了那東西——」我講到這裡，頓了一頓：「很奇怪，巴因爲什麼不告訴他，有一件『古物』在你手裡？」

白素笑道：「巴因並不知道我的身份，不知道我們之間的關係。他只當將東西賣給了一個古怪的女遊客，要是講了出來，深怕柏萊逼他來找我，反倒不知到哪兒去找，所以乾脆還是不說的好！」

我吸了一口氣，白素的解釋很合理。那麼現在——我站了起來，道：「我知道他在哪裡了！他一定逼著巴因，到那石屋所在地去了！」

白素呆了一呆：「有可能！不過……巴因的鑰匙在這裡，據他說，沒有鑰匙，是進不去的！」

我道：「一層也不能？」

白素皺起了眉：「詳細的情形如何，我也不清楚，石層地面上的建築已全被拆去了，地面的入口處，用鋼筋水泥封了起來，要破壞也不容易。而且，據你說，那地方已經被劃爲軍事禁區，柏萊和巴因去了，只怕凶多吉少！」

不知道是不是由於我的敏感，我感到白素在說起「凶多吉少」之際，多少有一點幸災樂禍的味道。我想了一想，說道：「我實在不希望柏萊出事，我們至少是同伴。而且，他那麼希望回去的——」

我才講到這裡，白素就冷笑了一下，打斷了我的話頭道：「你看柏萊現在的情形，那地方會歡迎他回去麼？」

我又呆了一呆，的確，如果地球人類的祖先，是因爲罪惡而被遣送到地球上來的，那麼，像柏萊如今這樣的情形，不論他多麼努力，絕無法回去。

我緩緩吸了一口氣：「我看這樣等下去，不是辦法。要就我們去找他；要就不再等，我實在心急想進入柏萊和辛尼曾經經歷過的那種夢境！」

白素望著我，點了點頭，我們的心中都很緊張，白素打開箱子，將那東西取了出來，放在地上，她又向我望了一眼，我揭開了那東西上面的蓋子，現出兩個微凹的凹痕。這種凹痕，看來可以供後腦舒服地枕在上面。

這時候，我和白素兩人，不知爲了什麼原因。或許是爲了那種極度神秘的氣氛的壓逼，兩人都不開口，而只是躺了下來，按照柏萊和辛尼的躺法，兩個人的頭互靠著，我的雙腳伸向東，白素的雙腳伸向西。

躺了下來，我們都閉上了眼睛，期待著那個「夢」的出現。可是，卻什麼跡象也沒有。我和白素都一點睡意也沒有。在我們閉上眼睛半小時之後，又一起睜開眼來。

白素問道：「你可夢見了什麼？」

我苦笑道：「什麼也沒有，你呢？」

白素也搖了搖頭；我道：「或許因爲我們沒有睡著，一定要睡眠狀態之中，這種記錄儀的記錄的東西，才能和我們的腦細胞發生作用。」

白素嘆了一聲：「也許！」她停了停，又道：「睡眠是一個很奇特的現象，幾乎每一個人都做過夢，但夢境究竟是怎麼一回事，科學家一直到現在還沒任何結論，即使是最普通的夢，也已經是一個謎！」

我嘆了一聲，這時候，我實在沒有興趣去討論別的問題，我只是期待著那個「夢境」的到來。我試圖運用自我催眠，我相信白素也在和我作同樣的嘗試。我本來就已經很疲倦了，只不過懷有異樣的目的，所以心情緊張，在躺下來之後的半小時，一點睡意也沒有。

這時，我令自己的心情，漸漸鬆馳，沒有多久，我就睡著了。而當我睡著之後，我有了一個「夢」。

我在那個「夢」字上加上引號、自然由於那絕不是一個普通的夢。如果在事先，我不是已經先知道了我會有這樣的怪夢的話，或許我以為那就是一個普通的夢，除非我做同樣的夢許多次。

但這時，我是期待著進入這樣個夢境的，所以，在進入夢境之際，我甚至處於一種清醒狀態。我真的不知道我應該如何形容才好，因為在事後，對於整個夢境的記憶，如此清楚，每一句聽到的話，都可以舉出來和白素印證，而絲毫無訛。所以，我才說，在「夢」中，我是一個十分清醒的旁觀者。

我自己並不參與夢境中的活動。只是看著，聽著，所以我稱自己是一個旁觀者。這情形，就像是你在看電視一樣，你可以看到、聽到一切，但是你無法觸摸到你看到的一切，也無法和你看到的人交談。

直到我自己有了這樣的夢之後，才知道這種奇幻的、難以形容的感覺。也相信了柏萊稱「古物」是某種形式的記錄儀，再也恰當不過。記錄儀器有許多種，錄音機要通過人的聽覺器官，使人聽到記錄下來的一切；錄像機要通過人的視覺器官，使人看到記錄下來的事情。

而這具記錄儀，是要通過人腦部某種狀態的活動，使人感覺到記錄下來的一切，而當記錄下來的一切重現之際，感到的人，猶如身在其境。

我已經用了足夠多的文字來解釋這種奇幻夢境的感受，但是我相信，我還表達不到十分之一。還是來說說我的夢境吧！

當我開始進入夢境之際，我就知道，我已經進入了這個奇幻的夢。我處身在一間光線十分柔和的房間之中，我相信這間房間，就是柏萊和辛尼一再提到過的那間，雖然我以後所聽到的和看到的，和他們兩人的夢境，大不相同。

房間中有不少人，不過這些人的形象，無法看得十分清楚。每一個人，都披著白色的長袍，有著很長的頭髮，由於頭髮的色澤比較深，和白袍，以及那一片夢幻也似的柔和白色相比較，極其特出，所以給我的印象，也來得特別深刻。

我看到門打開，有幾個人走進來，立時有一個人道：「歡迎！歡迎！你們終於回來了！」

進來的，好像是四個人，房間中原來的人，都湧過去和這四個人握手，那四個人一聲不出，坐了下來。

在這裡，我要補充一下，我聽到的第一句話，就給我以一種奇妙的感覺，我是「感到」這個人在說這樣的話。事後，我和白素，根本不能肯定究竟是不是真有聲音進入過我們的耳朵！

當那四個人坐下來之後，又是那個聲音道：「別難過，失敗是意料之中的事！」

那四個人中的一個開了口：「失敗到這種程度？」

房間中靜了下來，過了片刻，又是那第一個聲音道：「不能說完全失敗，你們至少已使他們知道，他們因何而來的，應該如何做，才能回來！」

（聽到這裡，我的直覺是那第一個講話的人，就是柏萊和辛尼夢中的那個領導人。我也知道，那四個後來進來的人，就是那四個「志願工作者」。他們已經安然回去了?可是，他們爲什麼說他們失敗了呢？）

房間中靜了片刻，那四個人的一個又道：「在沒有去之前，真是無論如何也想不到那邊竟會是這樣的情形。他們的外形，看來和我們完全一樣，但是他們……我真不能相信他們是我們的同類。我曾迷惘，受不了那種沈重痛苦的負擔。父親，我甚至曾請求不要將那樣的重擔放在我的肩上！」

另一個聲音嘆了一聲：「是的，通過傳訊儀，我聽到你的聲音，可是，去的時候，全然是你自己志願要去的！你在那邊所顯示的那些非凡的本領，難道沒有使他們留下深刻的印象？」

那四個人的一個人苦笑道：「我不知道，我承認我不明白他們的心意。當他們知道了所由來之後，他們唯一熱切的願望，就是回來，我想這只不過是一種遺傳因子的作用，就像那邊一種小生物，他們叫作昆蟲的，一切全是依據遺傳因子的作用來決定生活方式！」

領導人笑道：「至少他們學會了向我們通話！」

那四個人中的一個「呵呵」笑了起來：「是的，他們學會了形式，他們看到我在和你通話，他們並沒有注意到我使用的通話儀，只是看到了我和你通話時的情形，他們就學著做：閉上眼，舉起手。他們的聲音，當然無法傳達到這裡來！」領導人又道：「時間的比例怎麼樣？」

四人中的一個——這一個，我猜想他是四人之中的那個C——道：「我留意到了，大約是一比五萬。」

幾個人一起低議了幾句，一個道：「一比五萬！」

四人中的另一個——我猜是四人中的D——道：「是的，一比五萬，他們的生命極其短促，我已竭力使他們明白這一點，但是究竟多少人明白，我也說不上來，一比五萬，他們的一生，在我們這裡，不過是一天！」

領導人嘆了一聲：「幸好是那樣，不然，他們那麼罪惡，如果可以活得長，那不是更糟糕？」

四人中的那個A，用憤然的聲音道：「可是事實上是一樣的，那邊的四十年，或者六十年是一代，一代比一代邪惡，我真不知道發展下去，會到什麼地步！」

房間中又靜了下來，四人中的那個B嘆了一聲，那是很長的一下嘆息，緩緩地道：「他們只不過是看不開而已，他們所掌握的生命，在我們看來，如此脆弱而不值一提，但是對他們來說，卻是他們全部的一切。在那麼短的歷程中，他們要忍受一切痛苦，想盡一切方法，運用一切邪惡，去掙扎，用他們的話說，奮鬥，他們之中，肯放下一切，立刻渡過痛苦的海洋，到達幸福之岸的人，真是太少太少了！」

領導人道：「不論如何，你們每人至少都帶了若干人回來，而他們的資格，都是毫無疑問的，這是一種極大的成功，不能算是失敗！」

那個A笑道：「你是在安慰我們？」

領導人道：「決不是，這是事實！」他說到這裡，略停了一停，才又道：「你們是不是還準備再去？」

那四個人看來像是在互望著，做著手勢，C搖著頭：「我曾告誡他們，要是再這樣下去，我一定會再來。而當我再來的時候，我會帶來毀滅性的力量，將一切邪惡，盡數消滅！」

B嘆了一聲：「那就違反我們的本意了，我們本來是要去拯救他們的！」

A的聲音給人以十分粗亮的感覺：「值得救的，救；不值得救的，毀滅！」

D翻了翻手：「由得他們去自生自滅吧。我相信我們四人，已經留下了極其深遠的影響，要看他們自己能不能覺悟了！」

房間中又靜了一會，在那時，是一陣低聲的交談，顯然是參加會議的所有人，都在交換著意見。然後，又是領導人的聲音：「由於時間的比例如此之大，我們不妨稍等一時，如今第一件事要做的，是將你們四人的事記錄下來，一定有一個人要再去一次，立即回來！」

B站了起來，道：「我去，我將我帶去的東西，揀一個荒僻的地方放起來。或許，我們宣揚的道理，在若干年後，對那邊的人來說，意義會變得歪曲。希望在那時候，有人能夠從我帶去的之中，知道真相。」

A冷笑了起來：「真相？我在那邊生活的日子中，我就沒有發現過『真』，那邊的所有人，全是假，無窮無盡的假！他們根本不要真相！」

B道：「不論怎樣，我們要盡我們的責任！」他講到這裡，又站了起來，來回走了幾步。

（當B在來回走動的時候，我感到他的身量十分高，身上穿的是寬大的長袍。）

B走動了幾步之後：「我還可以作一個特殊的安排，安排一個人，回到這裡來。不管他是什麼人，使他回來一次，好讓我們這裡的人，仔細對那邊的人，作一個觀察，不知道各位是不是同意？」

B的話之後，又是一陣低沈的討論聲，然後又是那領導人道：「這不成問題，隨便你去安排好了！」

B雙手揚了起來，各人都走上去，和他輕輕擁抱，拍著他的背——我猜想這是他們之間的禮節。就在這時，我忽然不在那間房子中了，我來到了一片廣闊的平原之上。平原上，全是極其悅目的綠色，看來是一種極其細柔的草。我從來也沒有見過那樣的草，那樣悅目的綠色，而且那麼廣寬的一片，真是賞心悅目之極。

在那一大片綠色之中，有一個相當高的圓台，在那個圓台之上，放著一個巨大的、橄欖形的物體，那物體是銀灰色的，我看到在圓台的附近有不少人，有幾個人正在走進那橄欖形的物體裡。

接著，火光突然冒起，那種火光，也是極其悅目的橙紅色。隨著火光冒起，隆然巨響，像是一個火球突然爆發一樣，然後，就是一連串的隆隆聲，那橄欖形的物體升空。升空的速度之快，真是難以形容。火光才一閃，淩空在轟然巨響之中，又連發了兩個大火球，在火光還未消散之際，那橄欖形的物體，已經完全不見了！

由於那橄欖形的物體升空，我也抬起頭來向上看，我注意到了天空。天空是一種極其美麗的藍色，那種悅目的淺藍色，像是一幅極其巨大的晶體。在藍色之中，有銀白色的星，星很大，如拳，如碗，閃耀著光芒。

也就在這時，「夢」醒了！

我才一醒，就立時坐了起來，白素幾乎和我同時坐起來。我們兩人坐起來之後，背對著背，我看不清她臉上的神情。

我只覺得自己的臉上，肌肉在不斷跳動。我並沒有立時出聲，只是將剛才夢境中的情形，迅速想了一遍。

我相信白素和我在作同樣的事，我們幾乎是同時轉過身來的，一轉過身來，白素先開口：「我從來沒有見到過那樣大幅美麗的草地！」

我們有著完全相同的夢！單憑白素這一句話，我已經可以肯定這一點了！我回答她道：「是啊，還有那天空，那樣美麗的天空！」

白素道：「B又來過，那石室，這記錄儀，全是他再帶來的——」她講到這裡，突然停了下來，臉上現出一種十分古怪的神情來。

我陡地吸了一口氣，握住了她的手。白素口唇掀動著，好一會，才說道：「衛，那七層石室之中，有一種特殊設備，可以使人——」

我就是知道白素想起了「夢境」中B的最後那幾句話，所以才伸手握住了她的手。而白素果然想到了這一點！她講到這裡，停了一停，道：「我們可以回去！你想想，我們可以回去！」

她現出極其興奮的神情來，以致雙頰都因為興奮而變得發紅，甚至講話也變得有點喘息。她繼續道：「那麼美麗的環境，我相信那裡的空氣，才最適宜我們呼吸，還有，你想想，永恆的生命！」

毫無疑問，這是一個極度的誘惑，永生，回去——在這裡，「回去」的意思，就是「上天堂」或到「西方極樂世界」，這對任何人來說，是無可抗拒的誘惑。我並不怪白素變得如此興奮，這是任何人必然的反應，我自己也是一樣！

不過，我至少比白素略為冷靜一點，我將她的手握得更緊，問道：「你可曾聽到，B說：一個人！」

白素呆了一呆，道：「是的，B是那樣說，但他既然能使一個人回去，也必然能使兩個人回去。秘密就在那七層石室之中，那是B建造的，記錄儀也是他留下來的。秘密就在那七層石室之中！」

我深深地吸了一口氣，望著白素，白素湊過臉來：「我心中十分亂。」在我還不知道該如何回答之際，房門上突然發出了「砰」的一下巨響。

我和白素，都是反應極其敏捷的人，可是這時候，由於我們才從那「夢境」中醒過來，心情的混亂，達到了極點，比起尋常人所謂「生死大關」來，我們所需要考慮的問題，更加嚴重得多！在這樣的情形下，我們的反應，比起平時來，慢了不知多少！

所以，當房間傳來「蓬」然巨響之後，我和白素只是惘然抬起頭來，向房門望了一眼，一時之間，竟不知發生了什麼事。

而房門在「蓬」然巨響之後，又是一下響，門被粗暴地撞開來，柏萊已經出現在門口。當我們看到柏萊之際，最直接的印象，是一個印地安獵頭族的戰士衝進來了！柏萊的神情是如此凶惡和憤怒，他一雙眼中，像是要噴出火來一樣，目光一掃，就停留在那具記錄儀上。

接著，他用力將門關上，向前走了過來，我和白素直到這時，才站了起來。柏萊急速地喘著氣，直向白素走來，白素不由自主，向後退出了一步，柏萊的雙手緊緊握著拳，揚了起來，用極其難聽的聲音吼叫道：「你們這兩個卑鄙的豬！」

我冷靜地望著他：「你憑什麼這樣指責我們？」

柏萊伸手向記錄儀一指：「你們早已得了我們要找的東西，可是卻瞞著不告訴我！我以爲我們是同伴，是一起來尋找這東西的！」

我道：「是，我們先得到了！就像你一看到白素，就將巴因打昏了，拖進小巷子去一樣，我們之間，暫時向對方都作了一些隱瞞！」

柏萊的拳頭捏得咯咯響，看樣子，要是他不是深知我和白素在武術上有極高的造詣，他一定要毫不留情地向我們下手了！

我盡量使自己的聲音變得平和：「柏萊，你可以不必那麼激動，這具記錄儀中所記錄的一切——」

我才講到這裡，柏萊已經吼叫了起來：「你們知道了？你們已經知道了？你們沒有權這樣做，這是我的，回去的權利是我的，你們是什麼東西，你——」

他的神情，愈叫愈是凶惡，面肉在不住抽搐著，我忙道：「柏萊，你聽我說，你可以回去，可以——」

我的話才講到這裡，柏萊陡地一揮手，已經掣了一柄極其鋒利的尼泊爾彎刀在手。

我不知道他什麼時候買了這樣一柄刀，或許是在他性情變得暴戾邪惡之後的事。他一有刀在手，大叫一聲，向我衝了過來，一刀直砍我的頭顱，看他這一刀的勢子，全然是想將我的頭劈成兩半！

我心中又驚又怒，一等他手中的刀，快砍到我頭頂之際，伸手一托，就托住他的手腕，緊接著，一抬腳，膝頭已經撞在他的小腹之上。

那一撞的力道不輕，我並沒有留力，柏萊要殺我，我當然要自衛。所以，一撞中他的時候，他發出了一下怪叫聲，整個人向後跌去，手中的刀，也在那一剎間，給我奪了下來。

柏萊跌出了兩步之後，手按在一張沙發的扶手上，站定了身子，他是如此之憤怒，以致他的手指，深陷在沙發的扶手之內。我順手將刀拋開去：「柏萊，你好像忘記了，地球上的人要怎樣才能回去！」

柏萊的聲音嘶啞，我的話還沒有說完，他就陡地用又尖又高的聲音，向我發出了一連串惡毒之極的咒罵。柏萊足足向我罵了三分鐘之久。在這三分鐘內，我才知道人類的語言，用在惡毒的咒罵上，詞彙竟是如此之豐富。我很明白柏萊這時的心情，所以我任由他去發洩，等他咒罵到可能停一停之際，我又道：「柏萊，我絕無意和你爭著回去！」

我一面說，一面伸手指著那具記錄儀：「你可以取走這東西，這東西的確是一具記錄儀。它會告訴你，那四位使者對世人感到了何等程度的失望。你是一個有知識的人，應該知道那位

B，在臨去之際，曾經說過些什麼？」

柏萊大口大口喘著氣，只是望著我，並不出聲。

我吸了一口氣，說道：「B在臨回去之前，就是世人稱他在臨入滅之前最後的幾句話是：『一切萬物無常存，生死之中極爲可畏，你們精進勵行，以出生死之外！』」

我講到這裡，又停了一停。

柏萊的面肉抽搐著：「生死之外！你知道什麼叫生死之外？我才知道，我已經有過死亡的經歷，現在，我不要和你談什麼生死，我要回去，我要回去！」

他最後這一下「我要回去」這四個字，是聲嘶力竭，叫了出來的。

他的那種情形，叫人看來，又是憎恨，又是同情，我盡量使自己保持鎭定：「我已經說過，你可以回去，儘管以你的行爲而論，你沒有資格回去——」

柏萊又嘶叫道：「你有什麼資格下判斷！」

我苦笑道：「爲了達到目的，你的心靈之中，已經充滿了邪惡，和一切爲了達到目的，不擇手段，做出種種邪惡行徑的人完全一樣！」

柏萊吼叫道：「我不需要你對我說教！」

我嘆了一聲：「好，我不和你多說什麼，你帶著這具記錄儀走吧，祝你快樂！」

柏萊向著那記錄儀，直撲過去。他一撲到那具記錄儀之前，雙手抱住了它，竟急得不及站起身來，就抱著它滾到門口，陡地躍起，向外直衝了出去。白素立時將門關上，背靠著門，向我望來。

我向白素攤了攤手：「對不起，我將你的東西，給了柏萊！」

白素苦笑了一下，也攤了攤手，過了半晌，她才道：「其實，我們可以趕在柏萊前面！」

我心中一怔。我當然明白白素的意思。我們已經知道了這第二具記錄儀中所記錄的事，知道了在那七層石室之中，有著可以使人回去的設備。而柏萊卻還需要一段時間來獲知這一切，如果我們現在就出發，有極其充足的時間，趕在他的前面！

我呆了許久，白素一直盯著我看著，在等著我的決定。我終於嘆了一口氣：「算了，就當這一切完全沒有發生過！」白素低低嘆了一口氣，並沒有再說什麼。我苦笑道：「利達教授請我到尼泊爾來找他的兒子，誰也想不到事情會發展成那樣！無論如何，我們總算沒有對不起利達教授，我們幫了柏萊！」

白素道：「像柏萊這樣的人，不值得幫助！」

我又呆了半晌：「正像柏萊所說的，我們沒有資格判斷他人的行為，除非我們自己絕沒有罪惡的遺傳因子。」

我續道：「那位C，早已看透了世人全是罪惡的，所以他才有『你們中間誰是沒有罪的，就可以先拿石頭打她』這句名言留下來，讓我們回味！」

白素笑了起來：「好，既然你那麼看得開，我也將所發生的事，當作一場夢算了。雖然還有很多謎未曾解開，也只好永遠讓它是謎團了！」

我笑了起來：「所有的謎團之中，你猜我最想知道答案的是甚麼？」

白素搖頭道：「我猜不到，但是我自己，已在心中問自己千萬遍，頭髮，究竟有甚麼用！」我嘆了一口氣：「我也是，就是不明白這一點。頭髮有甚麼用呢？」

我們兩個再討論下去，也討論不出頭髮究竟有什麼用來，所以我們也未曾再說下去。這時，我突然想起：「那鑰匙，巴因給你的那柄鑰匙！」

白素現出一絲狡猾的笑容來：「這柄鑰匙，應該算是我此行的一個小小紀念品。」

我道：「可是巴因說過，如果沒有這柄鑰匙，根本進不了底層石室！」

白素轉過頭去：「你要我現在追出去，將這柄鑰匙送給柏萊？」

我苦笑了一下：「應該這樣！」

白素道：「你沒有看到柏萊剛才的樣子？我再走近他，他說不定一下子就將我殺死了！」

想起剛才柏萊的那種神情，我也不由自主嘆了一聲：「要是他進不了底層石室，他……他……」

白素道：「他就不能回去！像他那樣的人，如果可以回去的話，那麼，當年也不會有遣送這回事了！」

我心中很亂，對白素的話，柏萊的行徑，都無法下一個正確的判斷，白素又道：「我們幫助他，到此爲止，別的事，讓他自己去想辦法吧！」

我只好同意白素的說法，這時，我的猜想是，在柏萊獲知了第二具記錄儀中的記錄的一切之後，自然會到那石室中去，他可以設法進入，回去。我們在尼泊爾，也沒有什麼再逗留的必要了！我的意思是，我們立即回去。白素也同意立即回家。

不過我所持的回家方法，和白素有異議。我主張白素仍然搭飛機出境，我則由陸路走，我們一起在印度會合，再回家。

第十二部：和國王的一次詳談

可是白素卻不願和我分手。她要和我一起由陸路走。人生的際遇，就是這樣奇怪。一個看來無足輕重的決定，可以影響人的一生命運。如果白素照我的方法回家，整件事就已經結束，不可能再有新的發展了！可是，白素卻跟了我一起由陸路走。

如果我一個人由陸路走，我一定盡快趕路，趕到印度去和白素會合。那麼，我至多需要一天的時間，就可以離開尼泊爾國境，就不會給國王派來的人追上。可是我和白素在一起，沿途又有許多值得逗留觀賞的地方，我們走走停停，有時將車子駛離山路，停在峭壁之前，遠望雪山、藍天，也會消磨兩三小時，以致到了第三天，我們還在尼泊爾境內。

就在第三天早上，我和白素商量著，是不是要到前面的小鎮上，去購買露營的設備，索性找一個風景優美的地方住上幾天之際，我們的吉普車，正在崎嶇的山路中行進，兩輛軍用大卡車，自我們的後面，疾駛了過來。

當我初發現那兩輛大卡車之時，我還不知道發生了什麼事。由於山路相當窄，我將車子駛向一邊，好令得大卡車安然駛過去。

但是，當我的車子才停下，大卡車駛到近前，也突然停下。在兩輛大卡車中，至少跳下了四十名士兵來，而且一下車，就毫不客氣地用手中的機槍，指住了我們。就在我和白素愕然不知所措之時，兩個軍官，和一個中年人也下了車，向我們走了過來。

一看到那中年人，我就苦笑了一下，向白素道：「糟糕，御前大臣來了！」

白素向我望了一眼，還沒有說什麼，御前大臣和那兩個軍官，已經來到了我們的車前。大臣的態度很不友善，冷冷地望著我：「你又來了！」

我感到極其尷尬，我一再失信，實在想解釋也無從解釋起，我只好道：「我正準備離去！如果你當看不見我，保證以後絕不再來！」

大臣冷笑一聲：「保證！我不知道你的保證，究竟有什麼價值！」

我只好又苦笑了一下：「你怎麼知道我在境內？」

大臣道：「一個叫柏萊的人說的！」

我陡地吃了一驚：「柏萊？他怎麼了？他應該不在……他……怎麼……」

白素在這時，聽到我們的行為是柏萊所透露的，也現出極其訝異的神色來。

大臣卻並沒有回答我的話，只是喝道：「下車！我要帶你回去！」

我攤手道：「這次，我再來，實在沒有做什麼，我的行動，對貴國全然無損！」

大臣不讓我再說下去：「你放心，不是帶你回去砍頭，而是國王陛下要見你！」

一聽得是國王要見我，我不禁大大吁了一口氣，再見到國王，其難堪程度，固然在見了御前大臣之上，但國王是儒雅君子，他一定不會爲難我的！我忙道：「你怎麼不早說，我樂於見他！」

大臣冷笑一聲：「你別太高興了，你可以被控許多項嚴重罪名！」

我已經跳下了車，一聽得他這樣講，不禁發怔。天地良心，我這次來，真的什麼也沒有做過，我忙分辯道：「你一定弄錯了，我沒有做過什麼！」

大臣盯著我：「那個柏萊，他是你的同黨！」

我有點啼笑皆非，說道：「同黨這個名詞不怎麼恰當，他是我一個老朋友的兒子，這個人有點古怪，要是他做了什麼不對的事——」

大臣一揮手，打斷了我的話頭；「他殺了一個人，這個人在我們的國家中，受國王的特別保護，地位十分特殊——」

我和白素失聲叫了起來：「巴因，柏萊殺了巴因！」

大臣的神情極其憤恨：「是的，他殺了巴因，而且他行兇的手法之殘酷，絕不是一個正常人所願意宣諸於口的！」

我和白素互望了一眼，巴因被柏萊殺害，這一點，其實我早預料到了的！

當那天晚上，在街道上，我看到柏萊用這樣凶惡的態度對付巴因之際，我就預料到了！可是我當時一心以為柏萊要在巴因的口中套出秘密來，不至於下手殺他！

柏萊凶神惡煞地衝回酒店來，當然是他終於從巴因的口中，逼出了那具記錄儀的下落。巴因不認得白素，但是柏萊卻可以輕而易舉地在巴因的形容中，知道巴因是將東西賣給了白素！巴因一定隱瞞了那鑰匙的事，不然柏萊也會向我們追問。

那麼，巴因是什麼時候遇害的？是柏萊離開我們之後，認為巴因已沒有什麼秘密可說，所以就毫不顧惜地殺死了他？

如果是這樣的話，那麼，巴因的死，我多少有一點責任！因為如果讓柏萊一直以為巴因還有秘密可以出售的話，巴因是不會死的！

我嘆了一聲：「可憐的巴因！大臣，你不見得會以為我是同謀吧！」

當我在這樣的問的時候，我真的極其擔心。因為柏萊如此不正常，如果他被捕說我同謀，我得頗費一番唇舌，才能替自己洗刷清楚！大臣冷冷地道：「你是不是同謀，誰也不知道！」

我問道：「那麼，柏萊呢？」

大臣道：「柏萊，他闖入軍事禁區，奪了守衛的武器，擊斃了兩個士兵，本身也中了槍——

──」

我愈聽愈是心驚，大臣繼續道：「這個兇手，臨死之際，居然還在胡言亂語──」

我更是大驚：「死了，柏萊死了？」

大臣白了我一眼：「禁區有一連軍隊守衛，軍隊還擊，你以為什麼人可以生存？他中了二十多槍，倒地後不到一分鐘就死了！」

我不禁緊緊地閉上眼睛：柏萊死了！

在那片刻之間，我心中的混亂，真是難以形容。柏萊竟未能進入那建於地下的七層石室，他一闖入「軍事禁區」，就和守衛的軍隊起了衝突，被射死了！

柏萊死了！柏萊的「死」，和普通我們所瞭解的死亡，有著截然不同的意義。就普通的死亡而言，柏萊已經死過一次，那是若干時日之前，當辛尼用一柄利刃插進了他的心臟之際。

可是那一次死亡，卻不是柏萊的「死」，柏萊並沒有死，只不過是換了一個軀體，換上了一個印地安黑軍族人的軀體。

那麼，如今他在軍隊的射擊之下，又喪失了一個軀體，是不是也可以再得到一個呢？他再得到的軀體，會在什麼地方？是什麼樣的人呢？

我心中一片茫然，當我又睜開眼來時，神情也是一片茫然。我向白素望去，白素一定知道我在想什麼，她立時向我作了一個無可奈何的神情。

大臣一直用十分銳利的目光望著我們，冷冷地道：「你們兩人聽到了柏萊——這個兇手的死訊之後，神情爲什麼這樣古怪？」

我苦笑了一下：「事情本身就充滿了古怪，你怎能希望我們有其他的神情？」大臣緊盯著問了一句：「什麼古怪？」

我嘆了一口氣：「這件事，說起來實在太長，一時之間決講不明白——」我略頓了一頓，道：「我倒想知道，柏萊在臨死之前那一分鐘，他『胡言亂語』了一些什麼話？」

御前大臣「哼」地一聲：「我真不明白國王爲什麼會——」他講到這裡，像是覺察到絕不應該背後批評國王的不是，是以立時住口，而且神情多少有一點尷尬。他的話雖然不曾講完，但是我卻多少已經可以知道他要講些什麼了。

我問道：「國王陛下聽到了柏萊臨死時的話，所以派你來追我的？」

大臣點了點頭：「是！」

白素道：「那麼，他究竟講了些什麼？」

大臣作了一個手勢，令我們跟著他，來到了他的車前，伸手進車廂，取出了一具錄音機來，道：「他臨死前一分鐘的話全錄在這裡。國王陛下說，如果我追上了你，你不肯去見他，只要聽這一分鐘的講話，就一定肯去見他！」

我接過了錄音機來，向大臣望了一眼，然後按下了掣，錄音帶一轉動，我就聽到了一陣笑聲，同時傳來柏萊呼喝的聲音，說道：「讓開，讓開，我不需要你們！」

大臣在一旁解釋道：「他在趕開視察他傷勢的軍醫。」

我點了點頭，繼續聽著。柏萊的聲音很急促，他一面笑著，一面道：「你們以爲我會死？我不會死！我不會死！我非但不會死，而且會回去！你們全不能回去，只有我能！衛斯理呢？他和我一起來，告訴他！不論他弄什麼花樣，我都一定能回去！我比任何人都幸運，比任何人都高一等，我能回去，你們不能，哈哈哈……」

我深深地吸了一口氣，大臣道：「你說，他是不是在胡言亂語？」

白素立時道：「不是的！」

我卻道：「是的，他是在胡言亂語，因爲他只是認爲自己可以回去，其實，他不能回去！」

大臣用一種極其異樣的目光望定了我們。通常，只有在望著瘋子的時候，才會用這種眼光。我不理會他心中的奇訝：「國王陛下是怎麼聽到這卷錄音帶的？」

大臣道：「我奉命，在那秘密軍事基地中發生的任何事，都要向他報告！」

我略想了一想：「他聽到了這卷錄音帶之後，知道我又來了，所以要你來找我？」

大臣道：「是的，國王陛下好像顯得不安，他好像十分焦切希望見到你！」

我趁機問道：「他不怪我又進了國境？」

大臣「哼」地一聲：「我就是不明白他爲什麼要見你這種不守信用的人！」

我笑著，伸手在他的肩頭上，拍了一下：「大臣閣下，你不明白的事情太多了！上車吧，我相信國王一定急著要見我！」

大臣的神情啼笑皆非，我和白素上了車，車子迅速向前駛去，到了天明時分，已來到了一個小鎮上，大臣去聯絡，我們就在車旁野餐。一小時後，一架直升機在空地上降落，大臣、我、白素三個人上了機，直升機直來到王宮前的廣場上停下。

十分鐘後，我又走進了那一間房，國王自桌子後站了起來，我決不是怕難爲情的人，可是老實說，這時，又和國王見面，我真有點不好意思。當我趨前，和國王握手之後，我道：「陛下，大臣稱我爲不守信的人，我對於自己的一再失信，真是慚愧得很！」

國王真不愧謙謙君子，他笑道：「不，我很佩服你那種鍥而不捨的精神，請坐，過去的事別提了，我想和你作一次長談！」

我答應著，又向他介紹了白素：「這次一切事情，我知道的，她全知道！」

國王本來的意思，我看得出，是只想和我一個人作長談，所以我在介紹白素的時候，才特別強調白素什麼全知道這一點。

國王猶豫了一下，才向白素：「好，請你也留下來！」他一面說，一面向大臣望了一眼，作了一個手勢。大臣現出十分不情願的神情來，說道：「陛下，你——」

國王揮了揮手，打斷了他的話頭：「你放心，衛斯理不會傷害我的！」

大臣又向我瞪了一眼，顯然他心中對我這個「不守信用的人」，大不信任。可是國王既然這樣吩咐了，他也沒有話好說。當下他向國王行了一禮，後退著，走了出去，將門關上。

這時，書房中只有我們三個人了。我們全坐著，國王像是在思索著，不知該如何開口才好。我心中雖然有許多話要問國王，但是在禮貌上而言，自然不會先開口。而白素也決不是搶著說話的那種女人，所以一時之間，三個人全不開口。

沈默足足維持了五分鐘之久，國王才吁了一口氣；「我真不知道該如何才好！」

我立時接口道：「隨便你問我什麼，我都將我所知道的一切，全告訴你！」

國王揚了揚眉：「好，那就請你從頭說起！」

我已經打定了主意，要將我所知的一切，來交換國王所知的一切。當你已有了這樣的決定之際，最好的做法就是將自己所知的一切，原來本本講出來，才能換取到對方也對你誠實相待。

所以，我真的是從頭講起，從利達教授的一封信說起，說到我到尼泊爾來，遇到了辛尼，辛尼和我講起的一切，巴因賣給他的古物，使他和柏萊得到了那個「夢」。又講到利達教授的緊急電話，白素先到南美，我跟著去，我們又見到了柏萊，以及黑軍族的內部起了紛爭，我們三人一起在歷險之後，再來到尼泊爾的種種情形。

我講得極其詳細，連一絲一毫的細節也不遺漏。國王一直用心傾聽著，當他對我的敘述，顯然有疑問的時候，他也並不打斷我的話頭，而只是用筆在紙上寫一些什麼。我的敘述完全沒有中斷過，由於經過的情形，十分曲折，我也足足講了四小時左右。

當我講完了之後，我道：「白素比我早到南美，那邊的情形，她比我熟悉，而且再遇到巴因時，我也不在，可以請她補充。」

國王點了點頭，表示同意。

白素的補充，當然不再需要那麼長的時間。她只花了半小時就講完了。我這才又道：「陛下，我建議你的警衛要加強，因爲我上次偷進來，極之容易！」

國王笑了一下：「我的國家只是一個小國，我們盡量避免和外界的一切紛爭，像你這樣的人，究竟世上是不大有的！」

我只好攤了攤手。我留意到國王在聽我和白素敘述的時候，記下了不少問題，這時他取了紙張在手，略看了一看：「依你們的見解，在許多年之前，真的有一次大規模的遣送行動，由某一個天體上，將一批罪犯，放逐送到了地球上來？」

我道：「不是我們的見解，而是許多事實拼起來，只能得到這樣的結論！」

國王嘆了一口氣：「你還記得上次我和你的談話？我曾提到那四位傑出的人物？」

我忙道：「當然記得，非但記得，而且印象極其深刻。他們當然就是A、B、C、D。不過我很奇怪，當時陛下何以會向我提出這樣的一個問題？」

國王望了我半晌：「你以爲只有你們，柏萊和辛尼，才有過這樣的夢？」

國王的話，真的令我和白素震驚，不過白素比較鎮定，她只是震動了一下，仍然坐著不動，我卻比較衝動，一聽之下，忍不住陡地跳了起來。

我出聲道：「你——」

國王不出聲，站了起來，走向一隻古色古香的木櫃，打開了櫃門。我和白素立時看到了一具「記錄儀」。那是我看到過的第三具同樣的東西了！

這一次，連白素也不禁發出「啊」地一聲：「陛下，這具儀器中記錄著什麼？」

國王在白素一問之下，現出了一種極其茫然的神情來，長嘆了一聲，卻並沒有直接回答白素的這個問題，只是將門關上：「這東西，是被巴因刺死的那個老人送給我的。巴因那一族，可以得到國王的特別照顧。由於年代久遠，我不知道爲什麼，他們也不知道爲了什麼。那一族的人愈來愈少，到最後，只剩下了這兩個人，那老人和巴因。」

國王講到這裡，走了過來，仍在椅上坐下，又道：「那老人在每年都送一些禮物來給我，見我一次，我記不清是哪一年，他帶了這東西來給我，告訴我，這東西是那座神奇的古廟下面石室中的東西，他相信那一定是古物，所以才送給我的！」

我「嗯」地一聲：「或許是巴因知道了那老人的這次送禮行動，才令他產生了廟中的東西可以當古董出售的靈感！」

國王點頭道：「也許是。」

他略停了一停，又道：「這東西一到了我的手中，就引起了我極大的興趣，因爲我實在說不出那是什麼東西來。我對那座古廟，本來所知甚少，就是因爲有了這件東西，我才向老人問了很多有關那古廟的事，並且要求到那古廟去看看。可是那老人卻居然拒絕了我的要求，他說除了他那一族的人之外，任何人進這座古廟，就會有不測的災禍！」

我道：「可不是麼，我無意中走了進去，後腦就遭到了重重的一擊，幾乎死在最底下的那一層石室之中！」

國王笑了起來：「我聽得他這樣說，也只好作罷，那東西一直放著，一有空，就獨自拿出來仔細研究，直到有一天，我疲倦了，在偶然的情形下，頭靠著這東西睡著了，我做了一個怪夢。」

我和白素互望了一眼，國王略停一停，又道：「第一次，我只當那是怪夢，雖然夢境中的一切，如此真實，可是以後又有一次，我在同樣的情形之下進入睡眠狀態，同樣的夢又重複了一次，我就知道事情不尋常了。我沒有對任何人說起這件事。」

我問道：「你的夢境是——」

國王不出聲，過了一會，他又長嘆了一聲。這已經是他第二次以同樣的態度來回答這個問題的了！

國王在嘆了一聲之後：「我召了那老人來問，問他們那一族中的人，是不是有怪夢，他的回答卻是否定的。他只是說，連他在內，他們這一族中的人，對生命都看得很淡，很多人是自殺的，也有很多人登上了高山，不知所終。這其中，只有巴因一個人，好像是例外，巴因我也見過幾次，後來，你將巴因送到了警局——」

我道：「是的，因爲我確知他殺了人！」

國王苦笑道：「可是我仍然要保護他！這是世世代代的規矩。」

我道：「我明白，不過當時，我真是奇怪之極！」

國王作了一個手勢：「自從我見到你之後，我又向巴因盤問那古廟的事，他倒不像那老人這樣堅持，肯帶我到那廟中去看，不過，他決不肯帶我下石室去，他說我要是有什麼差錯，他實在負責不起。所以，我只是看到了那個巨大的東西，後來，我覺得巴因遲早會將之售給遊客，所以和他商量，封了石室的入口，拆了那座廟，將那東西搬到宮裡來。」

白素突然問道：「陛下，你這樣做，是為了什麼？」

國王道：「我們所知道的一切太驚世駭俗了！如果世界上每一個人，都確知他們原來是從某一個天體上來的，在那裡，人是永生的，生命是永恆的，那會引起什麼樣的混亂！」

白素攤了攤手：「大不了是再愚蠢到去造一座塔，想回去！」

國王沈默片刻：「從你們敘述之中，柏萊為了要回去而行動如此瘋狂，我想我的做法是對的。我不想別人再知道有這樣的事！」

我表示同意：「對，愈多人知道，愈是混亂。」

國王聽到我這樣說，表示很高興，他又道：「那東西，究竟是什麼？」

我道：「白素沒有見過，讓她看一看，我們再來討論！」

國王卻搖頭道：「可惜，巴因一死之後，我已將那東西毀去了。」

我不禁「啊」地一聲，白素也顯著地現出一股失望的神色來。國王又問道：「照你看來，那是什麼？」

我對那東西，早就有了自己的見解，道：「照我看，那是一種交通工具的一部分。」

國王道：「他們……他們就是乘坐那種交通工具來的？那……四個人？」

我道：「我想那是運送儀器的。那四個……來到地球，是另外一種方式。有比較詳細記錄的是C，C來到地球的時候，有三個牧羊人看到天空有異樣的光亮閃耀——」

國王揮了揮手，像是他一時之間不能消化我的話，所以請我暫停一停再說下去。

我停了一會，繼續道：「記得夢境麼，他們來，和我們完全一樣，和我們一起長大，直到達某一年齡，他們的能力才逐漸顯示，那是爲了使他們四人，更瞭解我們在地球上生活的人！」

國王喃喃地道：「是的……是的……」他提高了聲音：「他們是以怎麼樣的方式來的？」

我道：「我大膽假設，他們的身體沒有來，來的是他們的靈魂——我借用『靈魂』，這個名詞，來表示人的生命中最重要的部分，只要這一部分不滅，生命就是永恆的！」

國王吸了一口氣道：「我明白！我明白！柏萊就是這樣？」

白素道：「我還相信，像柏萊這種情形，在那裡一定人人都可以做得到。但是在地球上，卻只是在極偶然的情形之下，個別發生。像柏萊，和其他零星的一些例子。我也相信，即使在那邊，也不是肉體的永遠不敗壞，而只不過是他們可以任意轉換肉體，以維護生命的永恆！」

白素的假設，全然沒有根據，只不過是她的假設。可是在後來，當我又有了極其怪的經歷之後，卻證明她的假設，離事實極之接近。

國王皺著眉：「沒有人不想自己的生命達到永恆，可是我究竟缺少了什麼，才不能做到這一點呢？」

我忙道：「陛下，別忘了我們的祖先，被遣送到地球來的時候，被消除了某種能力！」

國王緩緩地道：「頭髮的功用？」

他這一句話，是一個字一個字講出來的！

我和白素立時互望了一眼。如果國王可以肯定，地球人所喪失的能力，就是頭髮的功用的話，那麼，他知道這一點，一定是從他的「夢」中得知的。我立時道：「陛下，你是在那個『夢』中知道？」

國王緩緩的點了點頭，道：「可以說是！」

我立時又問道：「陛下，那個夢，你可否向我們講述一次？」

這已經是我第三次向他問及這個問題了！可是國王的回答，仍然是像前兩次一樣，只是長嘆了一聲。我感到十分不耐煩，因爲我什麼都對他說了，而他卻始終想隱瞞那個夢境！

但是，正當我要提出抗議之際，國王卻向我作了一個手勢：「我並不是不肯覆述這個夢境。只不過……只不過這個夢中所見到和聽到的一切，實在太令人沮喪。不願意轉述，而且連想也不願再想。況且，由我來轉述，遠不如由你來親歷，是不是？」

我一聽得他這樣說法，不由得大喜，忙道：「你的意思是，由我來親自體驗？」

國王道：「是的，你們今晚可以在宮中留宿，利用那……那……記錄儀，獲得你們另一個夢，等你們知道了這個夢境之後，我們再來討論其他的問題！」

我連聲道：「好！好！」

國王按下了對講機的掣，吩咐大臣進來，在大臣沒進來之前，他指著那個：「你可以將那記錄儀帶到的你的臥室去，最好別讓大臣看到，要向他解釋，太費唇舌！」

我立時點頭表示同意，在櫃中取出那具記錄儀來，脫下上衣，將之包了起來。這時，大臣也進來了，國王吩咐道：「好好招待衛先生夫婦，替他們準備房間，明天我還要和他們長談。」

大臣恭敬地答應著，我和白素向國王行禮告退，大臣先帶領我們享受了一頓極其豐富的晚餐。在經過了長途跋涉和長時間的談話之後，我和白素都十分疲倦，所以當我們來到了大臣替我們準備的華麗臥室之中，我們將頭枕在那具記錄儀上之後不久，我和白素，就都進入了睡眠狀態之中。

第十三部：第二號夢

一進入睡眠狀態之中，我們就有了另一個「夢」。

在這裡，必須略作說明。那樣子的記錄儀，到現在爲止，一共有三具，「夢」也有三個，第一號記錄儀，落在柏萊和辛尼的手中，使他們有了第一號夢。

第一號夢，只有辛尼和柏萊親歷。我知道第一號夢的內容，由於辛尼的轉述。

我之所以要將「夢」編號，也是爲了敘述的方便。

巴因賣給白素的那具記錄儀，使我們得到了另一個夢，這個夢，我將之編爲第三號，稱之爲「第三號夢」。因爲我們在王宮之中，又得到了另一個「夢」之後，發現那個夢，應該排在第二，因爲那個夢中發生的事，應該在第三號之前。

以下，就是第二號夢中的情形。

第二號夢中，開始，也是一個會議，但是會議的參加者只是六個人，那六個人，我在一進入夢境之後，就可以知道他們是誰。他們是A、B、C、D、領導人以及C的父親。

我之所以將這個夢編爲第二號，是因爲顯然那是A、B、C、D才回來之後發生的事，他們六個人先討論了事情的經過，然後才在另一次較多人參加的會議中出現——那次較多人參加的會議，就是第三號夢。

我這樣的敘述，可能有點淩亂，但是事實如此。如果有心弄清楚那些次序，也是很容易的事。

一進入「夢境」，同樣是柔和的光線，六個看來有點朦朧的人影，圍著一張圓桌坐著，開始時，是一片沈默，然後才是領導人的聲音：「你們四個人的結論一致？」

C的聲音聽來很低沈：「是的！」

領導人嘆了一聲：「情形真的那麼壞？」

C苦笑道：「只有比我們的報告更壞！由於我們對罪惡的認識不是那麼深刻，我們的報告，其實還未曾觸及到他們內心深處的醜惡。他們的內心究竟有多麼壞有他們自己才最清楚！」

A的聲音憤然，指著C：「他的遭遇最不幸，他千挑萬揀，揀了十二個人，認爲是最有資格相信他們的了，可是其中的一個，居然出賣了他！」

領導人和C的父親，同時發出了一下感嘆聲：「你認爲他們罪惡的根源是什麼呢？」

A、B、C、D都沈默了片刻，B最先開口，語音平和：「是他們對自身的生命認識不夠。短促的生命，在他們的心目之中，卻是頭等重要的事。」

A大聲道：「不是，罪惡的根源，是由於他們根本就是罪惡的化身！他們的一生之中，不知要做多少醜惡的事，大規模的殺戮，只重視自己的生命，而漠視他人的生命，這才是致命傷！」

D嘆了一聲：「我認為最大的毛病，是在他們之間，完全無法溝通，沒有一個人可以知道另一個人的心中在想什麼。可以溝通的語言，虛偽和不真實，虛假代替了一切，欺詐盛行。他們又追求莫名其妙的權力，專橫和獨斷，超乎任何生物的對待同類的殘忍。公平正義，在那裡完全找不到影子！」

領導人嘆了一聲：「這一切，正是你們四個，要到那邊傳達的，要不是他們如此醜惡，也不用你們四個到那裡去了！」

A道：「是的，我們去了，也盡我們的力量，作了傳達，可是收效實在太微，而且我相信，情形會愈來愈糟，罪惡會愈來愈甚，直到——」

C的父親沈聲道：「直到我們要將之根本毀滅為止？」

C喃喃地道：「會有這一天的。我們承認失敗了！」

A大聲道：「我已經研究過，要將那個星球完全毀滅，只要使那顆十七等發光星的運行軌道，略作調整，對那個星體所在的星雲，影響已是極小，對我們這裡，完全沒有影響！」

A的話之後，是一個相當時間的沈默，B才嘆了一聲：「不見得在那裡的所有人全是這樣的，儘管內心的醜惡，單為自己打算，犧牲他人的千百分利益，目的可能只能為自己帶來半分利益，但總還是有少數人是好的，雖然是極少數，叫他們也一起遭毀滅，未免太不公平了！」

A道：「你有什麼更好的方法？」

B道：「我們可以在距離這個星球適當距離之處，作一個大型的接引裝置。當他們的肉體功能喪失之後，他們的思想電波束，可以供我們作檢查，是合乎回來資格的，就可以接引導回來。我們可以作這個最後的審查。」

領導人猶豫了一下：「他們的頭髮功用完全喪失了，還有什麼思想電波束？」

B道：「極微弱，但還存在。在那邊，也有個別的突發情形，思想電波束凝聚不散。我們的裝置如果是夠精密，可以接送合乎條件的人回來！」

領導人道：「很好，我會設法促成這個工作——」他講到這裡，略頓了頓：「你們不準備再去了？」

A、B、C、D四個人沈默了片刻，然後才道：「不打算再去了！」

D嘆了一聲，又道：「說起來很慚愧，我們失敗了。我們已經夠寬容的了，我甚至答應他們，不論他們過去的行為和思想如何醜惡，只要他們放棄過去的一切，就可以得到寬容。可是他們心靈中醜惡是如此根深蒂固地盤踞著，真正能聽我話的人，真是少之又少！」

領導人擺了擺手：「我們有了結論，他們的最大罪惡根源，是內心深處只爲自己短暫的生命打算，在他們的生命過程中，虛僞、欺詐、貪婪、妒嫉、兇狠、殘酷、自私、橫蠻……」

領導人講到那些詞的時候，語音十分生硬，顯然他對那些事，並不是十分熟悉。當他還想向下講去的時候，C的父親苦笑道：「不必再向下說了，這些行爲，單是聽著也不會舒服，真不明白他們何以互相向自己的同類，一生施展這種行爲！」

領導人停了一停，沒有再說下去，道：「我們派去的四個人，已經盡了能力來宣揚與此相對的種種善良行爲，他們宣揚的道理，相信會一代一代傳下去。現在，我們只能聽其自然，由他們自己去選擇。我們進行那個接引裝置，已經算盡了最大的努力，何去何從，由得他們自己去決定好了！」

C的父親道：「這是最好的辦法了！」

到這裡，A、B、C、D先站了起來。領導人和C的父親也跟著站起，領導人說道：「他們都等著聽你們四人的報告，該去了！」

A苦澀地道：「也沒有什麼好報告的，我們失敗了，如此而已。」

六個人一面講著，一面走了出去。

我和白素就在那時，醒了過來，背對背而坐，一聲不出。那個「夢」，不但使我們講不出話來，而且，使我們冷汗直冒！

C說：「他們究竟有多麼壞，只有他們自己才知道。」

我們究竟有多麼壞？領導人用生硬的語音已經數出了不少壞行爲來，但是那些壞行爲，只不過是地球人所有的壞行爲中的千分之一，萬分之一！

我和白素，當然也明白了何以國王不願意敘述這個夢境的原因。我們，地球人，是如此邪惡！比地球上任何的生物邪惡！而我、白素、國王，全是其中的一分子！

我先轉過身去，看到白素也在緩緩轉過身來。我們互望了一眼，我先抹了抹額上的冷汗，聲音也有點發顫：「他們放棄了！」

白素的聲音發澀：「沒有，他們在適當的距離，設了接引裝置！」

我苦笑道：「就算有這樣的接引裝置，你說，地球上有多少人可以夠資格回去？」

白素喃喃地道：「總有的，總會有的……或許，十四萬四千人？」

我身子向後略靠，就和白素背靠背坐著，一直坐到天亮。大臣又來招待我們進早餐，早餐後，我們又進了國王的書房。

國王一見我和白素，第一句話就是道：「兩位，你們是不是以爲自己可以通過最後的審查？」

我和白素報以苦笑，無法出聲。國王又嘆道：「其實人人都可以通過最後的審查。他們四位的道理，明明白白擺在那裡，只要照做就可以了！可是誰都不肯做！」

我苦笑道：「別說是普通人，就算以傳播他們四個人道理自居的人，又有幾個能夠做得到？」

國王搓著手：「虛假，沒有一個人能知道另一個人的心中真正在想什麼——」他講到這裡，頓了一頓，才又道：「在這樣的情形下，任何人邪惡的心念，不爲他人所知，也就沒有了真實這回事，一切全在虛假的煙幕下進行，我真懷疑，雖然他們在適當的距離，裝了一個接引地球人『思想電波束』回去的裝置，但究竟是不是有人曾經有資格可以被接引回去！」

我正在考慮這個問題，白素已經道：「有確實證據被接引回去的，至少有一個人。」

我和國王都大表訝異，不知道白素何以說得如此肯定。白素道：「這個人，就是大發明家愛迪生。你們應該知道他臨死時的情形！」

我和國王都不禁「呵」地一聲，一起點著頭。大發明家愛迪生臨死的情形，有著明確的記載：當他彌留之際，醫生和他的親友都圍在他的床前，眼看他的呼吸愈來愈微弱，心臟終於停止了跳動，可是就在醫生要宣佈他死亡之際，他卻突然坐了起來，說了一句話：「真想不到，那邊竟是如此美麗！」

他一講完這句話，就正式死亡了！一直以來，沒有人知道他這句話是什麼意思，也沒有人知道他在臨死之前的一剎間，究竟看到了什麼，以致他要掙扎著坐起來，將他所見到的那美麗的景像，告知他人。

這件事，一直是一個謎，雖然在許多正式的文件中都有記錄，但一直沒有人可以解透這一個謎。

國王顯然也知道這個事實，所以他才會在一聽到白素的話之後，和我一起發出「呵」地一聲驚呼來。這個令世人一直大惑不解的謎，大發明家愛迪生的最後遺言，如今在我們看來，實在再簡單也沒有！那是因爲他已經「回」到了那邊，看到了那邊的景色，所以不由自主，發出了贊嘆聲來！

愛迪生回去了，這可以肯定！

國王呆了半晌，才又道：「那麼快？人一死，就立時可以回去？」

我吸了一口氣，道：「多半是這樣，不然愛迪生不會那麼快就看到！多半人在將死未死之際，『思想電波束』就已經離開了肉體。肉體是暫時的，最多一百年，但是『思想電波束』，卻是永遠的。而愛迪生之所以能成爲大發明家，想出許多人類以前從未有過的東西，看來也是遺傳因子突變的結果。」

國王嘆了一聲：「思想電波束，爲什麼我們不能自行控制？那些記錄儀中，一再提到頭髮的功用——」他講到這裡，略停了一停，搓著手，神情看來相當緊張，又道：「和頭髮的功用之一，是不是有關呢？」

我道：「我想過了，我想，應該說是思想電波束，是經由頭髮而出入的，頭髮原來是思想電波束的通路，所以才生得如此接近腦部，而且構造又如此之多，地球上其他的生物，根本沒有這樣的東西！」

國王緊皺著眉，顯然他心中和我一樣，還是有很多想不通的事。我又道：「我還有一個想法，所謂永生，我想是生命中的一個轉移，情形和柏萊由白種人變爲印地安人相似，用我們的話來說，叫作『借屍還魂』，或者是『投胎』。思想不變，但是肉體轉換。而且，我相信這種轉換，也是通過頭髮的功用來進行的！」

國王又想了一會，才道：「暫時只好如此假定，因爲沒有人可以證明這一點！」

我剛想開口，白素已經道：「可以的，可以有人證明這一點的！」

國王先是「啊」地一聲，對白素的話感到很驚異，接著，他隨即明白了白素這樣說是什麼意思。因爲我已將我所知的一切全告訴了他，他也知道在那七層石室之中，有一個裝置，可以令一個人「回去」！

當時，我們三個人都停止了不出聲，心中都有一種異樣的感覺，好像有一股無形的重壓，壓在我們的心頭。這種重壓，由於我們現在正處於人類所有知識範圍之外的一種經歷而生。

我對於「回去」這個名詞，多少有一點異議，因爲就算一切事實，正如我們所知一樣，我們到達這裡，也不可能算是「回去」，我們是第一代被遣來的人的後代，從第一代起，已經不知經過了多少代。儘管時至今日，我們對於地球的環境，還是不能十分適應。但我們究竟是應該屬於地球的，還是屬於那邊的呢？

這個問題，我無法解答，也令我的心情，十分迷惘。爲了打破我們三人間這種難以形容的，令人感到十分不安的沈默氣氛，我攤了攤手：「陛下，如果你的政務不是太忙的話，倒可以到那邊去走走！」

我的話說得十分輕描淡寫。可是國王顯然也正在想著這一點，他竟因爲我的話，而陡地跳了一下，接著，用一種奇特之極的眼光望著我。過了好一會，他才吞了一口口水：「我……能到那邊去？」

我道：「爲什麼不能，記錄儀中的記錄，說得很明白，可以有一個人到那邊去！」

國王急速地呼吸著，來回踱著步：「我……如果去的話，怎麼去？」

我搖著道：「我不知道，但如果我們到那七層石室中去的話，總可以找出答案來的！」

白素接口道：「而且巴因的那柄鑰匙在我這裡，可以直下最底層的石室！」

國王又呆呆地想了半晌：「去了，要是回不來了呢？怎麼辦！」

我和白素都陡地一呆。老實說，我們都沒有想到這個問題。去那邊，應該是地球上所有人的最後歸宿。像柏萊，就一直只想「去」，而沒有想到「回」。可是如今國王卻想到了這個問題。

我和白素都不知道該如何回答才好，國王又嘆了聲，才喃喃地道：「我想我無法拋開一切，到那邊去！」

國王的語音雖然低，低得像是在自言自語，可是他的話，卻在我的心頭，造成了重重的一擊！

既然拋不開，當然不能到達彼岸，國王是不會，而且也無法到那邊去的了！當我想到這一點的時候，國王自己也顯然想到了這一點，他的神情有點苦澀：「我現在不能走，兩位——」

我深深吸了一口氣，望向白素，白素也望向我。

在那一剎間，我們兩人實在不知道該如何才好。好一會，還是白素先開口：「陛下，不論怎樣，我們都得到那七層神秘石室中去看看！」

國王緊皺著眉，足有好幾分鐘之久，他緊蹙著的雙眉，才舒展了開來，很明顯，他心中的一個結，已經解開了！他搓著手：「我准你們兩人，進那些建造在地下的石室去！」

我怔了一怔：「你——」

國王搖頭道：「我不去了！而且，你們去了之後，不論有什麼結果，也絕對不用再來講給我聽，我已經準備將所有的事完全忘卻！」

我有點感到意外，指著那具記錄儀：「你無法忘卻的！當你看到這東西時，難道你有法子使自己不想起這一切古怪的事情來？」

國王笑道：「那太容易了，只要三分鐘，就可以將這東西全毀去！」

我還想說什麼，白素拉了拉我的衣袖，阻止我再說下去：「陛下的決定是對的，他和我們不同，他有很多責任，不能就這樣撒手不管，一走了之！」

我提高了聲音：「責任？他的責任，和他的一切，用那邊的眼光來看，全是如此虛幻和短促，是根本不值得留戀的！」

白素立即道：「但我們究竟是這裡的人，不是那邊的人！」

我無助地揮著手，實在不知道該如何再說下去好。國王已經道：「我既然已經決定了，就絕不會改變。我給你們進入軍事禁區的特權，而且吩咐御前大臣和禁區守衛，給你們一切需要的幫助！」他的話一講完，就已經按下了對講機的掣，吩咐御前大臣進來。

我和白素自然沒有再說什麼，國王想忘卻這一切，我們沒有理由強迫他記在心裡，而我和白素，是無論如何，一定要到那七層石室中去探索一番的！

當大臣進來，國王作完了吩咐之後，我們向國王告別，離開了王宮。

有了國王的吩咐，大臣對我們的態度，也變得十分友善，替我們準備了車子，由他陪著，當日下午，就已經來到了「軍事禁區」。

禁區的守衛工作，比我上次來的時候，加強了許多。我想那是由於柏萊上次闖進來的結果。大臣對兩個軍官吩咐了幾句，軍官帶著我們向前走，來到了一處看來和附近別的地方沒有任何不同的所在，指著地下：「最後的封口，就在這裡。」

大臣向我指了一指：「一切照他的吩咐！」

大臣說完了這句話，就自顧自地走了開去。我絕不知道，在進入那七層石室之後，會有什麼不尋常的事發生。但不論會發生什麼事，總是愈少人知道愈好！

當大臣走了開去之後，我向那兩個軍官望了一眼，軍官的神態十分恭敬，一副聽我命令的樣子。我道：「一共有多少守軍？」

其中有一個軍官道：「七百零六人！」

我揮著手，用極其肯定的語氣道：「全部撤退到三十公里之外，一個也不留！」

儘管我的命令下得極其肯定，可是由於命令的本身實在太奇特了，那兩個軍官在刹那之間，睜大了眼，不知該如何回答才好。

我提高了聲音：「全部撤退！留下掘地的工具給我們就行了！」

直到我第二次重複，那兩個軍官才如夢乍醒，各自立正，向我行了一個禮，快步奔了開去。不一會，我就聽到了一連串的口令聲，自近而遠，傳了開去，接著，便是許多輛卡車發動的聲音，士兵列隊，跑步向卡車。兩個士兵拿了十幾件工具來，放在地上。

那批軍隊的行動十分迅速，不到半小時，所有的人，全走得乾乾淨淨。當人全部離開之後，四周圍靜到了極點。我和白素可以聽到相互之間的呼吸聲。

我拿起了一柄鶴嘴鋤來，在手心中吐了一口口水，搓了搓手，抓起鋤來，向地上鋤了下去，開始挖掘。白素在一旁，將我挖開來的泥、石，全都搬開去。

不到一小時，我已挖開了鋪在水泥上的砂石泥土，現出了水泥板來。白素發動了發電機，我取起一柄風鎬，一開動，在寂靜的夜晚，那種連續的「達達」聲，只怕可以傳出十里之外。在風鎬的鑽動下，水泥翻了起來，現出鋼筋，白素就用鋸鋸斷鋼筋。

在我們兩人通力合作之下，很快就開出一個兩尺見方的洞。洞下面，黑沈沈地，埋藏著人類歷史上最大的奧秘！

等到我們可以肯定，我們兩人都可以下去之際，我們就停了手，白素提著一具強力的電筒，向下照去，我在洞口向下看，毫無疑問，那是我曾經到過的第一層石室。石室的四壁，全是整齊的石塊，石室中空無一物。

我先跳下去，然後接白素下來。我找到了通向下層的梯級，和白素一起向下走去。第二層、第三層的情形，都和第一層一樣，全是空的，什麼也沒有。而且雖然一層和一層之間，在梯級的盡頭處都有門，但卻全是開著。

一直來到了通向第四層石室之間，門才關著。我推了推，沒有推開。我用電筒上下照著，不一會，就在門邊上，發現了一個圓形的小孔，和白素得自巴因的那柄鑰匙，一樣大小。

自從進了石室之後，我和白素都沒有說過話。那是由於下面實在太靜了！我們不但可以聽到互相間的呼吸聲，甚至可以聽到對方的心跳聲。這種極度的寂靜有一股異樣的壓力，使人完全不想開口講話。

我找到了那個小孔，向白素作了一個手勢，白素也立時會意，取出了那柄鑰匙，平貼著，放進那個小孔之中。鑰匙才一放進去，就聽到「拍」的一聲響。

那一下響聲，基實是十分低微的，但是由於我們所處的環境實在太靜了，所以那一下輕微的聲響，也令我們兩人，嚇得不由自主，跳了一下。

隨著那一下聲響，門向內慢慢打了開來，白素取回了鑰匙，向內走去，我跟在後面。

第十四部：深入七層充滿奧秘的石室

那是第四層石室。

上一次，我是從最底層——第七層石室中追巴因上來的，當時，除了第七層石室之外，每一層都點著燭。可是當時我由於急於要追上巴因，所以根本沒有向那些石室，多打量一眼。

這時，一進入第四層石室，我和白素兩人，就不由自主，深深地吸了一口氣。在電筒的照耀之下，石室四壁的浮雕，顯露無遺！

我和白素到過很多地方，而且對於各地廟宇的藝術裝飾，都極有興趣。但是我們卻從來也未曾見過如此精美的浮雕！

那些浮雕，毫無疑問，是屬於廟宇藝術的範疇。我和白素將手中的電筒，慢慢地移過去，看到了很多人像，其中有七八個，特別突出，其餘的都很小，列隊在走向一個橄欖形的物體之中。

我和白素互相望了一眼。毫無疑問，這就是那「第一個夢」中記錄的情形，一大群人，如今地球人的祖先，被送到了這個十七等發光星的其中一個衛星上來的情形。

在近牆腳部分，還有很多文字般的符號，那種符號，極其簡潔，是由許多幾何圖形組成的。我猜想這是那邊的文字，我和白素自然看不懂。我們在這層石室中停了許久，才走下梯級，同樣用鑰匙打開了進入第五層石室之門。

在第五層石室四壁上，也有著同樣精美的石刻浮雕，每一壁上的浮雕都是獨立的，那顯然是四組獨立的故事，而且每一組故事，都有一個中心人物。我們一組一組看過去，在這四組浮雕之中，記錄了A、B、C、D四個人在地球上生活的一生。

等到我們看完，白素忍不住低嘆了一聲：「真難以想像，巴因和他的族人，在這裡進出了不知道多少次，他們難道完全不注意這些浮雕？」

我道：「他們不是不注意，而是完全不明白這些浮雕想表達些什麼。你想想，如果我們不是知道了那三個夢的內容的話，我們看到了這些，會怎麼想？」

白素略想了片刻：「你說得對，我們會以爲那只不過是普通的廟宇藝術。事實上，每一座廟宇或教堂之中，都有著類似的記錄！」

我向下走去，白素跟在我的後面：「再下去，是第六層了！」

我「嗯」地一聲，第六層石室的門打開之後，出乎意料之外，四壁並沒有浮雕，只有靠左首的石壁下，有一塊巨大的長方形大石，形狀大小，一如一具石棺。這塊大石是實心的，只有三個凹槽。從那三個凹槽的大小來看，恰好放下那三具記錄儀。

本來，我們希望可以在地下石室中，再發現幾具記錄儀，那樣，我們對那邊的情形，就可以知道得更多一點了！

但如今，從這三個凹槽來看，記錄儀一共只有三具，已經全不在這層石室之中了！

我和白素花了十分鐘的時間，檢查了第六層石室，看看是不是有什麼暗格，儲放著其他的東西，但是卻一點也沒有發現。

我們開始向下走去。

當我們向著第七層，也就是最後一層石室走去之際，我們兩人的腳步，不由自主，都顯得很沈重。我們都知道，一切奧秘，一定全在這最下一層的石室之中！在那時候，我們的心中，都有一種莫名其妙的恐懼——雖然不至於就此退縮，但是心底深處，倒真有點希望那些梯級，永遠走不到盡頭！

可是十來級梯級，儘管將腳步放得再慢，也不用花多少時間，就到了盡頭。

來到了門前，我和白素都不出聲，當白素取著鑰匙，向門上那個圓形小孔中放去的時候，我注意到她的手，在不由自主地微微發抖。我忙伸出手來，握住了她的手，白素的身子向我靠來，我道：「別怕，我曾到過這裡，不會有什麼意外的！」

白素的聲音有點異樣：「你……難道忘了那老人臨死時告誡巴因的話？」

我道：「我當然記得，那老人說，在這第七層石室之內，絕不能有絲毫光亮！」

白素望著我：「那我們應該怎麼辦？」

我想了一想：「我們先將電筒熄掉，進去了之後再相機行事。」

白素表示同意，我們一起熄掉了電筒，白素摸索著，將鑰匙插進了小孔之內。

這時候，我們眼前一片漆黑，我伸手輕輕一推，已經將門推了開來。

我們完全被黑暗所包圍。當門推開之後，我和白素手握著手，向前走出了幾步，門在我們的身後，自動關上。當門關上之後，黑暗和寂靜，佔據了一切，我毫無疑問，可以聽到兩個人的心跳聲。

過了很久，白素才低聲道：「我們應該怎麼辦？應該祈禱？」

我聽了白素的話，想笑，但是卻又實在笑不出來。我道：「這樣在黑暗中等，也等不出名堂來，我想，我們至少要弄清楚自己身處的環境！」

白素壓低了聲音：「那就必須弄出光亮來！」

我道：「是的，沒有光，怎麼看得見自己是在什麼地方，四周圍有點什麼？」

白素道：「或許我們應該上去，去弄一副紅外線觀察器來！」

我苦笑了一下：「那得耽擱多少時間，這樣吧，你上去，我一個人在這裡，著亮電筒。如果有什麼不測，也只不過是我一個人的事！」

白素的聲音堅決而有怒意：「不，這是什麼話，要是有什麼不測，也是我們一起擔當！」

我立時道：「那好，我叫一、二、三，我們一起著亮電筒。」

白素道：「一起叫！」

我們一起深深地吸了一口氣，叫：「一！二！三！」

「三」字一出口，兩支強力的電筒，一起著亮了！

這裡是第七層石室，是我知道那個老者在臨死之際，什麼也不對巴因說，但是卻千叮萬囑，囑咐他不可以有任何光亮的地方！而這時，我們所發出的，不單是「一點點光亮」，而是兩支強力電筒的光芒！

在我們下定決心，一按亮電筒之際，我們已經期待著，準備任何怪異的情形出現的了！

兩根光柱射出，我們首先看到，在第七層石室四面石壁的上部，滿是凸透鏡一樣的裝置。這種裝置，我一眼就可以看出，那是感光裝置。而也就在這時，一陣聲響傳來，在我們對面的石壁上，有一道暗門，打了開來。

我和白素互望了一眼，心中都明白了何以那老者吩咐不能在這裡有任何光亮的原因。理由極簡單。當然，那老者不明其中究竟。他這樣告誡巴因，無非是他的上代，一代一代傳下來的教訓。因為在這裡，裝有感光裝置，我相信這種感光裝置一定極其靈敏，別說有兩支強力電筒的光，只怕一根光柴所發出的光芒，已經足以使感光裝置受到感應，打開那道暗門來了！

這種靈敏度極高的感光裝置，當然不是地球人目前的科學水準所能做得到的事，我和白素本來以為一有光亮出現，一定會有什麼極怪異的事發生，我們的心中都想到了「天威不可測」這句話。如今謎底揭開，原來一有光亮，只不過是使一道暗門打開，我們都不禁啞然失笑，剎那之間，心情輕鬆無比，我首先跨出兩步，向暗門走去，暗門相當矮，要彎下腰才能走進去。

我來到暗門之前，一彎身，正準備進去，也就在這同時，我看了暗門中的情形，而也就在那一剎間，我呆住了！竟不知道向內走去，只是僵立在門口。

白素在我身後，她看不到暗門中的情形，只看到我呆在門口，忙問道：「怎麼啦？」

給她一問，我才吁了一口氣，一步跨了進去，白素在我身後，跟著彎下了腰，她和我一樣，當她看到了暗門的情形之後，也呆住了，是我抓住了她的手，將她拉進來的。

暗門之內，是另一間石室，相當寬大，光線柔和。一直以來，整件事雖在奇幻莫測，但是給我的印象，都十分古典，因為一切全是發生在許多年之前的事情。可是一進了暗門之後，所看到的一切，竟是如此現代！用「現代」，其實是極度不確實的，因為那是超時代的，我從來也沒有見過這室中的那些裝置！

室中的一切，看來全像是金屬製品，發出柔和的銀灰色的光芒。一邊，好像是一座巨大的控制台，許多儀表，各種顏色的燈號，在不斷變幻著，正在操作之中。另一邊，這時，正有另一道暗門，在漸漸打開，一具形如棺木的金屬箱子，正在自動移出來，那金屬箱子之上，是一個透明的罩子。

當那金屬箱子移到了中間之際，停下，但是漸漸向上升起，升高了約莫兩尺，就靜止不動。

那時，那些儀表和燈號，操作得更加忙碌。我和白素真的呆住了，過了半晌，白素才道：「天，這一切，全是B再度來到地球時帶來的？」

我的聲音，因爲過度驚異，而有點古怪。我道：「當然，那是B帶來的！」

我的話才出口，白素的聲音，突然在一個角落處響了起來，講的就是她剛才講的那句話，接著，我的話，也被重複了一遍。

我和白素望著那發出聲音的所在，上時之間也找不到什麼發出聲音的裝置。我們互望了一眼，正想走過去看看之際，忽然聽到那地方，發出了一個不男不女，相當怪異的聲音：「你來了！」

我和白素嚇了一跳，因爲這聲音實在太怪了，但是我們立即明白那聲音何以如此之怪的原因。我們進來之後，各自講了一句話，而這句話，又被重複了一遍。我相信在這個過程之中，這裡的發音裝置，一定是在尋找可以使我們聽得懂的一種語言。由於我們是兩個人，一男一女，所以裝置發出來的聲音，便變成了男女混合聲。

我明瞭這一點之後，定了定神，就在這時，那種男女混合聲又響了起來：「假定你已經知道了一切，如果你要來，請你躺進那箱子中，我們會安排一切！」

講完了這句話之後，就沒有了聲響。白素忙道：「我們對一切，仍然覺得很難接受，是不是可以作進一步的解釋？」

可是白素將話講了三遍，卻一點反應也沒有。我道：「我們不能直接和他們通話！」白素對我的推測表示同意：「那我們應該躺進那箱子中去了！」

我深深吸了一口氣，和白素緊握著手，一起向前走去，來到了那箱子的旁邊。

在這時候，我們雖然沒有再作商量，但是在我們的心中，全是同樣的想法：兩個人一起躺進那箱子去！

可是當我們到了那箱子旁邊的時候，我們全呆住了！

我們一來到箱子邊，箱子上面的那個透明罩子，就自動揭開來。當那個箱子自動移出來之際，因爲四周圍吸引注意力的新奇東西太多了，所以我們並沒有詳細注意箱子中的情形。

直到這時，我們才看清楚，箱子內部，有一個凹槽，恰如人形，其他的地方，全是實心的，除了在那個人形凹槽的頭部，看來還有一個兩呎左右，並想不出用處的空間之外，別無其他空間。也就是說，這個箱子之中，只能躺下一個人，絕對無法躺得下兩個人！

我和白素，全在箱邊呆立著，過了許久，我們才互望了一眼，同時開口。

白素道：「誰去？」

我道：「我去！」

到這時候，我們兩人的心中，已經毫無疑問，一切我們所知的全是真實的存在，誰只要躺下去，就可以被接引到那邊去！

在這樣的情形下，白素比我客觀得多，她說的是「誰去」，而我在同時所說出來的，卻是肯定的「我去」。

白素嘆了一聲：「我不和你爭，而是我感到，多少還有點不可猜測的因素在內！」

我忙道：「如果你的意思是會有什麼危險的話，那就更應該讓我去！」

白素沒有和我再爭吵，她低下了頭，過了半晌，才道：「去了，你會回來嗎？」

我立時想起，在南美洲，黑軍族人居住地的那個山洞中，我問過白素同樣的問題，而白素的回答是肯定的。我立時道：「當然會回來！」

白素望著我：「如果你只能去，不能回來呢？」

這句話才一出口，白素的雙眼之中，淚水已泉湧而出。和白素相處多年，我從來也沒有看她流過淚，這時一見她突然哭了起來，我不禁手足無措，忙道：「那麼，你去好了！」

白素道：「那不是一樣？總之我們要分開了！」

我苦笑了一下，同時也感到了事情很嚴重。白素不要和我分開，因爲這一分開，可能永遠也沒有再相見的日子。白素一定是因爲這一點，所以一向不喜歡流淚的她，才會淚如泉湧。

那也就是說，不但我要「去」，她不肯，她自己也不會「去」！

我想到了這一點，呆了半晌，不禁嘆了一聲；「好，那就算了，我們大家都不去，就像國王一樣，將這件事完全忘記算了！」

白素望了我一眼：「別人或者可以忘記這中事，但是我知道你不會，你一定會一直想著這些事。而每當你一想起這些事時，你就會怨我，在緊要關頭，攔阻了你！」

我又嘆了一聲：「真的，要忘記這些事，並不容易，但是我絕不會埋怨你，因爲這是我自己決定的！」

我一面說，一面將白素輕輕擁在懷中，白素過了好一會，才停了流淚。

這時候，我們兩個人，都決定了不再「去」，心情反倒平靜了下來，不像剛才進來時那樣緊張了，也有更閒暇的心情，去打量這裡的一切。

我們全知道，當我們離開這裡的時候，國王就會再將這裡封起來。而這一次，國王所採取的封閉方法，可能和上次不同，他一定會採用灌漿的辦法，將水泥漿直灌進七層地下室來。那也就是說，以後再也不會有任何人可以進入這裡！

基於這個理由，我和白素，都想好好地看一看這個地方。而這個地方的本身，也的確奇妙得值得一再留戀。

整個房間給人的感覺，是極其奇妙的。它和一般科學幻想電影中看到的超時代的設置，有相同的地方，但是卻又不全相同。最顯著的是那種柔和的光芒，竟完全找不出它的來源。

對於那些可以肯定是精密儀器，但是卻又不知道它們用途的東西，我們都輕輕撫摸著。我和白素，都希望可以找到另一具記錄儀，以便使我們可以更多一點知道「那邊」的情形。可是我們卻沒有發現。

一小時之後，我和白素，又來到了那個有人形凹槽的箱子之前，我本來準備略看一看，就和白素一起離開這裡的。可是有些事，冥冥中有主宰，和自己的意願，全然違背。明明已決定了不去做的事，有時竟然會突然發生！

我向那有人形凹槽的箱子看了一眼之後，看到在人形凹槽的頭部，有一個相當大的空間，一時好奇心起，指著那空間道：「你來看，這箱子恰好躺下一人，頭部的這個空間有什麼用處？」

白素搖頭道：「我不知道，可能是調整人的高度，因爲他們不知道進入這裡來的人是高是矮！」

這本來是並不值得爭論的事，因爲我們既已準備離去，爭論下去也沒有意思。可是我一聽白素這樣講，還是忍不住反駁道：「不可能，你看，這個人形凹槽，已經固定，是普通人的高度，頭部尤其固定，如果爲了適應人的高矮，應該在腳部留出空間來才是，人的腳可伸長，頭是不能伸長的！」

白素笑了起來：「你怎知道凹槽的部分不能伸縮，或許是十分柔軟的呢？」

我立即笑道：「那容易，我們可以看看它是不是柔軟的！」

我一面說，一面伸手，去揭開那箱子的透明罩子。我本來以爲那透明罩子並沒有這樣快可以揭開，誰知道我的手才蹾上去，幾乎沒有出任何力，那透明罩子就向上揭了起來。

我立時伸手，去按那人形凹槽：「啊哈，你看，是硬的，就像是石膏模型一樣！」

白素不想和我爭下去了，她攤了攤手：「是硬的又怎麼樣！」

我道：「那我們就無法明白頭頂的那個空間，是作什麼用的！」

我也笑了起來，俯下身子，去觀察那個空間的一邊，我看到那一面上，有許多許多細小的小孔，那些小孔之中，有著一種金屬的閃光。

我當然不明白這些小孔有什麼用，但是白素既以開玩笑的口吻在說話，我也想開一個玩笑，我指著那些小孔：「可不是麼?你看，這裡有那麼多小孔，每個小孔，恰好插一根頭髮去！」

白素瞪了我一眼：「一點也不好笑，我們不知道人的頭髮究竟有什麼作用，但也不是完全無可查考的！」

我又笑了起來：「你說，頭髮的用處，有典籍可以查考?」

白素又瞪了我一眼，道：「想不到你的常識，如此貧乏！」

白素說我旁的缺點，我還可以不出聲，但是她竟然說我常識貧乏，這自然令我大大不服，我立時道：「你倒舉一個例子來看看！」

白素的神情，充滿了信心，道：「在典籍的記載中，頭髮是一切力量的泉源——」

白素才講到這裡，我已「啊」地一聲叫了起來。她的話提醒了我，我叫道：「參孫！」

白素道：「你也想起來了！」

我吸了一口氣，對的，頭髮是一切力量的泉源。大力士參孫的力量，就是來自他的頭髮，要不是參孫的敵人買通了那個叫大利巴的女人，將他的頭髮全剪去，參孫是任何人所不能夠戰勝的！

我道：「是的，參孫的頭髮，是一個特出的例子，可以說明頭髮的功用之一，而且記載得很明確！」

白素笑道：「可能還有更多的記載，而我們沒有看到！」

我又道：「我真不明白，那聲音叫進來的人躺進去，人就會不見了？回到那邊去了？」

白素皺著眉：「我也想不通，照說沒有道理，這箱子看來絕不能帶人作太空旅行！」

我聳了聳肩：「或許，這箱子有著將人體分解爲原子的功能，人體的所有原子在太空中高速行進，到了那邊，再組合起來！」

我說得相當認真，但白素卻笑起來：「糟糕，那邊並不知道你的樣子，要是將你的樣子拼錯了，成了鬥雞眼，歪嘴巴，那麼辦？我看你還是先寄一張照片給他們的好！」

白素一面說，一面笑著，我也乾笑著；「真好笑，是不是？」

我說著，伸手去抓她，這本是我們開玩笑時，我爲了懲戒她的牙尖嘴利，慣用的動作，我會將她抓住，拉過來，在她的頭上，輕輕鑿上一下。

這時，我又伸手去抓她，可是白素卻不讓我抓到她，用手臂一格，格開了我的手，同時，用力推了我一下！

我站在那箱子邊上，箱子的透明罩已揭開，箱子的高度，在我的腰下，而白素的那一推，又推得相當大力，我身子身後一仰，被她推得向那箱子仰跌了進去。

在我向下跌去的一剎那，我還聽得白素發出輕鬆的笑聲來。而我，就在那一霎之間，卻已經覺得事情有點不對頭了！

第十五部：意外地到了「那邊」

我一跌下去，跌在那人形凹槽之上，我立即覺得，在整個人形凹槽之中，有一股極大的力道，將我整個人扯向下，幾乎是立即地，我變得整個人，都躺進了那個人形凹槽之中！

我一發力，想起身，可是也就在此際，我看到那透明的罩子，已罩了下來。在接下來絕對不到一秒的時間內，我先聽到白素的一下驚呼聲，接著，看到白素撲向前來，我正仰躺著，所以可以看到她充滿驚惶的臉，出現在透明罩子之上。

同時，我的身子正迅速在向後移動——不是我的身子在移動，是那箱子在移動。在我們一進來的時候，箱子本來就是從一道暗門中移出來的，這時，它以極高的速度往回移去。所以，我只看到了白素一眼，就再也看不到她的了，只是聽得她又發出了一下驚呼聲。這時候，我也想張開口大叫，可是我卻一點聲音也發不出來，我只覺得在我的頭部，似乎有一股極大的吸力在扯著，將我的頭髮，根根扯得筆直。

（在這一剎間，我竟然想起一個實驗，有一個科學家，用靜電來令得人的頭髮，根根豎起。頭髮這東西，對電的作用，反應十分奇特。）

也就在我的頭髮，被扯得筆直之際，我眼前一黑，什麼也看不到了。

黑暗只是極其短暫的時間，至多不過幾秒鐘，我便進入了一個如同夢幻一般的境界，看到一圈又一圈的光環，一直通向前，而我，好像就是在那團無數光環組成的光巷之中前進。我無法形容我穿過那些光環時的速度，因爲那是一種夢幻一樣的感覺，在那時候，我甚至看不到自己的身子。我只是在感覺上，感到自己是在前進、前進。

這時候，我知道事情很不妙，我的思想，還保持著極度的清醒。在那樣的光環之上前進，本來是一件極其美妙的事，各種各樣的光采，在閃耀著，真是美麗絕倫。不過我卻無意欣賞，我也很快地知道，究竟發生了甚麼事！

發生的事，是我和白素都不願意發生的！由於白素的一推，意外地跌進了那個有人形凹模的箱子之中，我如今正在到「那邊」去的途程之中！

在那一剎間，我想起了白素，想起了她的驚叫聲，她驚惶欲絕的神情。

我無法知道白素當時看到的情形是怎樣的，不知道她現在怎樣。如果在通常的情形下，我也一定會焦急欲絕，可是奇怪的是，這時雖然想到了這一切，我的情緒，卻相當平靜。

我不知道我在光環中進行了多久，正當我想進一步弄明白，我是在什麼樣的情形之下前進之際，眼前突然又是一黑。

在那時，我只感到我自己，通過了許多黑暗的通道，迅速地在進入一個什麼東西之內。

這種感覺也極難形容，人怎麼可以分爲無數部分而進入什麼東西之內呢？但是這時，我的感覺，確是這麼奇妙！

那一段黑暗的時間也極短，接著，眼前一亮，我看到了柔和的光芒。這種柔和的光芒，我十分熟悉。

我連忙四面看去，我看到有兩個人，穿著白色的長衣服，頭髮極長，直披著，正注視著我。同時我也看到了自己。我看到自己，同樣地穿著自袍，竟然也有著極長的頭髮，坐在一張椅子上，而那張椅子，則罩在一個相當大的罩子之下。在罩子上面，有一塊板，板上有著無數小孔，我和那兩個注視著我的人不同。他們的頭髮是垂向下的，可是我的頭髮，至少有一公尺長，卻根根向上，直豎著，豎向那塊金屬板。

我一看到這樣的情形，第一個念頭就是：我到了！我已經到了！我伸出手來，想去推開那罩在外面的透明罩，但是手才一向前伸出來，我便呆了一呆。任何人，對於自己的手的形狀。總是熟悉的，這時，明明是我伸手去，可是我看到的，伸出去的手，卻分明不是我的手！這雙手，比我的手大得多！

我嚇了一大跳，連忙縮回手來，而且，下意識地用這雙手，去撫摸自己的臉頰。

也就在這時，那兩個注視著我的人，現出了極高興的神情來：「歡迎！歡迎！」

隨著他們的語聲，我身外的那透明罩子，也自動向上，升了起來。

人在陌生的地方，有著太多自己不知道的事，一定會產生一種莫名的恐懼，而這種恐懼，通常也會演變爲敵意。我本來也不能例外，可是當我看到那兩個人和藹可親的臉容，以及聽到他們的聲音之際，我的敵意，在剎那之間，消失無蹤。

任何在地球上生活的人，都和我一樣，一生之中，不知聽到過多少次「歡迎」。然而我敢打賭，一定和我這時聽到的那兩下歡迎聲不一樣。以前，聽到過的無數次「歡迎」，你能肯定口中在講著「歡迎」的人，心中是真的在歡迎你嗎？

但這時，我卻可以肯定，這兩個人口上在說著歡迎，心中也真正地在歡迎著我！

當透明罩子一升起，我站起來之際，他們已經來到了我的身邊，一人一邊，握住了我的手，望著我，搖撼著我的手。左邊的那個道：「我們認識你很久了，但到現在才真正認識！」

我全然不知道他這樣說是什麼意思，只是瞪著眼，我實在不知道該如何說才好。

那人顯出訝異的神情來：「你聽不懂我的話？是儀器出了毛病？你不是講這種話的？」

我忙道：「聽得懂！我聽得懂！」

我一面說，一面深深吸了一口氣：「我如今，在什麼，地方？」

一句短短的話，我要分三段來說，那自然是因爲我的心中太緊張了！

那兩個人笑了起來，他們的笑容，是那麼和藹可親，而且比嬰兒更純真。面對著這樣的笑容，使我感到不論我在什麼地方，都不必恐懼。那兩個人一面笑著，一面道：「你回來了！朋友，你回來了！」

我需要補充一句的是，當那透明罩子升了起來之後，我的向上直豎的頭髮，已經垂了下來，和那兩個人一樣，長長垂著。

我又吞了一口口水，喃喃地重複著那兩個人的話：「我回來了？」

那兩個人道：「是的，你回來了！或許你不明白，我們會向你作詳細的解釋——」

我忙道：「不，我明白！我回來了！我明白！」

那兩個人高興地道：「你明白，那再好也沒有了！」

我的氣息，不由自主有點急促：「我要回去，我要怎樣才能回去！我要回去！」

那兩個人用極奇怪的神情望著我，正當我想繼續求那兩個人讓我回去之際，一道門打開，一個人走了進來，我一看到那個人，就不由自主，發出了「啊」地一聲。

在第一號、第二號、第三號夢中，我都曾見過這個人。不過那時的感覺，如同在夢境之中，這時，卻是實實在在的，和在地球上的情形，並無不同，一個人走了進來，這個人，我認識他，他是D！

D一進來，就道：「既然來了，何不逗留一會？」

我一聽得他這樣說，心中陡地一喜，忙道：「——你的意思是，我可以回去？」

D還沒有回答，又一個人走了進來！當我又向那人一看之際，我不禁以手加額，那是B！

B進來：「地球上每一個人都想來，爲什麼你偏偏來了又要回去？你遇到的機緣，是地球上很多的人都得不到的，這種機緣，你爲什麼要輕易放棄？」

在那一剎那，我的腦中，實在是亂到了極點！

我不知道該如何說才好，我不由自主，向後退出了幾步，坐倒在一張椅子上，望著D，只是像傻爪一樣，喃喃地道：「你們……你們……」

B笑道：「你認識我們，是不是？事實上，每一個地球人，都認識我們，只不過你的認識，特別不同！」

我在全然不知道該如何說才好之際，忽然冒出了一句話來，那是一句蠢話，實實在在，是連我自己也不想問這個問題的，可是我卻問了出來。

我問道：「愛迪生是不是來了？」

門又打開，A和C也走了進來。C笑道：「是的，愛迪生，這個遺傳因子在他的身上異常突出地發展的地球人，他回來了！」

我吞下了口水，目光輪流在A、B、C、D的身上掃過。A道：「你鎮定下來，在這裡，你完全沒有什麼可怕的，本來，要害怕的是我們，但是在你來的時候，我們已經知道你的一切，所以我們也完全不必害怕。你還有許多不對頭的地方，但是我相信你可以成爲我們之間的一分子，不必擔心！」

這時，我心情已漸漸鎮定了下來。

首先，我肯定一件事：我回來了！我現在所在的地方，是地球之外的另一個星體。我不知它離地球多遠，座落在無窮的宇宙何方。但是我知道我回來了！我如今所在地方，就是地球人的遠祖，原來所住的地方！

當我在這樣想的時候，我的心中，立時湧起了無數的疑問。我心中的疑問實在太多了，以致我完全無法理出一個頭緒來。

而在這時候，我由於思潮起伏，沒有留意到什麼時候，多出了四張椅子，A、B、C、D已坐了下來。而我最早見到的那兩個人則已離開了。而且，在我和他們四人之間，又多了一張圓桌，我們五個人變成圍桌而坐，那情形，就像是第二號夢中一樣！

我喃喃地道：「我不是在做夢？」

D笑了起來：「你可以說是，也可以說不是！」

C道：「地球上的情形，還是那麼壞？」

我怔了一怔，才道：「只有更壞，你們——」

B道：「對了，我們先別向他發問，要先讓他知道他的一切境遇！」

A、C和D立時表示同意。B道：「你已經知道了那三具記錄儀中記錄的一切，我解釋起來，就比較容易得多了！」

我又問了一個看來不是當務之急的問題：「你們怎麼知道我知道的？」

B笑道：「當你來的時候，並不是你來了，而是你的思想光波束來了！你明白麼？你的思想光波束，來到了這裡，而你——」

我嚇了一大跳：「我……我……的身體，還留在地球上面？」

B點了點頭，我又伸出自己的雙手來，B不等我發問，就道：「這不是你原來的身體，而是我們將多餘的身體保留起來，準備替換用的。」

我的喉際「咯」地一聲：「我……我可以看看我自己的樣子麼？」

A、B、C、D都笑了起來：「當然可以！」

A的頭向後，略側了一側，在他的頭略一側之際，我看到了一件最奇異的事情，他的一根頭髮，竟然揚了起來，他的頭髮有一公尺多長，當那根頭髮揚了起來之後，在他身後的一幅牆上的一個黑點上，踫了一下。

髮梢一踫到那黑點，一幅像螢光屏般的裝置，就在牆上出現，我立時看到了我「自己」和他們四個人，以及室內的情形。

我看到我「自己」是一個面目相當英俊的男子，正當盛年，裝束和他們完全一樣。而這時候，我也無暇去欣賞我「自己」的外形了，我只是想著：頭髮！他們能運用頭髮來工作！A的一根頭髮，就可以觸動一個裝置，每個人有多少頭髮？每一根頭髮，如果都可以像手指一樣靈活運用，那比只有十隻手指來操作，效率要高出多少倍！

這時候，我真正呆住了，張大了口，合不攏來。

D向A笑道：「你令我們朋友害怕了！」

他望向我：「是的，用來操作特種的按鈕，這正是頭髮的用處之一，你也可以學得會的，不會比你在地球上才出生的時候，學習如何運用手指更困難！」

我道：「我……還以爲頭髮的功用，只是……思想光波束出入的通道！」

B道：「也是思想光波束出入的通道，你的思想光波束由你原來的身體出來，進入如今的身體之中。當你的思想光波束未進入你現在的身體之際，通過一項儀器，所以我們知道你的一切，和你自己知道自己一樣清楚！」

我點了點頭，B已解答了我的一個疑問。我又道：「永恆的生命，就這樣延續？」

B道：「是的！在我們這裡，就是這樣。你還想回去麼？」

我深深吸了一口氣：「我一定要回去！你們不明白，我是地球上的人！在地球出生，在地球長大，和地球有千絲萬縷的關係！」

B笑道：「可是地球人本來就是這裡去的，地球環境如此之差，地球人又這樣醜惡，你既然來了——」

我不等他說完，突然感到了一陣衝動：「地球既如此差，爲什麼你們將一大批自己人送去？」

A道：「他們充滿了罪惡，必須遣走！」

我瞪大了眼：「如果這裡一切全是那麼美好，爲什麼會出現一大批罪惡之徒？」

這個問題，在我的心中，已經憋了很久了，這時一下子提了出來，心中有一股輕鬆之感。不過我絕未想到，我心中的問題一提了出來之後，竟會令得他們四個人，面面相覷，答不上來！

他們四人互望著，過了一會，D才道：「你或許可以在領導人處，得到這個問題的答案！」

我忙道：「他在哪裡？帶我去見他，讓他來回答我這一個問題！」

他們四個人又遲疑了一下，D才道：「你既然來到了這裡，當然要弄清楚一切才回去，我們沒有理由瞞你——」他講到這裡，停了一停：「請跟我們來，你也可以看看這裡的環境。」

這時，我的心境更平靜了。我知道：我的「思想光波束」——這是一個我對之沒有概念，以前也未曾聽說過的名詞——離開了我原來在地球上的肉體，不知以一種什麼方法，超越了時空的限制，來到了另一個星體之上。

這個星體，距離地球不知有多遠，是地球上的人決沒有法子突破時空的限制而到達的。這個星球，也就是地球上人類的來源。

我用以上這樣的方法來解釋，可能會引起一些混亂，但如果改用比較通俗流行的說法，就容易明白得多。通俗的說法是：我的靈魂（思想光波束）離開了肉體，飄飄蕩蕩，上了「天堂」，而進了另一個肉體之中。

在「天堂」上，我見到的人，全是不死的神仙，他們的「法力」極其高強（科學進步），他們永恆地生存在天堂上，而曾經在許多年之前，遣送了一批罪犯到地球上來。而且，他們曾經派過四個人到地球上來，作挽救罪犯後代的行動！

我將紊亂的思緒，略為整理了一下，就跟著他們，一起走了出去。我們先經過了一條長長的走廊。在這條走廊中，我沒有遇到其他的人，但是一出了走廊，門外便是一片極大的草地，我看到了不少來往的人。同時，也看到了別的建築物、別的動物和別的植物。

我用「別的」來形容我所看到的一切，是因爲這時我所見到的一切，是我以前從來也未曾見過的。非但從來也未曾見過，連想也未曾想過，一切全超乎我的想像力之外。

我知道展現在我面前的那一片綠色是草地。但是我從來也未曾見過這樣悅目的青綠色，也未曾見過這樣柔軟，踏上去給人如此舒適感覺的草。我也知道，在草地上一簇一簇生長的是花，可是那種鮮艷的顏色，悅目的形狀，集中全地球最優秀的設計家，也設計不出來。我也知道那一幢一幢的是建築物，可是它的形狀是如此賞心悅目，給人以極度的安全之感。

A、B、C、D不斷和對面遇到的人打著招呼，那些人也向我點著頭。

我這時，是處身於一個絕對陌生的環境之中，可是奇怪的是，我的心中，卻一點也沒有陌生的感覺。我的感覺，就像是一個離家多年，在外面流浪，受盡了苦楚的浪子，忽然又回到了家鄉，見到了故人，心中充滿了溫馨親切之感！

我跟著他們走出可沒有多遠，就不禁由衷地嘆道：「這裡真是好地方！連空氣都和地球上不同！」

C笑道：「當然，地球上的人本來就是這裡去的，一切的遺傳因子，都是爲了適應這裡的生活而漸漸發展起來的，這裡才是你的家鄉，在地球上，所有的人，只不過是在作客！」

我嘆了一聲，沒有說什麼。在心中，我不能不承認B的話是對的。

人——地球人在地球上居住的日子，可以上溯到幾百萬年，但是地球人決不是地球上發展出來的高等生物，因爲地球人對地球的自然環境，至今未能適應。地球的大氣層中濕度增加或減少，就會使每一個地球人自然而然，感到不舒服！而這裡卻不同，天空是如此之明澈蔚藍，空氣是這樣的潔淨，人處身其中，完全不覺得有「氣溫」這回事，自然就和身外的一切環境，溶爲一體，一點也不覺得有什麼不對的地方。

當我抬頭看天空的時候，我也注意到光的來源。和地球上光的來源自一個灼熱的、會灼傷人的皮膚、眼睛的太陽完全不一樣，在這裡的光的來源，是一個極大的光環，這個光環所發出的光芒，是極之柔和舒適的，就算你對著它凝視，也不會覺得絲毫刺目！

我經過了不少地方，也經過了一個極大的噴泉，我在噴泉下掬了水喝著——我看到其他的人在這樣做，就跟著學樣，那種清澈的泉水，入口有一股異樣的清甜，令人煩渴頓消，心曠神怡。

大約在十五分鐘之後，我走進了另一幢建築物之中。在這裡，我必須說明所謂「十五分鐘」，是我對時間的感覺，事實上，出入極大，這我在以後，自有說明。

進了那幢建築物之後不久，就進入了一間房間，一到那間房間之中，我便不禁「啊」地一聲，叫了起來！

房間我是極熟悉的，就是我以前在「夢境」中看到過的房間。在房間中有兩個人，我也毫不猶豫地可以指出他們是什麼人來。他們一個是：「領導人」，一個就是C的父親！

他們兩人一見到我，就滿面笑容：「請坐！請坐！這許多日子來，你是一個特出的人，我們很高興那個裝置使你來到這裡，而不是別人！」

C的父親則道：「你已經約略看過這裡了，覺得怎麼樣？很好？」

我由衷地道：「太好了！全是我想像不到的好！」

C的父親笑道：「當然，你本來就是屬於這裡的，地球上所有的人都是！」

我吸了一口氣，坐了下來，A、B、C、D也一起坐了下來，我感覺到這種情形，又像是在那種「夢境」中一樣，但是卻實實在在，不是夢，而且，我還是其中的一分子。

我感覺到，領導人和C的父親，像是已經知道了我要問他們的那個問題，所以當他們望著我的時候，神情有點猶豫。

我們之間，保持了片刻的猶豫，C的父親才道：「你想知道，在這裡，爲什麼會在若干年前，出現了一批我們不得不將之趕到別的星球去的另一種人？」

我點頭道：「是的，我不明白爲什麼會有這種人出現，是不是情形和地球上一樣，本來就有善惡之分，善和惡發生衝突，結果善獲勝，驅逐了惡？」

在我這樣說的時候，我聽到了幾下低嘆聲，我無法斷定嘆息聲是誰發出來的，但是我看到所有人的神情，像是都有一種難言之隱。

過了片刻，C的父親先開口：「這事，要從頭講起，如果你有時間的話——」

我道：「我當然有時間，既然來了，我總要弄清楚了才走！」

C的父親皺了皺眉，我忽然又道：「你知道麼？在地球上，你是有一個名字！叫做——」

C的父親不等我叫出他那個在地球上幾乎人盡皆知的名字來，就揮了揮手，打斷了我的話頭，道：「我知道，那是由於他——」指了指C：「在地球上替我宣揚的緣故！在我們這裡，每個人自然也有名字，不過你不必知道這些，我將儘量扼要的告訴你，以便節省時間！」

C的父親一再提到「節省時間」、「你有沒有時間」，在那時，我實在不知道他爲什麼要那麼注意時間，因爲看來，這裡一切的人，全是如此逍遙，正像中國古小說中所形容的神仙生活，何必斤斤計較時間。

當然，後來我知道了C的父親這樣說的原因，也著實感謝他對我的關心。

當時，我道：「好的，請你從頭說起。」

C的父親道：「我們這裡，是一個星體，有著各種的生物，我們是其中的一種，在這個星體上逐漸進化，一直到了有一個階段，我們已經進化到能使自己的思想光波束，自由離開肉體了。」

我道：「是的，你們有了永生的能力。」

C的父親說：「是的，我們達到了永生的目的，這是任何生物最高的進化程序，在我們掌握了這種能力之後，我們的生活起了極度的變化。本來，生命是通過死亡——新生來延續的，死亡的生命和新生的生命之間，並沒有直接的聯繫，而只有不同程度的影響！」

C的父親像是怕我不明白，說到這裡，向我望了一限。我道：「我明白，這種情形，正是地球上如今生命延續的情形。」

C的父親道：「是的，地球上目前的情形，正是如此。那時候，我們雖然能夠控制思想光波束隨意離開肉體，但是無法控制肉體的衰老和機能消失，也就是說，要不斷轉換肉體，才能達到生命永恆之目的！」

十六部：實驗室中製造肉體維持永生

我吸了一口氣，這種永生的方法，在我意料之中，但是，有一個疑問，一直在我的心中盤旋，這時，我問了出來：「你們要不斷轉換肉體，怎麼去找那麼多肉體來？」

C的父親道：「是的，這是一個極難解決的問題。我們掌握了永生的秘密之後，最大的難題就是肉體的缺乏。當然我們不斷有新生嬰兒出世，可是新生的嬰兒，有他自己的成長過程，有他自己的思想成熟過程，沒有理由去剝奪他們的這種權利。為了解決這個問題，有人提議自我延續，所謂自我延續……」

C的父親講到這裡，閉上了眼睛一回，才又道：「所謂自我生命延續，就是一對夫婦，生育孩子之後，將其中兩個，留作自己延續生命之用。可是這樣的辦法，有著明顯的缺點。第一，剝奪了這兩個孩子生命的權利，第二，在生命不滅之後，延續下一代的生命，已沒有意義，我們也不能容納永不消失，但卻不斷增加的生命！」

我用心聽著：「這種——自我延續的方法，的確不是好方法。」

C的父親道：「所以，我們採用了另一種方法。」

我閉著眼，因為就我的智力而論，我實在想不出還有什麼別的方法可行來。

C的父親道：「事實上，我們既然生命不滅，根本不需要新的生命，我們需要的，只是新的肉體，供我們不斷的替換。所以，我們的新辦法，是製造一批肉體！」

我聽到這裡，不禁嚇了一跳，不由自主向在場的各人，看了一眼。

B苦笑道：「怎麼？你以爲我們是機械人？當然不是，我們是真正的人，有血有肉！」

我囁嚅道：「可是剛才說……製造一批肉體？」

C的父親嘆了一聲：「這是我們所犯的一個極大的錯誤，也可以說，是我們進化過程中，唯一的錯誤。我說的製造肉體的意思，是將肉體的發展過程，從母體之內，移到實驗室中。」

我「啊」的一聲：「試管嬰兒！」

C的父親停了片刻：「情形有點相類似，我們在實驗室中，利用人的生殖細胞，培育肉體。」

這真是有點駭人聽聞，但我還是不出聲，接受了對方的話。因爲在這裡的一切，本來就是完全超乎我的想像力之外的！

C的父親繼續道：「當這個辦法實行之初，我們簡直是高興極了，在實驗室中的肉體，可以用特殊方法，使之迅速成長，而且，變成極其強壯。當原來的肉體衰老、機能消失之後，任何人可以任意選擇自己喜歡的肉體，重新再開始生命！」

我愈聽，愈是亂，揮著手。C的父親因為我的動作而停止了再說下去，可是一時之間，我卻全然不知該問他些什麼才好。

過了片刻，我才道：「等一等！」我甚至在不由自主地喘著氣，道：「等一等！你所說的那種實驗室製造出來的肉體，難道沒有思想？」

當我這個問題一問出口之際，我又聽到了好幾下嘆息聲。那使我知道，問題一定是出在那批「製造人」的身上了！C的父親並不立時回答我這個問題，只是道：「你聽我說下去！」

他頓了一頓，才又道：「而且，女性擺脫了生育的痛苦，這更使她們大喜若狂，在接下來的日子中，我們以為問題已經徹底解決了！誰知道，嚴重的問題正隱伏著，就是你問的那個問題！」

我吸了一口氣：「他們……那些製造人……有他們自己的思想？」

室中沈默了片刻，這次，是領導人開口回答我這個問題：「是的！他們有思想，而且，他們的思想，逸出了我們思想的範圍。應該說，他們的思想極原始，我們在經過了無數年代的進化之後，早已將這種原始的思想拋棄了。可是他們，那一大批自實驗室中長大的人，由於某種不可知的因素，他們的思想，竟然和進化的程式脫了節，他們變成了——」

我接了下去：「罪人！」

又是一陣子靜默，C的父親道：「是的！其中，經過一場相當大的動亂，一大批，大約有一百萬這樣的人，和我們起了衝突，這不知是多少年以來未曾有過的戰爭，結果，這一批人——」

我聽到這裡，陡地站了起來，提高了聲音：「這一大批人，就被你們剝奪了智力，送到地球上去了！」

C的父親道：「是的！」

我的心情極其衝動，以致我在不由自主地喘著氣：「這樣說來，所謂罪人，根本是你們製造出來的！」

我的指責，是如此之直接，以致令得在場各人，一時之間，都出不了聲。

B嘆了一聲：「可以這樣說！」

我揮著手，雖然我的思緒很亂，但是我的聲音卻很鎮定，我先深深吸了一口氣，然後才道：「那也就是說，這批罪人，本身根本不必負責，要負責的是你們！」

領導人望著我，神情之中，充滿了莫名的悲傷：「我們已爲這個錯誤，付出了代價！」

我道：「代價，什麼代價？就是派了他們四個人到地球上去拯救地球人？他們只不過去轉了一轉就回來了，究竟做了什麼？你們的錯誤，造成了地球上無數有思想的生命，在無窮無盡地受苦！」

C的父親道：「你這樣說，未免太不公平了！以他而論——」他指著C：「你知道他在地球上，受了多大的苦楚？」

我不知道自己爲什麼要發笑，可是我一聽得C的父親這樣說之後，卻笑起來：「我知道，根據可以考查的記錄，他被自己所信任的人出賣，他的全身都受過鞭笞，用的是一種嵌有銅製小球的兩節鞭。他的胸部和腹部受的鞭笞尤其多，他的雙手和雙腳，曾被長釘穿過，他的臉曾遭受重擊，頭殼曾被利器穿破！」

C的父親道：「是的，他在地球上所受的痛苦，無人可以比得上！你爲什麼要發笑？」

我道：「他不同，不論他受多大的痛苦，他有希望，他知道自己必能復活，必能回來，暫時的痛苦，又算是什麼？不論他肩負的痛苦是多麼沈重，他也知道自己可以有擺脫痛苦的一天。即使如此，他也感到難以忍受下去，要求你不再將這樣痛苦的重擔，放在他的肩上！可是地球人卻沈浸在痛苦的深淵之中，一點沒有希望，一生在痛苦之中渡過！」

B忙道：「不，不！我們已經向地球人宣示過，只要他們真的想回來，我們會接引他們回來的！」

我的雙手按在桌子上：「問題就是在這裡，沒有你四個人去，地球人根本不知道自己還有別的地方可去，一定努力於改進自己的地方，但如今，有你們去一攪，而且又不負責到底，地球人的痛苦，反倒更加深了一層！」

A有點發怒：「地球人根本是如此醜惡，痛苦也是應該的！」

我冷笑道：「是的，但這種醜惡，從你們的實驗室中製造出來。地球人也有不醜惡的一面。地球人正努力在使自己不醜惡，很多地球人在作這一方面的努力。可是他們卻失敗了，失敗得比你們還要慘，全然沒有人可以幫他們，因為你們已經走了，而且沒有再去的打算！你們的失敗，使地球上善良的人更墮入痛苦的深淵，你們先是製造了罪惡，然後又放棄了對罪惡的懲戒，這究竟算是怎麼一回事？」

在我的話告一段落之後，在我面前的六個人，面面相覷，好一會不出聲。A最先打破沈默，大聲道：「我早就主張，將一切罪惡，毫不容情地消滅，一定要這樣，才能徹底糾正我們過去的錯誤！」

我吸了一口氣，向著A：「我很同意你的主張。可是你的主張，在你降臨地球時，未曾得到貫徹，現在更不用說了。而你們——」

我講到這裡時，向著B、C，而且用手指著他們：「用的方法更是一點用處都沒有，那是一種偽善，只留下了所謂道理，而不理會這些道理，是不是有人去遵循實行。你們的行為，可以說只求自己良心所安，而完全不顧是否有效。」

C的口唇掀動了幾下，想說什麼，而沒有發出聲音來。B則苦笑了一下：「邪惡的力量是如此根深蒂固，你總不能希望他們一下子改過來的！」

我嘆了一聲：「不是慢慢地改過來，事實上，是愈來愈邪惡！你們離開地球，已經有幾千年了，地球上的情形，是愈來愈壞！你們所指的那個接引裝置，究竟接了多少人回來？」

C的聲音很低沈：「不多！」

我道：「為了什麼？是夠資格回來的人太少，還是你們的裝置技術上有問題，根本不能將地球人微弱的思想光波束接引回來？」

A盯著我：「你的話是自相矛盾的，你既承認地球人的心地是如此之邪惡，而又怪我們接引來的人太少，這不是很矛盾麼？」

我吸了一口氣：「一點也不矛盾，我的意思是，地球上的人，本來全是邪惡的，但是自從你們四個人去了之後，傳播著道理，希望人會變好，結果，變好的人受苦了，他們成了邪惡的犧牲品，而又全然孤立無援。」

D緩緩地搖著頭：「你是在指責我們的工作，不但徒然，而且令得地球人更痛苦？」

我道：「可以這麼說！」我直指著D：「你有一個信徒，他就說過，善和惡是相對的，善不死，惡不止。你明白麼？如果根本沒有善，大家都在邪惡之中打滾，反倒沒有什麼，就像是野獸一樣，認爲那是天經地義的事，你們卻在那裡種下種籽，使得地球人分清了善惡。」

D道：「那有什麼不對？」

我道：「我已經一再說過，那沒有什麼不對，問題是你們走了，放棄了對邪惡的懲罰，不再展示你們的力量！你們有責任徹底解決這一問題，例如你——」

我指著B：「你一再強調因果、報應，可是在地球上，卻沒有什麼邪惡受到報應的例子！地球人是你們的錯誤所造成的，當時你們既仁慈地不將他們消滅，而只將他們放逐，如今就要徹底負起責任來！」

我講到這裡，領導人嘆了一聲：「你的意思是，我們應該到地球去展示力量，將一切邪惡，憑力量消滅，而不是憑地球人的自覺？」

我大聲道：「對！」

領導人道：「那麼，將是相當大程度的生命的消滅！」

我立即道：「同時，也是邪惡的消滅！」

領導人和C的父親互望了一眼。C的父親道：「這是我們可以考慮的問題。請問，你對地球人的邪惡，既然如此之痛恨，何以你還要堅持回地球去呢？」

我嘆了一聲，攤了攤手：「如果我只是一個人，我一定願意留在這裡，但是在地球上，至少還有一個人在等我，我的妻子白素。我希望你們徹底負責，別讓等你們來的人失望，也別讓邪惡繼續擴大！」

領導人道：「我答應你，我們會鄭重考慮你的話！」

我苦笑了一下，當然我無法逼他們立時展開行動。領導人又道：「你耽擱得太久了，應該回去了！」

我並不覺得耽擱了多久，前後，還不到一小時，雖然我決定要回地球來，但是我還想多逗留幾天的。我道：「我想到處看看，多逗留一會。」

C的父親笑道：「這裡比地球大七倍，你準備花多少時間去看看？」

我道：「一個月吧！」

D搖頭道：「除非你不想回地球去了，不然，還是立刻走的好！」

我呆了一呆，問道：「爲什麼？」

D道：「你忘了這裡和地球上時間的比例，是一比五萬——」

他才講到這裡，我便陡地嚇了一大跳，一時之間，張口結舌，一句話也說不出來！

時間的比例是一比五萬，這實在太驚人了！我在這裡只不過耽擱了一小時，在地球，已是五萬小時了！五萬小時是多少日子？將近六年！

我想到我跌進那箱子中，白素撲向前來的那種驚怕的臉色，六年！這六年對我而言，只不過是一個小時，而且是極其多姿多采的一小時，但是在白素而言，卻是何等痛苦的六年。

一想及這一點，我知道我絕不能再停留在這裡了！我連忙道：「謝謝你提醒我，我一定要走了！」

我一面說，一面已迫不及待地向門口走去。雖然我還想多知道一下這裡的情形，但當我想到我在這裡多停留一分鐘、在地球上就是一個多月時，我不但是走向門口，而且是奔出去的。

A、B、C、D追了上來，一輛樣子很奇特的車子，不知是怎麼出現的，停在我們的面前，我們上了車，車子掠過草地、噴泉，進入了建築物，我又來到那間房間之中，在指示之下，坐上了透明罩子下的那張椅子。

在這時候，有一句話，我是非問不可的。

而且，當我問出這一句話的時候，心中的惴惴不安，簡直已到了極點！

我問道：「隔了六年之久，我……的身體，還完好麼？」

B嘆了一聲：「你真是不可救藥，對那副臭皮囊，還是這樣牽掛！」

我有點光火：「你別開玩笑了！要是臭皮囊已經不存在的話，你叫我變成孤魂野鬼麼？」

D笑了起來：「別發急，那具金屬箱子，將你的身體保養得很好！」

我鬆了一口氣，向他們作了一個手勢，示意他們可以送我回去了。我看到A的幾股頭髮，揚了起來，在那個發亮的晶體上點了一點，透明罩子罩了下來。

然後，我的頭髮一起向上豎起，我感到自己在無數的通道之中，逸出了這個肉體。再接著，便是一個個光環，和來的時候一樣，在光環組成的光巷之中前進。

然後，我又有了實在的知覺，我睜開眼來，看到我躺在那箱子中，頭髮正漸漸平復，箱子外是一種奇異的光芒。再然後，我覺出了箱子的移動，來到了那間充滿柔和光線的石室之中，就在那時，我看到了白素！

白素的臉色極蒼白，蒼白得可怕，在蒼白之中，還顯出極度的憔悴，當她看到箱子向外移出來之際，她的全身都發著抖，而當箱子上的透明罩子自動揭開之際，她的身子抖得更劇烈。

當我自箱子中坐起來後，自她的喉際，發出一種極奇異的聲音來。

看這情形，在我「去」了之後，她一直未曾離開過這裡！想想她等了多久，一定是早已絕望了！

但突然我又出現在她的面前，難怪她會變得如此激動！

爲了避免使她刺激過甚，我暫且不向她走過去。我看到她用發抖的手揉著眼睛，就盡量用緩慢、鎮定的聲音道：「是我，我回來了！」

我一出聲，白素劇烈地震動了一下，向我撲了過來，我連忙伸出手來，握住了她的手。

她足足望了我好幾分鐘，然後，又用力捏著我的臉。直到她完全可以肯定，在她面前的是一個實實在在的人，而不是她的幻覺之際，她才鎮定了下來，幽幽地道：「你去了那麼久！」

我感到無比的歉疚，但是我卻一定要向她解釋，我不是存心去那麼久的。我道：「在那邊只不過一小時！」

白素又嘆了一聲：「在這裡，快六年了！」

我吞了一口口水：「我知道，當他們提醒了我這一點時，我一分鐘也沒有再耽擱，這……些日子——」

白素道：「這裡就是我的家，國王一直在照顧我。不知多少次，我已經想放棄了，但是我記得你答應過，一定要回來的！」

我道：「是的，我答應過你，我一定回來的。」

白素深深地吸了一口氣，身子搖晃，她支持著等我，一直支持著，這時，她的忍耐極限已到了極點，竟然在吸了一口氣，昏了過去！

我扶住了她，忽然聽得那種不男不女的聲音又傳了出來：「這裡一切將在十分鐘之後毀滅，請快離開！」

我來不及救醒白素，將她負在背上，向上走去，經過了七層石階，走了出來。我又看到了地球上的天空，和那種令人感到不舒服的氣候。

一上了地面，白素也醒了過來。我看到地面上有幾幢屋子在，有幾十個軍隊駐守著。那些軍隊，顯然是國王派來保護白素的。

當軍官和士兵，看到我和白素一起走出來之際，他們的神情，就像看到了鬼怪一樣。

我不理會他們的驚訝，大聲下著命令，要所有的人立即撤退。

當我們上了軍車，駛出了兩三公里之後，並沒有聽到什麼聲響，只看到那七層石室的所在處，突然伸起了一股由塵土組成的柱，直上半空。

我下令停下了車，觀看著那股塵土組成的柱，約莫十分鐘，直到塵土重又落回地上爲止。

我知道，那七層石室，已經不再存在了！

我望了白素一眼：「我去的時候，情形是怎麼樣的？」

白素吸了一口氣，這一剎那，對她來說，自然是一個極之可怕的經歷。

她一經我提起，就現出駭然的神情來：「太可怕了！當時透明罩子一合上，整個箱子就移向內，我撲上來，只看到你的頭髮上，突然出現了一個光環，就活像是圖畫中的神仙一樣！」

我道：「是的，我是通過頭髮去的！」

白素又道：「箱子移動得極快，一下就移進了暗門，我在暗門關上之後，不知用了多少方法，想將暗門打開，都不成功！」

我嚇了一跳：「還好你沒有成功，在暗門之內，我的身體才得以保存，要是給你將門打了開來，我就回不來了！或者像柏萊變成了印地安人，那可糟糕得很？」

白素笑了一下，她笑得十分生澀，顯然在這六年來，根本沒有笑過。她道：「你在那邊，有沒有見到柏萊？」

我道：「沒有。」

她又道：「辛尼呢？」

我搖頭道：「也沒有，就算見到了，我也不認得他。事實上，在那邊，我根本連自己也不認得自己！」

接著，我將我在那邊的情形，約略地向白素，講了一遍。

我們是直驅王宮的，等到我又進了國王的書房，等國王的驚訝過去之後，我才將在那邊的詳細情形，向國王和白素，原原本本講出來。

等我講完之後，國王苦笑了一下：「你猜他們要商量多久，才能決定？」

我明白國王的意思：「不知道，希望他們盡快有決定。」

國王道：「多快？一個月？如果他們在一個月之後有決定的話，我們這裡，又已過去四千年了！」

我不禁苦笑了起來。國王又嘆了幾聲，看他的樣子，像是絕不願再提這件事，我和白素便告辭出來，離開了王宮，離開了尼泊爾。

（完）

後記

在到過「那邊」之後再回來，連我自己也有點不明白為什麼一定堅持如此。如果說是為了白素，我大可以請求他們將白素也接了去——我相信雖然這許多年來，他們的「接引」工作並不算太成功，但是他們如果要集中力量去「接引」一個人的話，還是可以達到目的的。

在回到地球之後，許多時候，我在晚上，盯視著深邃得不可測的天空，我相信那個星球，決不會在肉眼可以看到的範圍之內。

我決不喜歡地球上的一切，而喜歡「那邊」的一切。但是，我們在地球上生活得實在太久了，雖然在如此惡劣的環境下，我們也生活了幾百萬年，到了「那邊」之後，反倒有作客的感覺。這，或許是我堅持要回來的一個原因。

而另一個原因是，我對「那邊」的不滿——這是不必掩飾的。「那邊」對地球人的態度，我不贊同。邪惡必須誅滅，但是最後的審判，何時才來臨呢？在「那邊」的最後審判之前，地球上還要被邪惡統治多久呢？

或許是由於時間的差異，A、B、C、D回去，在他們而言，不過十來天而已，如果要等他們做出決定，正如國王所言，說不定又是幾千年，甚至幾萬年過去了！

對邪惡的最後審判，對人性中醜惡一面的最後審判，是幾乎等不到的，地球上的人類，既然有醜惡的一面，也有美好的一面，為什麼總是醜惡的一面統治著一切，而美好的一面屈居下風呢？地球人是不是可以自己對醜惡進行審判，而不再等待？

等待是渺茫的，看來，要盡快解決問題，只有自行審判，但是地球人有這個機會嗎？

這許多問題，我都無法回答。

誰能回答，請告訴我。

誰？

規律

序言

「規律」是作者本人極喜歡的一個故事，雖然充滿悲觀、消極、厭世的情緒，但的而且確，反映出現代人的心靈空虛。

現代人的生活，表面上看來，多采多姿、變化無窮，但是實際上，卻貧乏枯燥，千篇一律。這種生活，形成了心靈上的極度不滿足。人和昆蟲的生活之間，可以畫上等號，於是，悲劇就表面化了。

「規律」故事中的想法，是作者對生命未曾有再進一步的看法之前的觀點，維持了許多年。

倪匡

第一部：科學巨人之死

一封很長的電報，放在我的桌上，我已經看了三遍，仍然不禁皺眉。

電報的內容，說出來倒也很普通，如下：

「衛斯理先生，我們亟盼望你能到維城來，有一件很令我們頭痛的事，要請你解決。推薦你的人是田中正一博士，他說只有你可以幫助我們解決困難，如果決定前來，請通知我們，維城科學家協會謹啟。」

維城離我居住的城市，隔著一個大洋，我自然知道這個城市，它以學術氣氛濃厚而著名於世，其情形就像維也納是音樂之都一樣，維城可以說是現代科學之都。

至於電報中提到那位田中正一博士，是我曾見過幾次，但是並不太熟，而且不甚喜歡日本人味道太濃。

這就是使我一面讀電報，一面皺眉的原因！一個我不太熟的人，一個我從來也沒有接觸的科學家團體，忽然邀請我前去，這實在是太突然了！

我嘆了一聲，對於這種莫名其妙的電報，我實在不想答應，雖然在這封電報之後，可能真有著一件神秘的事情在，但如果每一封同樣的電報，或是同類的信件，我都要加以理會的話，那實在太應接不暇了。

我順手拿起了一張紙，準備起草一封回電，拒絕這個科學家協會的邀請，就在這時候，白素推門走了進來，她一進來，就道：「你可知道維城科學家協會的成員，是一些甚麼人？」

我笑了起來：「你已經去查過了？其實，不必查，也可以知道，全是第一流的科學家！」

白素笑著：「但是你一定想不到，這個協會的成員，有百分之二十七，得過諾貝爾獎金。這樣的一個協會，能邀請你去，實在是你的光榮！」

妻子總是以爲自己的丈夫是世上最了不起的男人（也唯有這樣的妻子，才是好妻子），白素也不例外，我抓住了她的手，笑道：「我想你弄錯了，這些科學家，滿腦子都是方程式、原子結構，和他們打交道，可以說是最乏味的事情了！」

白素道：「看來，他們有著他們不能解決的困難，所以才來求你的——」

她講到這裏，略頓了一頓：「他們全是對人類有極大貢獻的人，他們有了困難，你難道不準備去幫助他們？嗯？」

白素望著我，我不禁笑了起來，白素有時候，想法是很特別的。

我道：「要是你去，我們當作旅行，去散散心！」

白素卻搖頭道：「我不去，和這種科學家在一起，你剛才不是說過，是很乏味的？」

我伸了一個懶腰：「好，不過，我先要和那位推薦我的田中正一，通一個電話，看看究竟是甚麼事情，值得去的才去。」

白素欣然道：「好，我替你接長途電話。」

她一面說，一面已拿起電話來，撥著號碼。我站了起來，在迅速地轉著念。

在這一段時間內，我想測驗一下自己的推理能力，來預測一下，在維城的科學界人士之中，究竟發生了甚麼特別的事，以致非要我去解決不可！

我作了幾個假設，但是想深一層，卻又覺得可能性不大，這時，長途電話已叫通了，白素將電話聽筒遞了給我，我等了一會，聽到一個女人的聲音，道：「田中教授就快來了，請你再等一會！」

我一面等著，一面看看桌上的鐘，還好，我只等了一分鐘左右，就有人來聽電話了，我聽到了我並不很熟悉的聲音：「田中正一，哪一位？」

我和這個日本人並不是十分熟，只不過以前見過幾次而已，所以我也沒有甚麼客套話可以對他說，我報了自己的姓名：「我收到了你們科學協會的電報，請問，需要我解決的是甚麼事？」

田中正一聽到我的名字，呼吸就急促起來，我才一講話，他就急不及待地道：「衛先生，請你一定來我們這裏，我知道，你可以解決這件事！」

我有點氣惱：「我首先要知道，是甚麼事！」

田中正一道：「很難說，我們認爲是一樁謀殺案，但是警方卻不受理我們的意見，認爲是自殺案，所以，我向大家推薦你去調查！」

我不禁有點啼笑皆非，提高了聲音：「田中先生，你將我當作是一個私家偵探，那是一個錯誤。」

田中正一的聲音很急促，他連聲道：「不！不！記得你對我說過，對於不可理解的事，你都有興趣，或者，你知道死者是誰，你會更有興趣！」

老實說，我已經一點興趣也沒有了，我只是懶洋洋地問道：「誰？」

田中正一道：「康納士博士！」

我陡地呆了一呆，半晌說不出話來。

康納士博士的自殺，是轟動世界的大新聞，這位被譽爲現代科學界最傑出的人物，死年不過五十二歲，他是自殺的，通訊社對他的死，有著極其詳細的報導，這種報導，除非是身在新畿內亞的吃人部落之中，不然，誰都可以讀得到的！

根據報導來看，康納士絕對是自殺的——關於他死時的情形，留到以後再詳細敘述——但是，何以科學家協會認為他是被謀殺的呢？

如果這樣一個人物是被謀殺的話，那麼，所牽涉的一定十分廣泛，也極有可能，涉及骯髒的政治鬥爭，因為康納士研究的是尖端科學，他最近的研究課題，並且已取得了成功，是越洲火箭的安全降落問題，根據報導，這一項研究，如果獲得完全成功，那麼，人類的遠程交通面目，將徹底改觀——

這一來，超音速飛機，會變成廢物，二十倍音速的火箭，會代替現在的飛機，美洲和亞洲之間，兩小時就可以來回！

康納士博士實在是一個太特殊的大人物！

我吸了一口氣：「據通訊社的報導，他是自殺的，你們掌握了甚麼證據？」

田中正一道：「有，但是不能說是確鑿的證據，那是一卷影片，我們希望你能來看看！」

我考慮了三十秒鐘：「好的，我來！」

田中正一連說了七八聲「謝謝」，我已放下了電話，轉過身來。

白素正睜大眼望著我，我攤了攤手：「真想不到，我竟會和這個科學界巨人的死，發生關連！」

白素的神情很緊張，剛才，是她慫恿我去的，但這時，她也知道，事情和康納士博士的死有關，她自然也可以想到，這是一件極其複雜的事，可能隱伏著難以言喻的凶機，是以她倒反而猶豫起來了！

我甚至可以知道，她想說些甚麼，所以，我不等她開口就道：「我已答應了他們，不能再改口了！」

白素低嘆了一聲：「答應我一件事！」

我望著她，白素道：「如果你初步調查的結果，證明事情不是你個人的力量所能解決的，那立時放手！」

我明白她所說的「不是個人力量所能解決的」是甚麼意思。她是指如果康納士之死，是政治鬥爭的犧牲品時，我就不該再管下去。

我點了點頭：「好的，事實上，我相信通訊社的報導不至於錯，康納士是自殺的，那些科學家，忽然要客串起偵探來，真是令人啼笑皆非。」

白素笑道：「你也別看不起科學家，他們都受過嚴格的科學訓練，他們既然有所懷疑，一定是有道理的！」

我也笑了起來，道：「但願如此！」

遠行對我來說，自然不算甚麼，但是這一次，當飛機橫越太平洋的時候，我心中卻至少有點不自在的感覺，因爲我在動身之前，又搜集了康納士博士自殺的全部資料，詳細地研究過。

我研究的結果，康納士博士的死，可以肯定是自殺的，我並不明白這些科學家在懷疑甚麼。

我到達維城機場，是中午時分，當我走出機場閘口之際，我就看到田中正一，和另外三個人在一起，那三個人的年紀，都不過在三十上下。

但是在維城，就算是一個二十出頭的小伙子，你也決不要小覷他，可能他已經發表過一篇以上震驚世界的論文。田中正一向我迎了上來，那三個人跟在田中正一博士的後面。

田中正一向我介紹，果然，那三個人全有了博士的銜頭，一個滿頭金髮，樣子很漂亮，像是電影明星的，是原子動力學博士賴端。一個身子開始發胖，有點禿頭的，是金屬研究的有名人物，奧加博士，另一個瘦長個子，看來像是吉普賽人的，則是力學博士安橋加（這名字很古怪，後來證明他確是吉普賽人）。

我和他們分別握手，和他們一起步出機場，我是性急的人，在一起向外走出之際，我就道：「各位，我已詳細研究過康納士博士之死的報導，我認爲，他實實在在，是自殺的！」

明星一樣的賴端，向我笑了笑：「如果你到康納士博士的住所去看一看，那麼，那更可以肯定，他是自殺而死的！」

我陡地一呆：「那麼，你們何以懷疑他是被謀殺的，和我在開玩笑？」

安橋加搖頭道：「不，我們沒有證據，但是，卻有懷疑，所以才請你來的。」

田中博士插言道：「我們會根據第一流私家偵探的收費標準，付費用給你！」

我笑了起來：「如果事情是能夠引起我個人興趣的話，我不會要你們的錢！」

半禿頭的奧加道：「你甚麼時候可以開始工作？」

我道：「立時就可以開始！」

這時，我們已經步出了機場，來到停車場，安橋加道：「如果你立時可以開始，那麼，我們先陪你到康納士博士的住所去看看。」

奧加道：「然後，我們給你看我們所懷疑的根據，再以後，你就要單獨工作了，因為我們都很忙，實在沒有法子陪你！」

我笑了笑：「如果是一件曲折離奇的謀殺案，你們陪我也沒有甚麼用處。」

他們四個人一起笑了起來，田中先走了開去，不一會，駕著一輛大房車，駛了過來。

科學家雖然不是很有趣味的一種人，但是，由於他們都受過嚴格科學訓練之故，他們都有一個好處，那便是他們都知道，科學是全人類的，絕無國界之分，一個真正服膺科學的人，決不會斤斤計較甚麼國家的科學成就是如何如何。科學家首先需要有偉大的胸襟。這種胸襟，必然超越世俗者對於國家的觀念。

我們五個人同坐在一輛車中，一個是日本人，一個是吉普賽人，漂亮的賴端來自斯堪的那維亞半島，而奧加是愛爾蘭裔的美國人，再加上我，我就絲毫感不到車中有任何國家的界限存在。

車子由田中駕駛，一直駛向郊外，半小時之後，我已看到了康納士博士的那幢房子。

我以前未曾實地見到過這幢房子，但是我卻看過這幢房子的照片，而且，有一本雜誌，還繪出過這幢屋子的平面間隔圖。

我挺了挺身子，那房子並不大，但是空地很多，屋子的一半，完全隱在樹木中，屋子是紅松木搭出來的，很有情調。

當車子駛上一條碎石鋪成的道路時，就聞到了一陣紅松木的清香。

這時，車子被兩個人攔住了去路，安橋加低聲告訴我：「他們是國家安全署的人員！」

這一點，我倒並不感到意外，因爲如果像康納士這樣的人物，死了之後，政府方面不加注意，那反倒是怪事了！

那兩個國家安全署的人，低頭向車廂中看看，他們顯然認識四位科學家，是以，疑惑的眼光，便停在我的身上，一個道：「這位是——」

奥加道：「這位衛斯理先生，是我們特地請來作調查工作的！」

那兩個保安人員皺著眉：「有甚麼好調查？」

奥加博士道：「就算康納士博士是自殺的，我們也希望得知自殺的原因！」

那兩個保安人員顯然不怎麼敢得罪科學家，他們直起了身子，揮了揮手。

車子繼續向前駛去，直到屋前，停了下來。

那屋子建築得很精巧，保養得也很好，我們下了車，另一個保安人員顯然已接到了剛才那兩個保安人員的無線電通知，立時打開了門，讓我們進去。

進廳之後，就是一個相當大的會客室。其實，那不能稱之爲會客室，只是一間書房，大得出奇，不但四面的書架上放滿了書，連地上、椅子上，幾乎所有可以放書的地方，也都堆滿了書，看來有點凌亂。

田中正一指著那些隨便堆放著的書：「這裏原來就是這樣子的，自從康納士博士死後，完全沒有動過！」

我才進屋子，對一切都不了解，自然也無法發表進一步的評論，我只好道：「他一定是一個喜歡書的人，我猜他的性格，也一定很孤僻！」

奥加點頭：「可以這樣說，他一直獨身。」

安橋加聳了聳肩：「他甚至不許他的管家婦收拾這些雜亂無章的書！」

我笑了笑：「那不稀奇，很多人都喜歡凌亂，不喜歡太井井有條。」

我們一面說著，一面穿過了這個會客室，那保安人員跟在我們的後面，沒有說話。

我們來到了一扇橡木門前，停了下來，田中正一伸手去推門，門鎖著，那保安人員立時走向前來，打開了門，門內是一間工作室，或稱書房。門打開，我一眼就看到一張極大的寫字檯；寫字檯上，也堆滿了書，室內的光線相當黑，窗帘很厚，將陽光遮去了百分之八十。

當我回頭，想和田中博士說話的時候，我又看到，那三寸厚的橡木門上，有一個很大的門栓，但是門栓的另一邊，卻已被撬去，連帶門框上的木頭，也裂下了一大片。

這情形，我雖然是第一次看到，但是我早是很熟悉的了，因為我讀過有關康納士博士自殺的一切詳細報導，康納士博士的屍體，是在撞開了這扇門之後，才被發現的，也就是說，他死的時候，門是自內反栓著的。

我們都走了進去，奧加揮著手：「衛先生，你對這間房間，不會陌生，本世紀最偉大的科學天才，就死在這裏——」

當他講到這裏的時候，他有點戲劇化地，伸手指向寫字檯後，那張寬大舒適的椅子。

我點頭：「是，他是注射了一種毒藥而死的，死因是心臟痲痺，死的時候並沒有痛苦！」

田中正一嘆道：「是的，門反栓著，他喜歡靜，所有的窗，全是雙重的，可以隔音，只有他一個人在室內，而且所有的窗，也全反栓著。」

我望了他們三人一眼：「如果你們認爲康納士博士是死於被謀殺的，那麼，這就是推理學上，最難處理的『密室謀殺案』了。」

當我這樣說的時候，三位科學家，只是現出了無可奈何的神態來，但是那位保安人員，卻在不耐煩地聳著肩，我相信，如果不是爲了禮貌的話，他一定會大聲縱笑了起來，笑我推定這是一樁神秘的謀殺案。

我並不理會那保安人員的態度，拍著椅子旁的地毯：「致命的注射器，就落在椅子之旁，注射器上，只有死者一個人的指紋！」

我講到這裏，略頓了一頓：「而且，藥房的售貨員，認出了康納士博士，是他前一天，向藥房購置這種毒藥的！」

當我這樣說的時候，這三位科學家，連向科學家協會推薦我來調查這件案子的田中正一，也都不斷地點著頭。

他們當然只好點頭，因爲我所說的話，全是事實，全是我在詳盡的報導中看來的。

我略停了一會，書房中很靜，可以互聽得到對方的呼吸聲。

我走過去，拉開了厚厚的窗帘，使房間變得明亮，然後，我花了大約五分鐘的時間，去檢查窗子。我隨即發現，這五分鐘時間是白費的，因爲決不可能有人，在跳窗而出之後，再將窗子自內栓好。

我站在窗前，向窗外的草地、樹木略望了片刻，轉過身來：「三位，照我看，國家保安機關的結論是正確的，康納士博士死於自殺，這一點，實在是不容許懷疑的結論！」

奧加、安橋加和田中正一三人，互望了一眼。

我又道：「我不明白的是，何以你們還會有懷疑，你們根據甚麼來懷疑呢？」

安橋加大聲道：「我們當然是有根據的，我們得到了一大卷影片——」

他講到這裏，田中正一就打岔道：「安，你還是從頭說起的好！」

奧加則道：「我們可以坐下來，不必站著。」

我點了點頭，心中十分疑惑，因爲，康納士死於自殺，不論從任何角度來看，都是毋庸置疑的，他們所獲得的證據是甚麼呢？

第二部：大批跟蹤拍攝的影片

我們都坐了下來，安橋加道：「首先，得從亨利說起，亨利是一個報僮，今年十四歲。」

我皺著眉，並不打斷他的話頭。

安橋加向我望了一眼：「亨利可以說是我的朋友，他是一個很勤懇向上的少年人，在康納士博士死後的第三天，他忽然拿著一大包東西來找我，那一大包東西，是牛皮紙包著的。」

安橋加說得十分詳盡，雖然我心中有點嫌他說得太遠，但是我還是不出聲。

安橋加又道：「當時，亨利的神情很興奮，他對我說：『教授，你看我撿到了甚麼？』我告訴他：『不論你撿到甚麼，最好交給警方。』亨利說：『我拆開來看過了，這裏面是許多卷電影軟片，很小，不像普通的電影。』他講到這裏的時候，神秘地笑了一下。」

安橋加講到這裏，略頓了一頓：「你知道，現在，十四歲的少年，已經很懂事了，他在暗示甚麼，我也很可以明白，我當時在他的頭上，打了一下，告訴他最好不要來麻煩我，但是亨利卻堅持要將這大包東西，先放在我這裏。我當時很忙，我想，不妨暫時答應他，等到有空時，再來慢慢向他解釋，應該如何正確處理拾到的東西，所以我就讓他將這包東西，放在我的住所。」

安橋加吸了一口氣，停了片刻，我仍然不出聲，因為他還未曾說到正題，我也不催他。

安橋加在停了片刻之後，道：「一連兩天，亨利都沒有再來找我，恐怕他也忘記了，那天晚上，他們兩人，到我這裏來閒談——」

安橋加指了指田中和奧加兩人，又道：「在我們閒談中，我提到了亨利拿來的那包膠片，奧加提議放來看看，我們反正沒有事，就取了出來，當取出來之後，我才發現，這些電影膠片，全是超小型的，比之我們普通用的八厘米電影，要小得多，非要用特別的放映機才能放映。而且，這種起小型的電影軟片，很少人用，一般來說，只有科學上的用途，才會使用到。」

田中正一像是怕我不明白，解釋道：「譬如，植物學家要用電影來紀錄植物的成長過程，便往往用這種軟片來拍攝，如果每分鐘自動拍一格的話，那麼，植物生長的三十天過程，就可以在幾分鐘之內，現在銀幕上。」

田中正一一面說，一面望著我，我點頭道：「我明白這種情形。」

安橋加道：「當時，我們就都被這一大包軟片，引起了好奇心，因為如果這些電影軟片，是用作田中博士剛才所說的那種用途的話，那麼，估計足可以記錄一年或者甚至兩年，某一種東西的活動情形了。我家裏沒有這種超小型的放映機，但是科學協會有，所以，我們帶著那一包電影軟片，到了科學協會。」

奧加攤著手：「安，我以為再講下去，只是浪費時間，衛先生已經知道了我們發現那一大包電影軟片的經過，現在，我們先請衛先生去看那些電影！」

我道：「如果這些電影，足以證明康納士博士之死，是有其它原因，那麼，它們應該在國家保安機構了，怎麼還會在你們手中？」

奧加道：「是的，我們將之交給國家保安局，但是保安局退還給我們，說這並不足以證明康納士的死，另有他因，所以還在我們這裏。」

我並沒有問這些電影的內容是甚麼，雖然我是一個性急的人，但是，我立時就可以看到這些電影的全部內容了，現在問來，又有甚麼用？

我們一起站了起來，那位保安人員恭送我們出去，鎖上了門，我們全不出聲，一直到了科學協會門口，奧加才道：「我們已通知了對這件事有興趣的會員，和你一起，再重看那些電影，你不介意麼？」

我道：「當然不介意！」

田中正一補充道：「因為他們都急於聽取你的意見，所有電影放映的時間，是六小時零十一分鐘，希望你別感到氣悶！」

我呆了一呆，要看那麼長時間的電影，對我來說，還是第一次！

但是，如果電影的內容，是和一個舉世聞名的科學家有關的話，那恐怕也不會感到氣悶的！

我們一起進了一個相當大的客廳，果然，已有三十來個人在了，科學家辦事是講究效率的，田中正一並沒有一一替我介紹他們，只是介紹了我，然後，就打開一隻相當大的木箱來。

在那隻木箱中，整齊地排列著一卷又一卷的電影軟片，他道：「這是經過整理的結果，每一卷都記錄著日期，一卷軟片，是十天的過程。」

我點了點頭，這時，我有點心急起來了：「請快點放映！」

田中正一博士向一個工作人員招呼了一聲，那工作人員推過了一具放映機來，對面牆上，立時垂下了一幅銀幕，窗帘拉上。大廳中人很多，可是在光線黑下來之後，沒有人出聲，接著，放映機傳出了「沙沙」的聲響，我拉過一張椅子，坐了下來。

首先出現在銀幕上的，是許多行人，那些行人的行動方法，都很古怪，我知道，那是每一分鐘，自動拍攝一格而成的電影所造成的效果，看起來，每個行人，都像是會輕身功夫一樣，在那裏飛速行進。

接著，便是疊印的字幕，那一組數字，顯然是一個日期，那是：一九七〇、二、二——十二。

一九七〇年二月二日到二月十二日，自然就是這卷電影所要表達的時間，然後，我在銀幕上看到了康納士博士。

我看過康納士博士的相片許多次，所以一眼就可以認得出他來。

康納士博士雜在行人之中，提著公事包，匆匆地走著，他的行動，和其他人一樣，只不過顯而易見，鏡頭是對準了他來拍攝的。

在電影中看來，康納士博士忙得像小丑一樣，一會兒進了一幢大廈，一會又出來，然後上了車，到了學校，然後又離開學校，回到家中，然後，又從家中出來，一遍又一遍地重覆著，重覆了十遍之多，這卷電影軟片，才算是放完了。

接著，便是第二卷，一開始，也有一組代表日期的數字，這一次是一九七〇、二、十三——二十二。

那是緊接著上一卷的，時間也是十天，電影的內容，幾乎和上一卷，沒有分別，鏡頭對著康納士博士，康納士博士在路上走，在駕車，回到家中，到學校，到一些科學機構去。

然後，便是第三卷。

第四卷、第五卷，一直是那樣，等到放到第十五卷的時候，我實在有點喪失耐性了，我大聲道：「以後的那些，全是一樣的麼？」

田中正一道：「可以說全是一樣，所不同的是，康納士到過另一些不同的地方，例如，他曾去郊外垂釣幾天，那是他每半年的例假，也全被拍了進去。」

我站了起來：「行了，可以不必再放下去了！」

操縱放映機的人，立時停止了放映，電燈著亮，我看到所有的人站起來，一個年輕人問道：「只看了一小半，你就有了結論了麼？」

我呆了一呆：「既然全是一樣的，為甚麼還一定要看下去！」

那年輕人望著我，一副想說甚麼，但是又有點說不出口的樣子。

我對他笑了笑：「年輕人，你心中想說甚麼，只管說。」

那年輕人道：「請原諒我的唐突，我認為你的態度是不科學的，因為你只得到了一半，就想憑此來推測全部，對不對？」

我呆了半晌，心中不禁暗自覺得慚愧，心想能在科學上獲得這樣高的成就，決非倖致，單是這分實事求是、一絲不苟的科學精神，豈是我這個逢事想當然的人，所能學得會的？

我呆了半晌，田中正一像是怕我覺得難堪，正想出來打圓場，我已經道：「這位先生說得對，我們再看下去！」

田中正一忙又揮了揮手，放映機繼續「沙沙」作響。

全部電影軟片一起放完，時間是六小時十一分，在我叫停止放映的稍後時間中，我們都以三文治裹腹。

下半部的電影，和以上那些，真是一樣的，記錄著康納士博士，在屋子之外的一切行動。而到最後一卷，時間是一九七二、二、一。

也就是說，恰好是一年。

在整整的一年之中，康納士博士，在戶外的全部活動記錄，以每分鐘一格的拍攝方法來拍攝。

等到電燈再度著亮時，所有人仍然望著我，我發現人已增加了很多，增加的人，自然是放映的中途進來的。這一次，所有望著我的人，神情不再是訝異，而是急切地想在我口中獲知我的結論。

我開門見山地道：「各位，從我們剛才所看到的電影中，可以說明一個事實，在這一年之中，有人每天不間斷地，以極大的耐性，在注意著康納士博士的行動，並且將之記錄下來。」

所有的人，都有同意的表示。

我又道：「要做這件工作，決不是一件容易的事，需要付出巨大的人力、物力，決不會有甚麼人，沒有目的而去做那樣的事！」

所有人的神情，對我的話，仍表同意。

我吸了一口氣：「我知道各位爲甚麼會懷疑康納士博士的死不是自殺了，各位是認爲既然有人一刻不停地跟蹤他達一年之久，那麼，很可能目的就是在殺害康納士博士！」

客廳中響起了一陣嗡嗡聲，但隨即又靜了下來。

田中正一道：「不錯，我們正那樣想。」

我又道：「但是各位可能忽略了一點，這些電影之中，所記錄的，全是死者戶外活動的情形，他一進屋子，就沒有記錄，如果有人要將這些記錄作爲暗殺行動的參考，康納士博士，不應該死在屋內！」

安橋加苦笑道：「安全局也是那樣說。」

我又道：「而且，也決計不需要記錄一年之久，就在第一卷軟片的那十天之中，就可以有一百個以上的機會，用一百個以上不同的方法，去殺死康納士博士了。」

所有的人，都不出聲。

我攤了攤手：「這些影片，只能證明在這一年之中，康納士博士，曾被人密切注意過行蹤，但不能證明他被謀殺！」

客廳中又響起了一陣私議聲，然後，奧加道：「找到跟蹤、注意康納士博士的人，對我們有很大的用處，我們在科學上的貢獻，或許比不上他，但是我們絕不想在暗中被人以這樣的方式，將每一個行動都記錄下來。」

我有點明白科學協會請我來的原因了。

老實說，康納士博士之死，死於自殺，從調查所得的種種證據來看，根本是無可懷疑的。但是，在看了這些影片之後，不是說沒有疑點了，疑點是：誰拍了那些電影？拍這些電影的目的是甚麼？

我停了片刻，向安橋加望去：「我可以調查這件事，但是我相信安全部門，一定也調查過了，事實上，一個如此著名的科學家，長期來被人跟蹤、攝影，這是一件絕不尋常的事。」

安橋加道：「是，但是安全局的調查，卻沒有結果。」

我道：「你還未曾告訴我，亨利是在甚麼地方，找到這一大包影片的。」

安橋加道：「不是我不告訴你，而是我根本不知道他從哪裏得來的！」

我呆了一呆：「甚麼意思？他不肯說？」

安橋加苦笑道：「不，自從那天，他將這包影片交給了我之後，就沒有再見過他，他失蹤了！」我再怔了一怔，一個少年失蹤了，這其中，自然有著極其濃厚的犯罪意味在！

看來，事情又另生了枝節，也可以說，事情多了一項可以追尋的線索——從調查亨利失蹤著手。亨利的失蹤，自然與這件事有關。

我道：「安全局沒有找他？」

安橋加道：「找過的，但沒有結果。」

我雙眉打著結，安全局調查都沒有結果的事，我去調查，可能有結果麼？

但是無論如何，這件事，總引起了我極度的好奇心，我決意去調查。我大聲道：「各位，我保證，我會盡力而爲，但不一定有結果。」

幾個人一起笑了起來：「我們每一個人所做的，都是那樣。」

我打了一個呵欠：「對不起，我要休息了，各位，再見！」

仍然是田中正一、安橋加和奧加三人，送我出來，一直送我到酒店。

我先和白素通了一個長途電話，化了足足二十分鐘，才將一切和她講了一個梗概，然後，我洗了一個澡，躺了下來。

可是，我卻完全睡不著。

康納士博士是自殺的，這一點，已是毫無疑問的事，種種證據，都指出他是自殺的：他是因爲注射毒藥致死，他事先在藥房購得這種毒藥，而注射器上，又只有他一個人的指紋。

而且，康納士死在他的工作室中，當時，所有的門窗，都自內緊拴著，絕沒有人可以殺了人之後走出來，而門窗仍然維持這個樣子。

但是，我化了六小時的時間，所看到的那些影片，又作如何解釋呢？

這些影片，證明在過去一年之內，只要康納士博士在戶外，就有人對他進行跟蹤攝影，這個人這樣做，目的是爲了甚麼？

如果說這個人的目的，是要害康納士博士，那麼，在這一年之中，他有無數次下手的機會，只要有一支有滅音裝置的遠程來福槍，他可以殺死康納士博士而逍遙法外，而這種槍，在這個國家之中，隨時可以購得。

當然，如果現在康納士博士是被殺的，兇手更可以不受絲毫的懷疑，可是，在甚麼樣的佈置之下，可以達到現在這樣的效果？從現在的情形來看，康納士博士，百分之一百是自殺的！

我心中很亂，想來想去，只歸納出了一點，那便是，無論如同，總得先找出那個在過去的一年中，不斷對康納士博士進行跟蹤、攝影的人來，才能有進一步的發展！

而要找到這個人，必需先找到發現這些電影的報僮亨利，亨利失蹤了，他的失蹤，可能是整件事的一大關鍵。我決定先從找尋亨利開始。

有了決定之後，我才勉強合上眼，睡了片刻，等到醒來時，天還沒有亮，但是我卻再也睡不著了，而且，我要尋找的人是一個報僮，我也必須早起才行。

我離開酒店的時候，天才矇矇亮，街道上很靜，我漫無目的地走了幾條街，街邊有不少醉漢，宿酒未醒，抱著酒瓶，睡在路邊。

這些醉漢，並不是衣衫襤褸的流浪漢，從他們身上的衣服來看，他們顯然有著良好的收入。事實上，有不少醉漢，就躺在華麗的車子中，生活在這樣一個富有學術氣氛的城市之中，有良好的收入，爲甚麼不好好回家去，反要醉倒在街頭，這真使我莫名其妙。

我一直向前走著，直到遇到了第一個騎著自行車，車後堆了一大疊報紙的少年人。

我向那少年人招了招手，可是那少年並不停車，只是減慢了速度，在我身邊駛過，大聲問道：「先生，有甚麼事情？」

我道：「我想找一個人，和你是同行，他叫亨利！」

那少年頭也不回，便向前駛去，大聲道：「對不起，我不能幫你甚麼，我很忙！」

那少年駛走了，我搔了搔頭，沒有辦法攔住他，只好繼續向前走著。

不一會，有第二個報僮，也騎著自行車駛來，這一次，我學乖了，我取出了一張十元紙幣來，向他揚了一揚：「喂，年輕人，回答我三個問題，這張鈔票，就屬於你的！」

那少年吹了一下口哨，停了下來，用奇怪的眼光，望定了我。

他望了我半晌，才道：「你沒有喝醉？」

我道：「當然沒有，我要找一個人，叫亨利，和你是同行。」

那少年點頭道：「是，亨利，我認識他，滿面都是雀斑的那個，是不是？」

我在田中正一處，看到過亨利的相片，那少年顯然是認識亨利的，我心中十分高興：「對，就是他，他在甚麼地方？」

那少年道：「我已很久沒有看見他了，大約兩個星期，先生，你第三個問題是甚麼？」

我呆了一呆，這是一個甚麼都講究效率的國家，賺錢自然也不例外，我笑了一下：「亨利住在甚麼地方，你能告訴我？」

那少年笑了起來：「可以，他住在喬治街，二十七號A，那是一條很小的橫街，你從市立公園向前走，第六條橫街就是了，他和他的姐姐一起住！」

那少年講完，伸手自我的手中，接過了那張鈔票，吹著口哨，騎著自行車，走了！

我呆立了片刻，這時，天色已然大明，陽光射在街道上，我看到警察開始在弄醒倒臥街頭的醉漢，我信步來到了一個警察身前，看見他已將一個中年人扶了起來，用力在推他，那中年人還是一片迷迷糊糊的神氣，但是卻已可以自己站立，不多久，他就腳步踉蹌地走了！

那警察回過頭來，向我望了一眼：「你能相信麼，這樣的醉漢，當他清醒的時候，夠資格和愛因斯坦討論問題？」

我好奇地問道：「這位先生是科學家？」

那警察道：「這裏每一個人都是科學家，剛才那位先生，是大學教授！」

他一面說，一面走向一輛華麗的汽車，車中駕駛位上，有一個人側頭睡著，白沫自他的口角掛下來，那警察用力澎澎地拍著車頂，向我道：「這位也是教授，我每天早上，要叫醒十七八個這樣的人！」

我隨口問道：「他們爲甚麼這樣喜歡喝酒？」

那警察瞪大了眼，像是我問了一個蠢得不能再蠢的問題一樣，大聲道：「不喝酒，你叫他們幹甚麼？他們滿腦子都是方程式，一點時間也不肯浪費，爲人類的科學發展而生活，只有醉了，才能使他們得到休息！」

車中的那人已醒了過來，他先用迷茫的眼神，望著那警察，然後，抱歉地笑著，問道：「甚麼時候了！」

那警察告訴了他時間，那人「啊」地一聲，道：「我要遲到了！」

他立時駕著車，以相當高的速度，向前駛去。

我向那警察，再詳細問了喬治街的去法，知道並不是很遠，我決定步行前往。

這時，整個城市都甦醒了，街上的行人、車輛，多了起來，看來每一個人都十分匆忙，都在爭取每一秒鐘的時間，急急地在趕路。

這時候，看來整個城市，都充滿了生氣，怎麼也想不到，在天未亮之前，會有那麼多人，醉倒在街頭。

不一會，我已走過了公園，沿著寬大的人行道，經過了好幾條橫街，才看到了喬治街。

這幾條橫街，歷史全都相當悠久了，建築很殘舊，看來都有七八十年歷史，可能是這個城市成立不久之後，就造起來的。

我沿街向前走著，一大群學童，嬉笑著在我的身邊經過，我找到了二十七號A，站在門口，看到一個主婦，推開門，取了門口的兩瓶牛奶，我連忙踏上石級：「早，我想找亨利，一個少年人。」

那主婦打量了我一眼，推開了門，指了指樓梯下面，也沒有說甚麼，就自顧自上了樓。

我跟著走進去，走下了十幾級樓梯，在一扇門前站定，敲了敲門。

沒有人應門，我等了一會，再用力敲門，這一次，有了反應，只聽得門內，傳出了一個很粗暴的聲音，大聲喝道：「找甚麼人？」

我呆了一呆，那是一個男人的聲音，而那少年告訴我，亨利只是和他的姐姐同住，並沒有提到還有別人，我可能是找錯地方了！

就在我猶豫間，門已打了開來，一個赤著上身，滿身是毛，猩猩一樣的男人，堵在門口，瞪著眼，望定了我，我忙道：「對不起，亨利在麼？」

在。

第三部：科學尖端的背面

那男人「呸」地一聲，向走廊吐了一口口水，那口口水，就在我的身邊飛過，令我極不自在。

他粗聲粗氣地道：「亨利？已經兩個星期沒有見他了，別來騷擾我！」

我忙道：「對不起，閣下是亨利甚麼人？」

這個問題，其實一點也沒有可笑之處，可是那大漢一聽，卻「哈哈」笑了起來，道：「我不是他的甚麼人！」

我又趁機道：「那麼，我可以看看他的房間？」

這一次，那男人笑得更大聲了，他學著我的聲調，道：「他的房間，當然可以，隨便參觀！」

他向後退了一步，讓我走了進去。

進了那個居住單位，我又不禁呆了一呆。

我是昨天才到的，對這個城市，自然不能說全部認識，但是，以這個城市的高等學府和科學研究機構，在世界上是如此知名而言，它可以說是人類現代文明的尖端，事實上，直到現在為止，我所接觸到的，也全是輝煌的建築，整齊幽雅的小洋房，就像我不能理解這個城市的街頭，何以那麼多醉漢一樣，現在，我也無法理解，何以這個城市中，也有如此淺窄、陰暗的屋住單位。

一進門，算是一個客聽，傢俬陳舊、凌亂，另外有一扇門，是通向廚房的，一扇門，緊閉著，看來是通向一間臥室。

我盡量壓抑著心頭的驚訝，不使它表露在臉上，因為我看出，那大漢並不是一個好脾氣的傢伙。

我略停了一停，向他望去，道：「亨利房間在──」

那大漢向前走著，踢開了一張隨便放著的椅子，來到一扇牆前，打開了一隻壁櫥的門，道：「這裏！」

我立時明白，為甚麼當我提到亨利的房間時，那大漢大笑的原因了！

亨利根本沒有房間，他睡在壁櫥裏，壁櫥很小，真難想像亨利在睡覺的時候可以伸直身子。

壁櫥中很亂，有著很多少年人才感到興趣的東西，那大漢道：「隨便看吧。」

雖然那大漢的招呼，決稱不上友善，但是既然來了，我自然得看一看，我又向他作了一個打擾的微笑，走到壁櫥之前，俯身翻了翻，有很多畫報，一副壘球手套，一些書本，實在沒有我想要的東西。

在我翻看亨利的東西時，我聽得臥房裏有一個沒有睡醒的女人聲音：「強尼，你在和誰說話？」

那大漢回答道：「一個日本人！」

我轉過身來：「先生，我不是日本人！」

那大漢又大聲道：「他說他不是日本人！」隨即，他向我望了一眼：「有甚麼關係，只要你是一個人，就行了，對不對？」

我略呆了一呆，這大漢，從他的外型來看，十足是一個粗胚，但是這句話，倒不是一個粗胚所能講得出來的。這時候，一個蓬頭散髮的女人，打開房門，衣衫不整地走了出來。

那女人的口中，還叼著一枝煙，她將煙自口中取開，噴出一團煙霧來：「又是來找亨利的，亨利早就不見了，你也來遲了！」

我呆了一呆：「你是亨利的姐姐？」

那女人點了點頭，毫不在乎地挺著胸，抽著煙。

我皺了皺眉：「請原諒我，亨利既然失蹤了，你爲甚麼不去找他？至少應該報警！」

那女人「格格」笑了起來：「一個少年人，離開了這種地方，不是很正常麼？這裏很可怕，是不？」

我皺著眉：「如果你認爲可怕，那麼，你應當設法改善！」

那女人笑了起來：「我們改善過了，我們從另一個更可怕的地方來，現在，我們已經覺得很滿足了，爲甚麼還要改善！」

我笑了起來：「請恕我唐突，我不明白，在貴國還有比這更可怕的地方？」

那大漢和那女人，一起笑了起來，那大漢道：「有的是，太可怕了，不過更多的人，沒有勇氣自其間逃出來，而我們逃出來了！」

我吃了一驚，心想從他們的話中聽來，這一男一女，倒像是甚麼窮凶極惡的逃獄犯人！

我在驚呆之間，那女人又吸了一口煙，將煙筆直地自她的口中，噴了出來：「大學的講壇，陰森的圖書館，毫無生氣的研究所，永無止境的科學研究，先生，太可怕了，我們是從這些可怕的東西中逃出來的，我，不再是研究員帕德拉博士，他，也不再是漢經尼教授，你以爲我們怎麼樣？」

我實在呆住了，那女人望定了我，我在她的神情上，可以看出，她斷然不是在胡言亂語，她所說的，全是真實的話。

然而，又豈真的有這種事？

在那一剎間，我沒有別的話好說，只是搖著頭，那女人走過去，雙臂掛在那大漢的身上，我囁嚅道：「那麼，你們現在，在做甚麼？」

那女人指著大漢的臉：「他在一間洗衣鋪送貨，我洗地板，我們過得很好，比那些沒有勇氣逃出來的人，幸福得多了！不過亨利不明白，所以他要離開，每一個人都有選擇如何生活的權利，我不應該干涉他，硬將他找回來的，是不？」

我覺得沒有甚麼可說的了，這一男一女，神經都可能有點不正常。

我也不想久留下去，因爲我得不到甚麼，我連聲向他們說著對不起，一面向門口退去。

當我退到了門口的時候，那女人像是忽然想起了甚麼事一樣，伸手向我一指：「對了，亨利在失蹤之前，曾經給我看一樣東西，他說是拾回來的，你可要看看？」

我有點無可不可地道：「好的！」

那女人走過去，走到一張桌子之前，拉開抽屜，將亂七八糟的東西，撥在一邊，抽出了一張硬卡紙來。

那張硬卡紙，約有一呎見方，她將那張硬卡紙，交給了我。

我向那張硬卡紙看了一眼，不禁呆了半晌。

那張硬卡紙上，全是一些直線，有的直線，重覆又重覆，變得相當粗，有的，則重覆的次數較少，但它看來，重覆得次數最多的那些，是一個類似五角形的圖形，還有一些，則組成大小不同的三角形或四邊形。

我問道：「這是甚麼東西？」

那女人道：「我不知道，你要是喜歡，只管拿去，我管不著。」

這樣的一張硬卡紙，我要來其實也一點用處都沒有，但是我想到，那是亨利拾回來的，而那大包影片，也是亨利拾回來的，或者這張硬卡紙上的線條，可以作別的解釋也說不定。

所以，我將之夾在脅下：「謝謝你！」

那一男一女兩人，像是我已經不存在一樣，我退了出來，來到了街道上，吁了一口氣。

這一個上午，我又走了不少地方，去打聽亨利的下落，甚至到警方去查問過，可是警方的回答是，根本沒有人來報告亨利的失蹤，所以他們也無法插手這件事。

中午，我回到酒店，午餐之後，我到了科學家協會。

我可以有在科學家協會自由活動的權利，這一點，是田中正一特別吩咐過協會的職員的。

所以，當我到達之後，揀了一張舒服的沙發，坐了下來，職員立時替我送來了熱辣辣、香噴噴的咖啡，當我喝到一半時，安橋加來了！

這個吉普賽人，現在雖然是權威科學家了，可是他走路的姿勢，看來仍然像是吉普賽人。

他在我對面，坐了下來：「怎麼樣，事情有甚麼進展？」

我道：「可以說一點進展也沒有，我只不過見到了亨利的姐姐！」

安橋加皺著眉：「那有甚麼用？」

我直了直身子：「你聽說過有一個研究員，叫帕德拉的？」

安橋加笑了起來：「這個城裏，具規模的研究所有好幾十個，研究員以千計，我怎麼能每一個人，都說得出來。」

我道：「這位帕德拉小姐，可能有點特殊，她將科學研究工作的場所，形容為可怕的地獄，而她卻鼓起勇氣，逃了出來，現在正在做清潔工作！」

我以為安橋加聽了我的話之後，一定會驚訝不止的，但是出乎我意料之外，他卻一點也沒有甚麼驚訝的神情，只是淡然地道：「這並不算甚麼，這樣的人很多，我識得一位幾間大學爭相聘請的科學家，他卻甚麼也不幹，在公園當園丁！」

我真正給安橋加的話，嚇了一跳：「真有這樣的事，為了甚麼？」

安橋加沉默了片刻，才道：「心理醫生說，這是職業厭倦症，而我卻感到，那是一種壓力，一種人無法忍受的壓力所造成的！」

我有點不明白地望著安橋加，安橋加的神情很嚴肅：「人的生命很有限，爲了要使自己成爲一個科學家，至少得化上三分之一的生命，然後，另外三分之二的生命，幾乎在同樣的情形下渡過，只不過物質生活上略有不同，這種壓力，使得很多人，寧願抛棄已得到的一切，再去做一個普通人！」

我聳了聳肩，打趣地道：「這是甚麼話，像你那樣，不見得還會想隨著蓬車到處去流浪吧！」

我這樣說，是因爲安橋加是一個吉普賽人，而且我也預料到，以安橋加的學識而論，他聽了我的話，不見得會生氣的。

可是，在我的話一出口之後，安橋加的神色，卻變得極其嚴肅，低著頭，半晌不出聲。

我一見這樣情形，心中不禁很後悔，我和他究竟不是太熟，或許不應該以他的民族生活來打趣的！

正當我想找一些甚麼話，來扭轉這種尷尬的氣氛之際，安橋加已抬起頭來：「去年，我到歐洲去，在匈牙利邊境外，見到了我出生的那一族，我的叔祖父還在，他問我：『孩子，你在幹甚麼？』我告訴他：『我現在已經是一個科學家了！』他又問我：『孩子，科學家是做甚麼的？』我用最簡單的話告訴他：『我們研究科學，使人類的生活，過得更好！』」

安橋加講到這裏，略停了一停，向我望了一眼：「他還是不明白，於是，我將我每天的工作，約略地講給他聽，你猜他聽了之後怎麼說？」

我反問道：「他怎麼說？」

安橋加苦笑了一下：「他老人家的聲音發顫，道：『可憐的孩子，原來你現在的日子，是如此之枯燥乏味，還是回來吧，我們這裏，沒有科學，可是天天有唱歌、跳舞，有無窮的歡樂！』」

安橋加講到這裏，停了下來，我也不出聲，他停了很久，才緩緩地道：「所以，如果你以爲我不想回去，重過吉普賽人的歡樂生活，你錯了！」

我接連吞下了三口口水，說不出話來，安橋加伸了一個懶腰：「康納士博士，並不是第一個自殺者，但因爲有了那些影片，所以我們才要調查！」

我嘆了一聲：「難怪我看到街頭有這許多衣冠楚楚的醉漢！」

安橋加笑了起來：「那有甚麼稀奇，我也曾醉倒在街頭，甚至和人打架，真痛快！」

我揮了揮手，這純粹是無意識的一個動作，由於我無法明白安橋加的話。

我決定將話題引回來，我道：「亨利自從和你見面，將影片交給你之後，好像就此失了蹤，他還有一張卡紙，也是拾回來的——」

我將被我捲成了一捲的卡紙，攤了開來，給安橋加看：「你看這些線條，是甚麼意思？」安橋加將紙接了過去，橫看豎看，結果還是搖著頭：「我不明白，看來好像是甚麼結晶體的結構，像是顯微鏡中放大的結果。」

我道：「有科學上的價值？」

安橋加皺著眉：「很難說，但是我們可以等到晚上，有更多的人來了之後，給他們傳觀，一定會有一個答案的。」

我道：「好的，先將它放在這裏再說。」

我不想帶著這張紙到處走，而且，我認定它不會有甚麼大用處，所以才這樣決定的。日間，到這裏來的人並不多，安橋加在不久之後也告辭離去。

整個下午，我仍然在城中，找尋亨利的下落，我接觸的人，範圍越來越廣，但結果卻是一樣的，近兩個星期來，沒有人見過亨利。

我沒有辦法可想，亨利可能早已離開了這個城市，到別的地方去了，他也有可能，遭到了不可測的意外，但不論怎樣，我一點線索也得不到。

我只好轉移向康納士博士的熟人，調查康納士博士的生活情形。

我的調查，費了好幾天時間，但是，進行得還算是很順利。

因爲認識康納士博士的人，全是科學界的人士，而我，根本是他們請來的，所以我有問題，他們總是盡他們所知地告訴我。

然而，進行得儘管順利，我的收穫，卻微之又微。幾天來的訪問，歸納起來，使我知道，康納士博士，是一個醉心於科學的人，他的生活很簡樸，收入很好，大多數的錢，投資在地產上，由一間公司代理。

這間公司，也毫無可疑之處，他們已整理出了康納士博士的遺產，捐給了大學當局。

康納士的死，沒有人可以得到任何好處，只有人感到損失，既然情形如此，那麼，還有甚麼人會下手殺他？他的死，是死於自殺，那是更無疑問的了！

我也曾和康納士的管家婦談過幾次，管家婦說，博士在家中，除了有人來造訪之外，幾乎不開口講話，我化了大半天時間研究博士的訪客，發現每一個人都可以找得出是甚麼人來，只有一個是例外。

這一點，我認爲是近十天來最大的收穫，是以非記述得詳細一點不可。

根據管家婦的話，有一個「瘦削、約莫五十歲，棕髮、半禿，目光銳利得像鷹隼一樣」的男子，曾在博士死前兩天，造訪博士。

這個男子是一個陌生人，他和博士談了一會，博士便和他一起離去，約莫兩小時之後才回來。

這本來也沒有甚麼特殊之處，特別的是，這個男人，我找不出他是甚麼人來，他顯然不是博士常來往的這個圈子中的人物，而他出現過一次之後，也沒有再度出現，他出現的時間，又是博士死前的兩天。

我請了兩位美術家，將管家婦所形容的那人，繪了出來，管家婦看過，認爲滿意了，我才拿著繪像，去和警方聯絡。

在警官的辦公室中，我踫了一個不大不小的釘子，那警官告訴我，像繪像上的那種男人，本城至少有三千個！

我自然又著手找尋那個人，可是仍然一無所獲，事情看來已沒有轉機，我再在這裏耽下去，已經是全然沒有意義的事情了！

像這次事情那樣地有頭無尾，在我的經歷中，是少之又少的，但是，卻也是無可奈何的事。

因爲，我是接受委託，來調查康納士博士的死因的，這一點，可以說已經有了結果，因爲不論從哪一方面來看，康納士都是自殺的。

但是，事情卻還有疑點，那整整一年，記錄著康納士博士戶外活動的影片，亨利的失蹤，那個男子的身份等等，這一些疑問，如果得不到合理的解釋，那麼，整件事，仍然是有頭無尾的！

所以，當我要離去的時候，我心中十分不快樂，科學協會在早一晚，替我舉行了一個餞別的宴會，由於大家都知道我白走一趟，所以，沒有人提起康納士博士。

第二天一早，我也不要人送，就自己提著箱子，上了街車，直赴機場。

我到機場的時候還早，所以交妥了行李之後，就在機場的餐廳中坐了下來。

那天的天色很陰沉，再加我的心情不暢，是以總覺得有一股說不出來的不舒服之感。我坐著，還是將事情從頭至尾地想了一遍。

不知道從甚麼時候開始，我覺得有人在注意我。

那是一種直覺，其感覺像是有人將手指伸近你的額前，你不必等到他的手指碰到你的額前，就可以感到有這件事一樣。

我抬起頭來，果然，在離我不遠處的一張桌子上，有一個年輕人正在望著我，而當我向他望過去之際，他不但不迴避，反倒站了起來，向我走過來。

他直來到我的面前，帶著微笑：「我可以坐下來麼？」

由於我的心情不好，所以我的回答，也不怎麼客氣，我硬板板地道：「那要看你有甚麼目的？」

那年輕人態度很好地笑了笑：「只不過想和你談談，衛先生，我叫白克，這是我的証件！」

他一面說，一面將一分証件，送到了我的面前，我向證件看了一眼，對這個年輕人的敵意消去了不少。

根據那分證件所載，這個叫看白克・卑斯的年輕人，是國家安全局的「特別調查員」。

我向他笑了笑：「你的名字很有趣，請坐！」

白克拉開了椅子，坐了下來，雙手反叉著，一時之間，像是不知道說甚麼才好。我道：「你有甚麼話，請快點說，我就要走了！」

白克搓著手：「衛先生，我請你不要走，我不知道我的請求，是不是有用，因為我不是代表我所服務的機構作這樣的請求，那純粹是我私人的請求！」

白克的說話，略嫌囉嗦，可是卻將事情說得十分明白，我喜歡這樣的人，這證明他是一個十分有頭腦和有條理的人。

我揚了揚眉：「為了甚麼？」

白克道：「簡單地說，為了康納士博士的死！」

我皺起了眉，想說甚麼，但是我還未曾說出來，白克已然搶著道：「你一來，我們就注意你了，也知道你在這些日子來做的工作！」

我笑了笑：「原來對我這樣關心，為甚麼？安全局不是不理會這件事麼？」

白克也笑了起來，做著手勢：「安全局不是不管，而是將事情交給了我！」

白克講到這裏，略頓了一頓：「將事情交給我去調查，這就是說，這件案子，在法理上而言，已經可以作定論了，但是還有少許的疑點。我的工作是完全不受時間限制的，而且，也不一定要有結論，因為整件案子，已有了結論！」

我道：「我明白，所以你的職務，是特別調查員！」

白克道：「你所做的工作，我也做過，同樣，也沒有結果。」

我道：「既然你的工作不一定要有結果，那你似乎也不必深究下去了！」

白克卻搖了搖頭：「在我的職務上而言，我完全可以不必再調查下去，但是對我個人而言，這卻是一項極嚴重的挑戰！」

他又停了片刻，才道：「我們已知道，在一年之內，有人不停地跟蹤康納士博士，這需要相當大的財力和精力，決不會有人無緣無故去做這件事，就算康納士博士百分之一百是自殺的，這個跟蹤、攝影的人，對他的自殺，也一定有極大的影響，我們必須找出這個人來，不然，同樣的事，可能發生在另一個科學家的身上！」

白克說得很認真，語氣也很肯定。

這一點，我和他不同，我也想到他提出的這個疑點（人人都可以知道這些電影是大疑點），但是，我卻沒有那樣肯定的結論。

我當時並不作任何表示，白克又道：「我也在調查亨利的下落，我也注意那個曾去訪問過康納士博士的陌生人，但是——」

我攤著手：「同樣沒有結果，是不是？」白克苦笑了一下：「是的，這件事交到我的手中，我非要將一切疑點，全解釋清楚不可，我想，你應該可以幫我忙。」

我道：「我已經無能爲力了！」

白克道：「或許，我們疏忽了甚麼地方，以致一點頭緒都沒有？」

我道：「我們並不是沒有頭緒，只要找到了亨利，和那個不知姓名的男人，事情就一定可以有進一步的發展，問題是找不到他們！」

白克直視著我：「關於亨利，我倒有一個進一步的消息。」

我大感意外：「怎麼樣？」

白克又道：「或者不能說是和亨利有關，那是另一件懸案，可能和亨利有關，有一具被燒焦的屍體，在一輛舊汽車中發現，法醫斷定年紀是十三歲，男性。除了這兩點之外，沒有任何別的資料。」

我呆了半晌：「在甚麼地方？甚麼時候？」

白克道：「這一點，對我的猜想最不利，地點距此一千三百哩，一個小鎮，時間是他失蹤後的第三天。」

我道：「一個少年，很少可能在三天之內，跑到一千三百哩之外的地方去的。」

白克道：「除非他搭飛機。」

我笑了笑：「當然，但是他如果是搭飛機的話，很容易查出來的。事實上，我在各航空公司已經調查過乘客名單了。」

白克嘆了一聲：「我也查過。」

我吸了一口氣：「我相信你調查的結果，是和我一樣的！」

白克苦笑著，又搖了搖頭：「我想是一樣的，亨利沒有搭過飛機。」

我攤手道：「那我們不必討論下去，在那個小鎮上的焦屍，不會是亨利了！」

白克卻搖著頭，不同意我的結論：「也不盡然，我們所調查的，全是公共的航空公司，有許多私人飛機的飛行，我們是查不到的。」

我又呆了半晌，白克那樣說，自然是有道理的，但是，爲甚麼有人要將亨利這樣一個少年，弄到一千三百哩之外去將之殺害呢？

我之所以立時想到亨利是被人弄走的，因爲一個少年人，決無能力以私人飛機這樣的交通工具，去到一千三百哩之外的。

我望著白克，白克顯然知道我在懷疑甚麼，他道：「我想，亨利致死的原因，是他撿到了那一大包影片。」

我眉心打著結：「那怎樣會，亨利拾到那一大包東西，他未必知道這包東西屬於甚麼人的，而且，就算有人要殺他，爲甚麼不在本地下手呢？」

白克道：「如果是我，我也不會在這裏下手，因爲亨利如果死在本城，安全局立時會想到，康納士博士的死，和這些電影有密切的關係，立即會展開大規模的調查，那對兇手是不利的。」

我深深地吸著氣，點燃了一支煙，徐徐地噴了出來：「現在，你希望我做甚麼？」

白克道：「我在前天得知這具焦屍的消息，他是不是亨利，我全然沒有證據。但如果事情有證據的話，也輪不到我來調查了。現在，我準備到那小鎮去調查，想請你一起去！」

機場的擴音器，已經傳出了召旅客上機的呼喚，我的心中很亂。

如果亨利真的被謀殺了，那麼，康納士博士之死，就絕對有深入調查的必要！

我在考慮著的時候，白克一直望著我，一聲不出。

我在吸完那支煙之後，用力撳熄了煙蒂，站了起來，道：「好，我和你去！」

第四部：追查少年的下落

白克高興得立時雙手抓住了我的手，用力搖著，我笑道：「我得快點去辦退票手續——哎呀，我的行李，已經上了飛機！」

白克道：「真抱歉，我想我替你增添了不少麻煩，真對不起！」

我笑道：「那是我自己願意的！」

在航空公司職員絕不客氣的接待之下，我辦了手續，又打了一個長途電話，請前站機場，替我代存行李，然後我立時和白克上了另一班飛機——原來白克已經買定了兩張機票，他好像知道我一定會答應的。

兩小時之後，我們下了機，機場上有人迎接白克，將一輛車子交給了白克。

白克駕著車，直向小鎮駛去，我道：「如果查到殺死亨利的兇手是甚麼人，事情就有眉目得多了！」

白克搖著頭，道：「我不像你那麼樂觀，我只要求證實那死者是亨利！」

我不和他爭執，因爲基本上，我們兩人的意見，並沒有分歧，自然，先要證明那死者是亨利，才能進一步去追查兇手的。

等到到達了那個小鎮，白克首先將車子駛到當地的警局，這個小鎮，並沒有屍體保留的設備，屍體在經過法醫的詳細檢查之後，已經埋葬了，但是在警局中，卻留下了詳細的記錄。

白克和我，在警局的辦公室中，看到了大疊的相片，首先看到的，是焦屍在車中的照片，那輛車子，也燒得只剩下了一個黑架子。

屍體在未曾搬出車子之時，是蜷曲在車後座的。

屍體搬出來後，如果不是我事先知道，單看照片，簡直無法相信那是一個人，老實說，單從照片看來，實在和一段燒焦了的木頭，沒有任何分別。

我們看完了照片，一個警官向白克道：「我們已展開過廣泛的調查，本鎮上沒有少年失蹤，所以，可以肯定他是外地來的！」

我和白克兩人，互望了一眼，我道：「有沒有人見過陌生的少年？」

這是一個很小的小鎮，我看居民不過一千人左右，在這樣的小鎮上，多了一個陌生人，是很容易引起人注意的，我的問題，絕不算突兀。

那警官道：「有，有一個老人，在清晨時分，看到一個男人，和一個少年，全是陌生的，那男人拉著少年，急急地走著。」

白克叫了起來，顯然是他太興奮了：「那個老人呢？謝謝天，快請他來！」

那警官卻搖著頭：「發現屍體之後，我們曾問過他，屍體是在一個木料場附近發現的，他就是木料場的看守人！」

白克已有點急不及待了：「不管他是甚麼人，快去請他來！」

那位警官倒很幽默：「現在，沒有任何人可以請他來！」

我和白克陡地一呆，異口同聲道：「他死了？」

那位警官攤了攤手，我和白克立時互望了一眼，在那一剎間，我們雖然沒有說話，但事實上，是根本不必說話的，剎那之間，我們兩人的共同感覺是：這件事的犯罪性，又進了一步！

我立時問道：「那位老人是死於意外的？」

警官聳聳肩：「可以這樣說，也可以說他是死於自然的，他是一個吸毒者，醫生說他的死因，是注射了過量的毒品！」

白克托著下頦，一聲不出，我又問道：「他是甚麼時候死的？我的意思是，他在告訴了你們，曾見過一個陌生的少年和男人之後多久死的！」

那警官像是吃了一驚：「你的意思是，這老頭子是被人殺死的？」

我點了點頭，那警官卻搖著頭：「不可能，誰也不會殺老麥克的。」

我立時道：「那男人會，那男人可能就是謀殺孩子的兇手，而老麥克見過他，會形容出他的樣子來！」

那警官聽得我這樣說，一副想笑的神氣，但是卻有點不好意思笑出來，我忙道：「怎麼，這有甚麼可笑，你們早該想到這一點！」

那警官終於笑了出來：「老麥克是一個吸毒者，又是一個醉鬼，他的話，根本沒有人相信，他甚至說在山中見到過獨角馬，你相信麼？要是那人知道這種情形，他決不會對老麥克下手的！」

白克直到這時才開口，他冷冷地道：「他還是會下手的，你們不相信老麥克的話，我們會相信。」

白克頓了一頓，那警官現出了很尷尬的神情來，我道：「你們當然未曾記錄老麥克的話，也未曾根據老麥克的敘述，將他看到的那少年和男人的樣子畫出來了？」

那警官又攤了攤手：「兩位，你們要知道，我們這裏是小地方，我是一個小地方的警長，平時的工作，最嚴重的不過是驅逐到處流浪的嬉皮士，檢查他們是不是帶著毒品……」

他講到這裏，白克便揮手打斷了他的話頭：「行了，請你帶我們去看看那少年屍體發現的所在！」

那警官的態度又輕鬆了起來：「好，喂，那少年是大角色？」

白克瞪了他一眼，道：「在我們國家裏，任何人都是大角色，一個人死了，不管他是甚麼人，總得查出他致死的原因來！」

那警官又聳了聳肩，或許小地方的警務人員，是這樣的一副不在乎的神態的，但是我和白克，顯然絕不欣賞這樣的工作態度。

那警官和我們一起離開，他駕著一輛吉普車在前面開路，我們駕著自己的車子跟在後面。出了小鎮，是一條十分荒僻的公路，不多久，便上了崎嶇的山路，汽車駛過，揚起老高的灰沙，上了山路之後不久，就已經看到路旁，有一大片被燒焦了的灌木，在被燒焦的灌木叢中，有一輛汽車架子，也是被燒焦的。

我們停了車，一起下來，向前走去，白克和我並肩走著，他一下車就道：「這是故意縱火造成的，在縱火前，兇手至少用了十加侖汽油！」

我同意白克的見解，雖然我不是這方面的專家，白克一直來到車子之前，那位警官並沒有跟來，只有我跟在白克的身邊。

白克用手拔開了被火燒得扭曲的車頭蓋，自身邊取出一柄小刀來，在汽車機器上刮著，在刮下了一層焦灰之後，車子機器上，現出了一組號碼。

白克指著號碼，望著我，我知道，憑汽車機器上的號碼，是可以查出這輛汽車的來路的，是以立時用小本子，將這個號碼記了下來。

我一面記下了這個號碼，一面心想，這小地方的警官，也實在太懶了，竟連這功夫都沒做。

白克又繞著被燒毀了的車子，轉了一轉，拉了拉車門，道：「車門是鎖著的，可憐的亨利，他可能是困在車內，被活活燒死的！」

我沒有立時出聲，和白克的看法不同的是，白克已一口咬定那少年就是亨利，但是我卻對之還有懷疑。

我道：「如果這少年是亨利，那麼，他必然是搭飛機前來，這輛車子，可能是離這裏最近的有機場的城鎮中租來的，那麼，我們調查的範圍不會很大，這是一個很大的收穫！」

白克點著頭，用力在車身上踢了一腳，轉身走開去，那警官道：「怎麼，有甚麼發現？」

白克顯然不願意和他多講甚麼，只是冷冷地道：「沒有甚麼。」

那警官卻還在大發鴻論：「我給上級的報告是，這少年是個偷車賊，偷了一輛車子，駛到這裏，車子失事撞毀，燒了起來。」

白克忍不住道：「那麼，請問失車的是甚麼人？」

那警官瞪大了眼睛：「這，誰知道，我不是說過，他是從別的地方來的麼？」

我已來到了白克的身邊，拍了拍他的肩頭，和他一起上了車。

回到那小鎮之後，我們住進了一家酒店，立時開始工作，白克不斷地打出長途電話，像這樣，憑機器上的號碼，來追尋一輛車子的下落，如果在沒有電腦的時代，至少要一個月。

但現在，到了晚上，我們就有了結果。

這輛車子，是一九六五年出廠的舊車，經過很多個車主，最後，是落在綠河市的一個舊車商手中。我們打開地圖，綠河市離我們現在的小鎮，不過一百二十哩，而且，綠河市也有飛機場，可以供小型客機起飛和降落！

我和白克都極其興奮，我們立時駕車到綠河市而去，一路上，白克將車子開得十分快，我們趕到綠河市的時候，天還沒有全亮。

很容易找到了那個舊車商，白克出示了證件。

那舊車商是一個禿頭大肚子的男人，他雙手一拍：「好，算我倒霉，當你買進一輛舊車的時候，是沒有法子知道他是不是偷來的，你們要哪一輛？」

白克搖著頭：「我們不是來找失竊的舊車的，大約在十四五天之前，你曾出售一輛一九六五年款式的舊車，機器號碼是——」

白克說出了那號碼，舊車商打開了一疊帳簿來，翻著，道：「是的，這是最便宜的一輛，只要兩百元錢，不過車子實在很舊了！」

我和白克互望了一眼：「買主是甚麼樣的人？」

舊車商側著他的禿頭：「買主……對了，也是在這個時候來買的，一個男人，和一個少年，兩個人，那男人第一句話就問我，有沒有最便宜，而又可以行走的車輛，我就介紹了他那一輛！」

他講到這裏，又略頓了一頓：「怎麼樣，有甚麼不妥？」

我已經取出了那男子的繪像，和亨利的照片來，道：「是這兩個人？」

舊車商只看了一眼就道：「不錯，就是他們，這男人付錢倒很爽快！」

我興奮得幾乎叫了出來，因爲我終於又找到了一個見過那神秘男子的人！

白克的聲音，也十分興奮，他道：「你應該向他索取駕駛執照作登記的，快查登記簿！」

舊車商卻現出尷尬的神色，半晌不回答，白克吼叫道：「你沒那樣做，是犯法的！」

舊車商的神色更尷尬了，他勉強笑著，搓著手：「先生，你要知道，我們這裏是小地方，有的時候，爲了顧客的要求，就……就……」

他涎著臉乾笑著，白克憤怒得漲紅了臉，緊握著拳頭。我自然可以看得出，一個人的憤怒，在甚麼時候，已到了難以克制的地步。白克這時的情形，就是那樣。

我立時跨前了一步，而就在這時，白克已然一聲大叫，揮拳向舊車商的大肚子擊了出去。

幸虧我先跨出了一步，能夠在白克一出拳的時候，立即伸手推了他一下，推得他向旁跌出了一步，那一拳，才未曾擊中舊車商，而打在一輛車的車門上。

白克顯然是練過空手道功夫的，因為他一拳打了上去，「砰」的一聲響，那車子的車門上，竟然出現了一個相當深的凹痕！

舊車商嚇得呆了，面上的胖肉，不住發顫，白克倏地轉回身來，我已大聲喝道：「白克，打他也沒有用！」

白克怒吼道：「這肥豬，由於他不守法，我們的辛苦，全都白費了！」

白克那樣說，自然是有道理的。

我們所亟欲晤見的，有兩個人，一個是亨利，一個就是那神秘男子。如果亨利已經死去的話，那麼，那神秘男子在整件案子中，就更加重要。如果這舊車商登記下了他的駕駛執照中的一切，那麼，我們就至少可以知道這神秘男子的身份了！

我心中雖然那樣想，但是為了怕事情進一步惡化起見，我反倒安慰白克：「不一定，那傢伙很容易假造一張駕駛執照的！」

白克在喘著氣，仍然極其憤怒，我向那舊車商問道：「他買了車之後，又怎麼樣？」

舊車商立時道：「沒……沒有怎樣，他和那少年一起上了車，駛走了，好像是向南去的。」

發現那具少年焦屍的小鎮，正在綠河市以南，看來，死者就是亨利了，又多一項證據了！

我向舊車商走近，伸手按在他的肩上：「他對你說了一些甚麼，或者是他和那少年之間說了些甚麼，你要盡你記憶，全講出來！」

舊車商忙道：「是，是，其實沒有甚麼——」

他以恐懼的眼光，望了望我，隨即又道：「我聽得那少年問這男人：『我們的目的地，究竟在甚麼地方？』那男人的回答是：『快了！』」

我又道：「那男人有沒有表示他們是從哪裏來的？譬如說，他們有沒有提及，他們是用甚麼交通工具，來到綠河市的？」

舊車商道：「我不知道……真的……我沒有聽得他們提起過。」

白克也已走了過來，他的憤怒已平抑了好些，他冷冷地道：「衛，走吧，在這肥豬的口中，是問不出甚麼來的了，我們到機場去問問！」

我又望了望那舊車商一會，知道在他的口中，實在問不出甚麼來的了！

白克說得對，我們在舊車商這裏，既然問不出甚麼，那就該到機場去，因爲亨利除了搭飛機之外，決不可能在那麼短的時間內，來到綠河市的！

我們一起離開，白克將他的怒氣，全發洩在駕駛上，他簡直是橫衝直撞，直闖到機場去。到機場的時候，天色已經很黑了，那機場，實在簡陋得可以，事實上，只不過是一片平地而已，當然，能夠降落的，只是小型飛機。

有一列建築物，隱約有燈光透出來，這樣的機場，當然不會有甚麼夜航的設備，可是建築物中有光芒，表示那裏有人。

白克一面按著喇叭，一面仍不減慢速度，直來到建築物的門口，車子在劇烈的震動下停了下來，只見一個男人，手中拿著一罐啤酒，走了出來，顯得十分惱怒。

白克推開車門，走了出來，那男子怒喝道：「你下次再這樣來，我會讓你知道你能得到甚麼招待！」

白克冷冷地望了他一眼，就取出了證件來讓那男子看，那男子呆了一呆，「哦」地一聲：「安全局，有甚麼事？」

白克道：「誰是負責人？」

那男子道：「我是，有甚麼事，只管問我好了！」

白克道：「進去再說！」

他一面說，一面就要走進去，可是那男子卻立時伸開了手臂，阻住了白克的去路，喝道：「別進去！」

白克呆了一呆，我也走了過來，那男子神情又驚慌，又緊張，攔在門口，大聲道：「別進去，有甚麼話，就在這裏說好了！」

白克冷冷地道：「我們要查近半個月來的飛機降落的記錄！」

那男子立時道：「那麼，請到辦公室去。」

白克冷冷地道：「爲甚麼不讓我們進去，你在屋中，藏著甚麼？」

那男子神色陡地一變，白克已突然伸手，將他推向一旁，那男子的身手，也極其敏捷，立時將手中的啤酒罐，向白克當頭砸了下去。

我陡地踏前，一揮手，將那男子手中的啤酒罐，拍了開去，同時左臂一橫，已經擊在那男子的頭上，那男子身子向後退，「砰」地一聲，撞在門上！

就在這時，只聽得屋子之內，有女人的聲音叫道：「別打，喬治，讓他們進來好了，我不在乎，這種偷偷摸摸的日子，我過厭了！」

隨著聲音，只見一個身形相當高大的紅髮女子，一臉不在乎的神氣，從屋內走了出來。

那紅髮女郎十分妖冶，我和白克互望了一眼，白克本來還待惡狠狠向那叫作喬治的男子衝過去的，但是他一看到了那女人，立時將揚起了的手，垂了下來。

我不禁苦笑了起來，我來到這個國家，本來是爲了來調查一個科學家之死的，卻不料在調查的過程中，竟看到了那麼多眾生相！醉酒的大學教授，不負責任的警官，通姦的男女，放棄原來職業的科學家，只顧賺錢的舊車商……這倒像是這個國家另一面的縮影。

白克已然對喬治和那紅髮女郎，發出了抱歉的一笑：「對不起，打擾了兩位，我們對兩位的事情，絕不會有興趣！」

他講到這裏，略頓了一頓，喬治的神情，還是很緊張，白克忙又道：「我們只是過路人，想調查一架曾在這裏降落的飛機！」

喬治立時轉過身，推那個紅髮女郎進去，一面回頭向我們道：「請等一等！」

他和紅髮女郎一直走了進去，約莫過了五分鐘，喬治才走了出來，提著外衣：「請到我的辦公室去！」

我們自然不會去問他和那紅髮女郎之間達成了甚麼協議，只是跟著他，來到了另一幢建築物之中，他著亮了燈，拉開了文件櫃，將一大疊文件，取了出來。

白克和我，立時走過去翻閱著。

那是綠河市機場的飛機升降記錄，我們急速地翻著，翻到了舊車商賣出車子的那一天，那一天，只有一架飛機降落，飛機是屬於一位恩培羅先生的，這位先生，和他的三位朋友，一起降落，當晚就飛走了。

這位先生，顯然不是我們要找的對象，我們又翻到前一天，前一天，有兩架飛機降落，一架是一間體育學院的學生，另一架，是三個渡假的女人。

我和白克互望了一眼，白克道：「記錄全在這裏了？」

喬治有點不耐煩：「我爲甚麼要隱瞞？」

我取出了亨利的照片，和那神秘男子的繪像來，道：「你可曾見過這兩個人？」

喬治看了一眼，使用十分肯定的語氣道：「沒有，從來也沒有見過！」

白克手握著拳，在桌上重重搥了一下：「不可能！」

我立時又道：「在這裏附近，還有沒有別的地方，可供飛機降落？」

喬治道：「自然有，河攤旁，以及山谷中的平地，駕駛技術高超的人，都可以使小型飛機在那裏降落。」

我感到又有了一線希望：「那麼，有飛機在上空經過，你是不是有記錄？」

喬治叫了起來：「你在說甚麼笑話，那怎麼可能？現在，天上的飛機，比地面上的汽車還要擁擠，我怎能記錄下來？」

白克憤怒地合上記錄，嘆了一口氣，喬治道：「已經查完了麼？」

白克由於失望，已經講不出話來，我代他答道：「謝謝你的合作，查完了！」

喬治搓著手：「剛才你們見到的那位，並不是我的太太，希望你們諒解！」

我道：「你放心，我們自己的事都忙不過來，不會對你的事有任何興趣的！」

喬治道：「那就好了！」

他和我們一起走出去，白克和我上了車，白克駕車駛離了機場，苦笑著道：「明明有頭緒了，可是又變得一點線索都沒有！」

我也苦笑著：「這個神秘男子，他一定是利用飛機到這裏來的，我看他行事十分小心，一定不在機場降落，我們的線索，還不算全斷了，我們可以去他起飛的城市調查！」

白克道：「你以爲他從維城起飛？」

我立時道：「就算他不從維城起飛，起飛的地點，也一定不會離得太遠，這一點是可以肯定的！」

白克點了點頭，他又顯得高興起來：「走，到酒吧去，我請你喝酒！」

車子駛進了市區，白克看到了霓虹燈的招牌，將車子駛近，停了下來。

當我們推門走了進去的時候，白克好像很自然，但是我卻著實嚇了一跳。

綠河市，正像舊車商所說的那樣，是一個「小地方」，可是那家酒吧倒不小，有很多桌椅，可是大多數人，卻都躺在地上，男男女女躺在一堆，由於他們的頭髮和衣著都差不多，是以只可以說，東一堆，西一堆地躺著很多人，根本分不出他們的性別來。

這些人，從他們的那種神情看來，顯而易見，是服食了某種藥物的，他們有的在大叫，有的在接吻，有的在喃喃自語，不過同一樣的是，在這些人的臉上，都有著一種滿足的神情。

自然，也有人坐在長櫃上，和桌子旁邊，這些人，看來卻是愁眉苦臉的居多。一隻唱機，在發出震耳欲聾的音樂。電視機上，一個大人物正在演講，可是卻沒有聲音發出來，只看他嘴唇開翕，揮著手，襯上眼前的情景，看來更叫人有一種十分滑稽之感。

我和白克盡量小心地向前走去，但是還不免踏中了幾個人，被我們踏中的人，也毫不在乎，我們一直來到了櫃前，坐了下來。

正在抹杯子的酒保，以一種疑惑的神色，望著我們，那自然是因為我們是陌生人的緣故。可是當白克叫了一瓶酒，急不及待地喝了一杯之後，那酒保就變得笑容可掬了，他搭訕著道：「外地來的？」

我道：「是啊，這裏不歡迎外來的人？」

酒保笑道：「當然不，這裏不歡迎所謂清醒的人，我們歡迎任何醉客！」

我不禁苦笑了一下，也喝下了一口烈酒，酒保望著我，低聲道：「你一定曾想過，酒已經不夠刺激了，酒不能使你進入甚麼都有的理想世界！」

白克用力伸手，推開了那酒保：「別向我們推銷迷幻藥！」

酒保碰了一個釘子，立時走了開去，長櫃的另一邊，有兩個女人望著我們，在故意發出嬌笑聲，我嘆了一聲，正準備站了起來，忽然聽得有人大叫道：「真的，我看到有人自空中掉下來！」

隨著那人的語聲，是一陣哄笑聲。

我循聲看去，只見說話的是一個老頭子，留著山羊鬍子，酒正順著他的鬍子在向下滴，他睜大眼睛，瞪著同桌在哄笑的人。

一個中年人指著那老頭子：「你二十四小時都在喝酒，看到有房子自空中掉下來，也不稀奇！」

那老者大聲道：「是真的，兩個人，一個還是小孩子，我不是說他們掉下來，他們有降落傘，飛機在我頭頂飛過，轟轟轟——」

他一面說，一面做著飛機飛過的手勢，口中還作出飛機飛行的聲響來。

在桌旁的那些人，仍然笑著，那老頭子卻說得十分正經：「兩個人從飛機上掉下來，接著，兩朵白雲也似的降落傘張開，他們落地，那少年人先站起來，我看到他們，他們沒看到我！」

我立時發現，白克也在聽那老頭子講話，我心中陡地一動，立時走了過去，手中拿著亨利的照片。

那一桌上的所有人，看到有陌生人走近，一起靜了下來，我將亨利的照片，送到那老頭子的面前，道：「從空中掉下來的少年，就是這個少年？」

那老頭子先望了望我，又望著照片，不住地點著頭：「是，就是這個孩子！」

他一面說，一面身子向前傾仆著，幾乎壓到我的身上，我用力一推，將他推回椅子去，立時後退，白克就在我的身後。

我們也不說話，一起出了那酒吧，進了車子。

白克道：「現在，已經很明白了，亨利死了！」

我點頭道：「是的，亨利被那男子帶到這裏上空，他們是跳傘下來的，所以機場上沒有飛機降落的記錄，白克，我看這事情，越來越複雜了！」

白克皺著眉：「是，弄一架飛機，跳傘，這都不是普通人做得出來的事！」

我吸了一口氣：「其實，我們早該想到這一點，試想，一年來不斷跟蹤康納士博士，拍攝他的生活，這又豈是普通人所能做得到的！」

白克望了我一眼：「你的意思是——」

我道：「是一個組織，一個很嚴密的組織！」

白克不出聲，他的神色顯得很凝重，過了半晌，他才道：「那是一個甚麼樣性質的組織？」

我搖頭道：「當然無法知道，但是這個組織，一定對科學家十分注意。」

白克苦笑道：「可是，康納士博士，是自殺的！」

我的腦中十分亂，一點頭緒也沒有，白克顯然也和我一樣，駕著車在黑暗的公路上疾駛。

我們在午夜時分，回到了那個小鎮，到第二天一早就醒了，依著原來的路線回去。

我和白克的這次行程，可以說大有收獲，因爲我們證實了亨利的死，也證實了那神秘男子，是殺死亨利的兇手。

我和白克都將亨利的死，和那些影片聯繫在一起，亨利的死因，就是因爲他拾到了那些影片，自然，更可能的是，亨利還發現了甚麼其他的秘密！

我們並且還得到了一個模糊的概念，我之所以稱之爲「模糊的概念」，是因爲那全是沒有具體的事實作爲根據的一種想法。

我們的概念是：康納士博士之死，雖然證據確鑿，屬於自殺，但是其中有極濃的犯罪意味。我們並且料到，那是一個組織，或是一個集團所做出來的。

第二天下午，我們回到了科學城——我如此稱呼那個住著許多科學家的城市。我和白克暫時分手，我住進了酒店，白克則去調查附近各地小型飛機的起飛記錄。我在休息了一回之後，離開酒店，毫無目的地走著。

當我發現自己，離開亨利的住所，越來越近的時候，我停了下來，考慮著是不是要去通知亨利的姐姐，亨利已經死了！

但是我略想了一想，就決定不再前往，因爲我覺得那女人連她自己都不關心，更不會關心亨利的死活的。

我的心情很沉重，站在街頭，就在這時候，我發現對街有一個女孩子正在注視著我。

我略呆了一呆，那女孩子大約十三歲，穿得很普通，梳著一條很粗的辮子，我裝著完全不注意，繼續向前走去，卻發現那女孩，一直跟著我。

我轉過了街角，停了下來，不一會，那女孩也急匆匆走了過來，我立時向她走過去：「你找我有甚麼事？」

第五部：少年亨利的秘密

那女孩嚇了一大跳，站定了身子，在她臉上略現出驚惶的神情來，但是隨即鎮定了下來：「聽說你一直在找亨利？」

我點了點頭：「是的，誰告訴你的？」

那女孩道：「亨利的朋友，但是他們不知道一個秘密，我才是亨利最好的朋友。」

我心中陡地一動，亨利和這個女孩子年齡相仿，在這樣年齡的男孩子和女孩子之間，如果他們是「最好的朋友」的話，那是絕無秘密的！

我立時道：「看來，你好像有消息提供給我，關於亨利的？」

那女孩咬著下唇，點了點頭。

我看看天色已快黑了下來：「那麼，我可以請你吃晚飯，慢慢地談！」

那女孩高興地道：「那太好了！我一直希望能坐在麥家老店，吃他們的蜜汁烤小羊腿！」

我笑了起來：「好，我們就到麥家老店去吃他們的蜜汁烤小羊腿！」

麥家老店的蜜汁烤小羊腿，的確極其美味，但是更重要的是，我從麗拉（那女孩子的名字）的口中，得到了極緊要的線索。

麗拉告訴我：「亨利在臨走之前，曾經來找過我，向我說了很多秘密，他說，他要到很遠的地方去，叫我別告訴任何人！」

我望著她：「告訴我不要緊，我不會說出來！」

麗拉點著頭：「亨利說，他認識了一個男人，那男人有很多錢，願意買回他失落的一些東西，可是亨利不肯賣！」

我有點詫異：「爲甚麼！亨利不要錢？」

麗拉一本正經地道：「不是，亨利看出那人十分急想得回那東西，他說，可以逼那人出更高的價錢，那人也答應了，帶他去取錢！亨利將那包東西，放在一個朋友家裏！亨利說，他可以得到幾萬元錢，那時，我每天都可以來這裏吃烤羊腿！」

我嘆了一聲，心中很代亨利感到難過。

麗拉又道：「亨利還告訴我那是一大包影片，和一張上面畫了許多線的紙——」

我陡地吃了一驚，在亨利家的那個桌子抽屜，我得到了那張紙，我從來也不以爲這張紙有甚麼重要性，想不到它也有作用的！

麗拉望著我，繼續道：「亨利說，他也看出那人不好對付，他說，如果他有了甚麼意外——」

我的心向下一沉，我想告訴她，亨利已經死了，但是我卻忍住了未曾說出口來。

麗拉道：「亨利說他曾偷聽到那男人打電話，他有一個電話號碼，如果他有意外，可以根據這個電話號碼，找到害他的人！」

我的心頭不禁狂跳起來，這是多麼重要的線索！

我望著麗拉，麗拉卻又道：「不過，我答應過亨利，不將這些事告訴別人的！」

我吸了一口氣：「你應該告訴我！」

麗拉吃著甜品，低著頭，我看到她睫毛的跳動，她顯然是不斷在眨著眼，她才道：「爲甚麼，是不是亨利有了意外？」

我感到很難告訴麗拉，亨利已經死了，所以，我還是不出聲。

麗拉仍低著頭：「亨利答應過我，不論他到甚麼地方去，在甚麼樣的情形下，他都會打電話給我，可是直到現在，他還是沒有音訊，我想他一定已經有了意外了，是不是？」

麗拉說到這裏，抬起頭來，望著我。

直到這一刹那，我才發現，這個小女孩，實在是一個很有頭腦，又相當勇敢的小女孩。

我點了點頭，沒有說甚麼。

麗拉立時現出了一絲苦笑：「我知道的，亨利的確有了意外，那麼，我就該遵守諾言，將這個電話號碼，告訴警方！」

我道：「你可以告訴我，雖然我和這裏的警方，並不發生直接的關係，但是我正在盡力，調查亨利的死因，請相信我！」

麗拉點了點頭，用手指沾著水，在桌上迅速寫了一個號碼，立時又用手掌擦去。

她的動作很快，但是也已經足夠使我記下這個號碼來了。我立時站了起來，麗拉低著頭，可是她並不是在吃甜品，而是在落眼淚！

像麗拉這種年紀的孩子，如果有感情的話，那應該是最真摯的感情，所以我看了心中也很難過，我按住了麗拉的肩頭，想說幾句安慰她的話。

可是麗拉反倒先我開口：「不必安慰我，我早知道會有這種結果的，亨利想要人家付他那麼高的價錢，我早知道會有這樣結果的了！」

我聽得她那樣說，自然無法再說甚麼了，我付了帳，告訴她如果有事來找我，我在酒店，然後，我獨自一人，離開了麥家老店。

這時，我心情是極興奮的，因為我獲得了一個極其重要的線索。

雖然，那只不過是一個電話號碼，但是，一個電話號碼，由此可以揭發太多的事情了！

當我匆匆地向前走著，經過一個電話亭的時候，我停了下來，想先根據這個號碼，打一個電話試試看。但是，我又怕這樣一來，打草驚蛇，還是先查到了這個電話的所在地，自己上門去的好！

我回到了酒店，試向電話公司查詢，但是電話公司卻不肯回答我的問題，我知道必須等白克回來才行。等到我和白克固定的電話聯絡時間，我對白克道：「立即回來，我已經有了重要的線索。」

出乎我意料之外的，是白克也道：「我也有了重要的線索，你在酒店等我！」

我想問他，他得到的是甚麼線索，可是他卻已掛上了電話，我只好在酒店中等候，兩小時後，白克已經在我的房間中了！

他一看到我，就將一張紙交給了我，那是一張單子，是一家小型飛機公司，飛機出租單的複印本，單子上寫著，租用飛機的，是一位約翰先生。

白克很興奮地道：「從時間上來算，從飛機公司形容來看，這位約翰先生，就是我們要找的那位神秘男子，你看，上面有他的地址。」

我望了一眼，搖了搖頭道：「白克，如果我是這位神秘先生，我租一架飛機，目的是殺人，我就決不會留下真姓名地址的！」

白克道：「我也想到過這一點，但是，這是我們所能得到的唯一線索了。」

我道：「我的線索，可能比較有用。」

我向白克講出了我認識麗拉的經過，白克一面聽，一面眼中在閃耀光采。

等我講完，他叫了起來：「走，我們到電話公司去，查這個號碼的地址！」

我和他立時離開了酒店，我們一起到電話公司，有了白克的證件，事情進行得仍順利，可是當我們一看到這個電話號碼的登記姓名地址時，我們兩個人，都不禁詫異地睜大了眼睛。

登記的姓名、地址，寫得明明白白，最使我吃驚的是那個姓名，那是一個日本人的姓名：「田中正一」！

我和白克互望著，一時之間，實在不知道說甚麼才好，過了半晌，白克才道：「衛，你來到這裏，不就是田中正一博士請你來的麼？」

我苦笑著：「是他向科學協會建議請我來的，我真是不明白——」

白克也皺起了眉，他不說甚麼，我們一起走了出來，這時，外面在下著霏霏的細雨，我們沿街走了一陣，白克才道：「如果事情和他有關的話，那麼，他可能是故意這樣做的。」

我揚眉道：「甚麼意思？」

白克道：「他低估你的能力了，他以為你不會查出甚麼的，而他作為主動建議請你來的人，當然也絕不會有嫌疑！」

我點了點頭，白克的說法，是有道理的，我道：「現在我們要做的是，你去搜集田中博士的資料，我到他家去見他。」

白克道：「要是他和這件事有關，他就是一個極其危險的人物，你一個人——」

我道：「我必須一個人去，你的身份特殊，而我是他的朋友。如果你的估計正確，他對我能力低估的話，那麼，他一定不會防備我，我就可以得到更多的東西，你可以在得到了他的資料之後，打電話給我。」

白克又遲疑了片刻，才和我握了握手，我們分了手，我召了一輛街車，直駛向田中正一的住所。

那時候，已經是接近黃昏時分了，我在門前按鈴，雨下得更大了。

不一會，一個管家婦來開門，我道：「田中博士在麼？我是他的朋友，衛斯理。」

管家婦好像不怎麼愛說話，拉長著臉，大聲轉頭叫道：「博士，有人來找你，叫衛斯理。」

隨著管家婦的叫嚷，我看到穿著和服的田中，啣著一隻煙斗，走了出來。

田中博士一看到了我，好像很感到意外，他「咦」地一聲：「你不是已經離開了麼？」

我笑道：「既然你又看到了我，那就是說，我留下來了，沒有走！」

田中博士並沒有問我為甚麼留下來，他只是張開手，作歡迎狀：「來，請進來坐！」

管家婦好像還不願意我進去似地，瞪大眼望著我，我心中感到有點奇怪，但是也沒有在意，就走了進去，田中正一領著我，進了他的書房，我們坐了下來，田中搖著手，道：「怎麼，想留下來多久？」

我打量著他的書房，實在看不出有甚麼異樣之處來，我只是順口道：「不一定。」

田中博士向前欠了欠身子：「在這裏有事？我可以幫你的忙？」

我笑了笑：「還不是為了康納士博士的死，我總有點不死心。」

田中博士並沒有甚麼特別的表示，我又道：「雖然，他自殺，毋庸置疑，但是，為甚麼有人要在過去一年，不斷跟蹤他？」

田中皺著眉：「這太難解釋了！」我瞪視著田中正一：「我認為其中有著重大的陰謀。」

田中正一「嘿嘿」地笑著，他好像是在笑我的想像力太豐富，但是，我看來，他更像是想用他那種乾笑聲，來掩飾他內心的恐慌。

我又道：「我們展開了多方面的調查，對這些陰謀，已經掌握了一定的資料！」

我一面說，一面注意著田中正一的反應，我看到他手指和手指扭在一起，通常來說，只有心情緊張的人，才會有這樣的小動作。我故意裝著若無其事：「而且，我們已經知道，可憐的亨利，就是發現那些電影，交給了安橋加教授的那孩子，已經死了！」

田中正一震動了一下，我斷定他之所以震動，決不是為了聽到了亨利的死訊，而是因為我已知道了亨利的死訊之故。

如果田中正一和亨利的死是有關的，那麼，兇手如此縝密地安排，亨利已成了幾千哩路外的一具焦屍，在兇手想來，這件事應該是神不如鬼不覺的，突然由我口中說了出來，兇手或與兇案有關的人，怎能不大為震驚？田中正一那種吃驚的反應，自然也是很正常的了！

田中正一在一震之後，失聲道：「亨利死了？甚麼人會謀殺一個孩子？」

我陡地挺直了身子，道：「田中博士，我只不過說亨利死了，你怎麼知道他是被人謀殺呢？」

我立即這樣地詢問，如果田中正一和亨利的死有關，那麼他在刹那之間，一定會不知所措，這是很多偵探小說之中，使兇手招認的辦法之一。

但是，田中正一聽了我的話之後，只是略呆了一呆，就很自然地道：「你說那是一個陰謀，當然，有犯罪事件在內，所以我想到亨利是被殺的！」

他那樣解釋，自然也可以自圓其說，然而我是早有了線索，才找上門來的，自然不會那麼輕易就相信他，我先冷笑了幾聲：「我們已經發現康納士死前一天，有一個神秘男子，在他家出現過，後來，康納士又曾跟他出去，這個神秘男子，以後一直也沒有出現過。」

田中顯得很不安，他變換了一下坐的姿勢：「這我知道，你還給我看過那神秘男子的畫像！」

我道：「那很好，這個神秘男子，我已經可以肯定，他是謀害亨利的兇手！」

田中正一張大了口，而且，發出了一下很低微的驚嘆聲來。

我立時又俯身向前，直視著他：「這個神秘男子是甚麼人？」

田中博士在聽了我突如其來的這一問之後，一定會有異常的反應，這一點，我是早已預料到的，可是他的反應竟如此之強烈，那卻大出乎意料之外！

我們本來是面對面坐著的，在發出那一個問題之際，為了要使他感到震駭，我特地俯身向前，和他相隔得極近，等到我這句話一出口，只見田中正一的臉色，剎那之間，變得極其蒼白。

我正在等待他下一步的反應之際，他突然發出了一下怪叫聲，陡地翻起手掌，當我看到他手掌翻起，手指的形式，是正宗的空手道招式時，已經遲了。

田中正一是一個高級知識分子，儘管我知道他在聽了我的話之後，必然會有異常的反應，但是通常來說空手道和一個博士之間，是沒有甚麼聯繫的。

所以我絲毫也未曾防到他會動手，而他的出手，又是如此之快。我才一看清，他的手掌，已砍到了我的頸上。

那是極沉重的一擊，而且，正擊在我頸際的要害之上，我在剎那之間，只覺得天旋地轉，眼前金星亂迸，身子陡地向後翻去。

在我的身子向後翻去之際，我連同我所坐的那張椅子，一起跌倒，這一擊實在太重，我在跌倒之後，簡直連掙扎站起來都不可能。

而田中正一卻立時站了起來，緊接著，我的頭部，又受了重重的一踏！

那一下，幾乎令得我立時昏了過去，但是我畢竟是受過嚴格的武術訓練的人，雖然接連而來的兩下重擊，使我的處境，變得如此惡劣，在這樣的情形下，我的反攻是很無力的，我只是陡地伸手，在他的腳離開我頭部的一剎間，在他的小腿之上，扳了一扳。

第六部：百思不得其解的矛盾

然而那一扳，卻也產生了效果，我聽得田中正一博士，發出了一下怪叫聲，身子突然向前仆去，跌倒在地，我立時伸手搓著脖子，老實說，這時，我的視覺，幾乎喪失，看不到任何東西。

我只聽到一連串碰撞的聲音，當我掙扎著站起來時，我看到客廳中有好幾樣東西，被撞跌在地，那自然是田中正一倉惶奔出時撞倒的。

我的脖子，仍然隱隱作痛，站也站不穩，我只向前走出了兩步，便看到那管家婦，神色慌張地出現在客廳的門口，大聲道：「甚麼事？」

我喘著氣，發出的聲音，覺得很古怪，我問道：「田中博士呢？」

我才問了一句，還未曾得到那管家婦的任何回答，就聽得「砰」地一下槍聲，自屋中傳了出來！

一聽得那下槍聲，我整個人直跳了起來，大聲道：「快報警！」

我一面叫，一面循著槍聲發出的所在，衝了過去，但是我的行動太匆忙了，而且，剛才又受了兩下重擊，是以才衝出了一步，身子向前一傾，便跌倒在地。

就在這時，我聽得管家婦叫道：「槍聲是博士的房間中傳出來的！」

我掙扎站起，大聲道：「快報警！」

我扶著牆，向前急急地走去，離開了客廳，走過了一個穿堂，來到了一扇緊閉著的房門之前，我用力以肩頭撞著房門，撞到第四下，房門被我撞了過來。

我立時看到了田中正一！

那是田中正一的臥室，一點不錯，田中正一的手中握著槍，槍口甚至還有煙冒出來，他伏在床上，床上染滿了血，子彈射進了他的太陽穴，由於發射的距離是如此之近，是以田中正一的死相，極其可怖，可怖到了我不想詳加敘述的地步。

雖然有兩扇窗子開著，田中正一博士是自殺而死的，應該是沒有疑問的事了！

我站在門口，實在不想看田中正一的慘狀，但是我的視線，竟無法離開那一大灘血，和田中正一中了槍的頭部，我的思緒，亂到了極點，我其實並沒有說甚麼，只不過問了他一句：那神秘男子是甚麼人而已，他何必要爲此自殺？

最大的可能，自然是他和那神秘男子是認識的，而且也和亨利的死，甚至康納士博士的死有關，所以一聽到我這樣問他，就以爲我甚麼都知道了，是以才畏罪自殺的。

然而，事實的真相，是不是那樣呢？

我呆呆地站在門口，不知站了多久，直到聽到警車的「嗚嗚」聲，自遠而近，迅速地傳了過來，我才陡地震動了一下。

當我扶著門框，轉過身來時，兩個警官已然出現在我的面前。

那兩個警官也夠魯莽的了，當他們一看到房間中，田中正一的屍體時，竟立時抓住了我的手臂，將我的手，反扭了過來。

我實在懶得和他們分辯，反正，田中正一不是我殺的，實在是很容易弄明白的事。

接著，更多警官和警員，湧了進來，我被那兩個警官推到了客廳中，隨即有一個警官也走了進來，道：「放開他，死者是自殺的。」

那兩個警官還不十分相信，我的聲音，連我自己聽來，也覺得十分疲倦，我道：「你們可以從國家安全局特別調查員白克・卑斯處，知道我的身份，而且，這件事，你們還是交給安全局處理的好！」

那警官道：「也許，但是你必須跟我們到警局去！」

我真正覺得十分疲倦，疲倦得甚至不願意開口，只是點了點頭。

我不知道警方又做了些甚麼，因爲我立時被帶上了車子，駛到了警局。

我被單獨留在一間房間內，兩小時後，白克急匆匆地走了進來。

我看到了白克，嘆了一聲，白克立時曳了一張椅，在我面前坐了下來，兩個高級警官，接著也走了進來。白克道：「怎麼樣，他們說你不肯合作。」

我苦笑了一下：「他們對於事情的來龍去脈，完全不知道，我何從合作起？你來了最好，事情的經過情形是那樣——」

我將我去見田中正一，和他說話的經過情形，詳細講了一遍。

白克皺著眉，用心地聽著，等我講完，他轉頭向那兩個警官望了一眼，又伸手在我的肩頭上拍了拍：「不關你的事，田中顯然是畏罪自殺的！」

白克說得如此肯定，我知道他一定是有所根據的了。

我望著白克，他道：「我和總局聯絡過，總局有田中的資料，資料中指出，田中在大學時期，曾在北海道住過一個時期，在那段時期中，他時時神秘失蹤，我推測，他離開北海道，可能是到庫頁島去的。」

我呆了一呆，白克攤了攤手：「你知道，到那種地方去，當然不會是爲了旅遊，他在那邊，可能是接受訓練，他是那方的特務！」

我深深地吸了一口氣：「照你那樣說，事情倒明朗化了！」

白克道：「是的，那神秘男子和田中正一，一定有聯繫，他們可能還是合作人，一起謀殺了亨利，所以你才向他提出，他就發了狂！」

白克講到這裏，略頓了一頓才道：「你知道，他們這種接受過訓練的人，一到事情敗露之際，唯一的辦法，就是自殺！」

我嘆了一聲，慢慢站了起來，點了點頭：「我也相信那樣，要不然，一個高級知識分子，很少有那麼高的空手道造詣，他一掌幾乎將我的頸骨打斷！」

那兩個警官中的一個道：「你可以走了！」

白克道：「這件事，最好不要向報界宣佈內情，由我們來處理。」

那兩個警官點頭答應，我和白克一起離開了警局，上了白克的車子。

白克並不立時開車，只是望著我：「衛，事情越來越複雜了！」

我卻搖了搖頭：「不，我看來，事情倒是越來越簡單了。」

白克用懷疑的眼光望著我，我道：「我早就疑心，像一年來不間斷地跟蹤康納士博士，這樣的事，除了一個龐大的組織之外，沒有別的人可以做得到！」

白克道：「那又怎麼樣，康納士是自殺的。」

我道：「如果康納士真是單純的自殺，那麼，他們何必爲了影片落在人家的手中，而如此緊張，非將之取回來不可？」

白克眨著眼，沒有說甚麼。

我又道：「而且，別忘記，那神秘男子的身份，一定和田中正一一樣，在康納士自殺之前，曾和他見過面，現在我想知道的是，康納士和那男子，為了甚麼見面，他們之間，講過甚麼，那神秘男子又和康納士到過甚麼地方。」

白克點頭道：「對，關於這一點，我倒有一個推測，對方一直在動我們科學家的腦筋，我想，那神秘男子，可能提出收買康納士的條件，而康納士已經同意了，事後才後悔，所以逼得自殺的！」

我皺著眉：「白克，康納士已經死了，不要再損害他的名譽！」

白克道：「我的推測是很有道理的。」我搖頭道：「不，康納士博士的行動，從一年來的行動記錄片中看來，是無懈可擊的，他決不會有甚麼把柄留在對方的手中，對方對他也無從威脅起，他爲甚麼會給敵人收買？」

白克道：「那麼，他爲甚麼自殺？」

我搖頭道：「不知道，但現在我們已經知道了那神秘男子的身分，要找他，總不是十分難了。」

白克道：「當然！」

他發動車子，向前駛去，將我送回了酒店。

這一晚，我再度將所有的事，想了一遍，麗拉的出現，使我得知了田中正一的電話，自從這裏開始，事情就急轉直下，變得明朗化了！

康納士博士的研究，如果用在軍事上，那將是另一種威力極其強大武器的誕生，像他這樣的人物，受到國際上間諜的注意，倒並不是一件出奇的事。

而田中正一的真正身份，竟如此之卑鄙，這一點，也不足爲奇，我和田中正一本來就不熟，更何況要了解一個人的真正身份，就算與之相識十年八年，也不是一件容易的事。

現在，剩下來的唯一問題便是：康納士博士，是爲甚麼死的。

這像在兜圈子，兜回老地方來了！

令我疑惑的是：這些記錄康納士博士行動的影片，如沒有犯罪的意圖，那麼即使遺失了，被亨利拾到了，也不必緊張，反正兇手的身份，掩飾得很好，何必用那麼大的心思，想將影片取回來，而終於將亨利殺死！

兇手在殺死亨利之際，可能以爲亨利從此失蹤，亨利寄存在安橋加教授那裏的一大包東西，以安橋加工作之繁忙，可能會忘記，他們就有機會將之取回來。卻不料安橋加由於好奇心的驅使，而放映了來看。

等到這些影片一公開之後，再要取回來，自然困難得多，而且，許多人都看過那些影片，再取回來，也是沒有意義的事了。

於是，田中正一就心虛起來，當他向科學協會提出，請我來偵查之際，顯然是低估了我的能力的，他多半以爲我是「糊塗大偵探」這一類的人物，來到這裏，結果是一事無成地回去。

田中正一也幾乎料中了，因爲不是白克在機場上將我留了下來的話，我的確是一事無成地回去了。

但結果，田中正一的提議，卻成了他自己的催命符，這自然是他始料不及的。

記錄康納士博士的行動，這件事的本身，一定有著極大的犯罪意圖，這一點是可以肯定的。

而且，那神仙男子，還和康納士博士直接見過面，他們有意對付康納士博士，這也幾乎可以肯定的了！

然而，康納士博士，卻是自殺的！

這真是百思不解的一個大矛盾，而整件事，也令人氣悶，因爲轉來轉去，總是轉到原來的地方，沒有任何新的進展。

由於康納士博士自殺，有著如此確鑿不容懷疑的證據，看來，事情是很難有甚麼結果的了。

第二天中午，白克到酒店來找我，他見到我的時候，神情很興奮。

他一看到了我，就大聲道：「我們找到他了！」

我和白克在一起，已有相當日子，對他也有了一定程度的了解，所以我一聽得他那樣說，立即就知道，白克所謂的「他」，一定就是那神秘男子！

這個消息，令我也感到相當興奮，我忙道：「那太好了，你一定已將他扣留了，走，我們去見他！」

白克有點不好意思，他急忙道：「不，我的意思是，我終於知道那神秘男子是甚麼人了，但是我沒有見到他，不過，我已下令，暫時封鎖了一處地方。」

白克的話，使我有難以明白之感，我皺著眉，望定了他，白克笑道：「是這樣，我們不是已經知道了這神秘男子的間諜身分麼？他們掩飾間諜身分的拿手好戲，是用外交人員的身分，我走到有關部門去查，一查就查了出來，這傢伙叫盧達夫，他的身分，是領事館新聞攝影的二級助手——這銜頭怪不怪？」

我道：「一點也不怪，拍攝那些電影，一定是由他主持的，這位盧達夫先生，毫無疑問，是一位攝影專家，我想，你可以到領事館去和他見面？」

白克立時道：「你以爲我會不去？我到領事館去，要求見這位新聞攝影的二級助理，但是領事館方面說，他已回國去了，我起先還不信，後來查了查外交人員離境紀錄，才知道這傢伙真的走了！」

我「嗯」地一聲：「這倒也是意料中的事，但是你剛才說，封鎖了一處地方，是甚麼意思呢？」

白克道：「我再深入調查盧達夫的行動，發現他在本城的北郊，有一所小屋子，我和檢察官聯絡，由他簽了命令，本地警方人員，已趕去封鎖那間小屋了，我們一起去看看，可能有一點發現！」

儘管白克的神情，還是相當興奮，但是我卻不由自主，打了一個呵欠。

白克看到我這種反應，不禁怔了一怔，我拍著他的肩頭，道：「以這樣一個職業間諜而論，他既然已經打道回府了，怎麼可能有甚麼東西留下來？我不去了，我看我也該回去了！」

白克像是在哀求我一樣：「去看一看總是好的，或者，可以有一點發現！」

白克這個人，固執起來，真有點沒辦法，當日我在機場，就是給他用這種態度留下來的。

這時，我也只好無可奈何地聳了聳肩：「好吧，去看看！」

白克殷勤地爲我穿上上衣，一齊下了樓，由他駕著車，直向北郊駛去。

一路上，我們又交換了一點意見，我們都認為康納士博士的自殺，可能和盧達夫的見面有關，但是盧達夫和康納士博士見面，他們曾說了一些甚麼？在他們之間，曾發生了一些甚麼事？我預料這一次，一定不會有甚麼收穫，我們一到，一位警官就迎了上來，我正在打量那間小小的磚屋，屋子外有一個花園，在距離約莫一百碼左右，是一幢同樣的磚屋。

這裏相當靜僻，像盧達夫這樣身分的人，選擇這種地方做住所，倒是十分聰明的事。

那警官一走過來，和白克握著手，就沉聲道：「那屋子內的人，看到盧達夫和一個男子來過這裏，這男子，根據他的形容，好像是康納士博士。」

白克震動了一下：「是哪一天的事？」

警官道：「正確的日期，目擊者記不清楚了，但是總是在康納士博士自殺前的不久。」

白克向我望來，我點頭道：「不錯，是康納士博士自殺前的一天。」

警官用懷疑的目光望定了我，我道：「盧達夫在那一天，曾去找過康納士博士，而且，博士和他一起離去，據博士的管家婦說，他去了很久，才一個人回來，現在事情已很明白，盧達夫是帶著博士，到這裏來了！」

白克喃喃地道：「在這裏，曾發生了一些甚麼事？」

他一面說，我們已一起向前，走了過去。

整幢房子中，早已空無一人，而且屋中的東西也很凌亂，我們進去之後，迅速將整幢屋子，看了一遍，並沒有甚麼可疑的地方。

白克已在著手搜集破紙片，希望在其中，可以得到一點資料，他在一張殘舊的書桌旁的一個廢紙筒中，找出了一大堆碎紙來。

而我，則站在一扇窗子下，在那扇窗子下，有一件很古怪的東西。

那東西，其實也不能算是古怪，只不過是一隻兩呎乘兩呎的方形水族箱，養熱帶魚的那種，五面全是玻璃的，上面還罩著一重相當密的鐵絲網。

可是，在那水族箱中，放的卻不是水，而且大半缸泥土，在泥土上好像有點東西在爬動，我蹲下身子看去，看到那些爬動的東西，是一種身體相當小的土蜂，正在土中，鑽進鑽出，看來十分忙碌，爲數頗多。

這種土蜂，是圓花蜂的一種，雌蜂在產卵時，會在土中掘一個洞，將蜂卵產在泥土中。

這種土蜂，出現在一個事實上是間諜，而且又是「二級攝影助理」的家中，不是古怪得很麼？

當我蹲著身子，在看著那些土蜂，而心感到奇怪之際，白克已來到了我的背後：「你在幹甚麼？」

我指著那水族箱：「你看，除非盧達夫準備拍攝一套這種土蜂生活的紀錄片，不然，他養著一缸這種土蜂，是爲了甚麼？」

白克蹲了下來，也現出大惑不解的神色，突然之間，他像是被土蜂螫了一針也似地跳了起來，失聲道：「我找到謀殺康納士博士的兇手了！」

他忽然之間，那樣說法，倒將我嚇了老大一跳，連忙向他望去。

白克指著那些土蜂：「就是它們！康納士博士可能有著某種敏感症，不能被蜂螫，否則，會死亡，我想這猜想不錯了！」

我嘆了一聲：「白克，你快不應該做調查員，而可以去寫小說了，這是甚麼猜想，竟可以完全不顧事實！博士之死，是死在藥物中毒，而這種藥物，是他事前，親自到藥房去購買的！」

白克眨了眨眼，苦笑了起來，當然，他剛才的話，只不過是他一時的衝動而已，只消再略爲仔細地想上一想，連他自己也可以知道，事實上是決沒有可能的了！

他嘆了一聲：「那麼，盧達夫養著這些土蜂，有甚麼用處？」

我搖頭道：「那很難說，或許是興趣，人是有各種各樣怪嗜好的，我認識一個人，他最大的樂趣，是和跳蚤做朋友。」

白克瞪了我一眼，道：「別開玩笑了！」

我問白克道：「一點也不開玩笑，白克，明天，我無論如何要走了。」

白克站了起來，無可奈何地拍著手：「好吧！好吧！我看也沒有甚麼事可做了！」

我也站了起來，屋子搜查工作，仍在進行，我只不過在一旁看看，因爲我知道，不可能找出甚麼東西來的。

我們耽擱了大約四小時左右離去，回到城裏，我已在作離去的準備，晚上，白克再度來找我，他的手中，拿著一張白紙，在那張白紙上，貼著很多用碎紙拼成的一張圖，不很完整，但也有十之八九。

在那張圖上，有一些不規則的，毫無意義的，離亂的線條。

白克將那幅圖攤在我的面前：「這是在盧達夫的廢紙筒中找到的紙片拼起來的，你看，這是不是有甚麼特別的意義？」

我皺著眉，沒有出聲。

白克又道：「我好像記得，你提起過這樣的一幅圖，圖上全是些重複的、不規則的線條。」

我點頭道：「是的，在亨利的住所，我找到過一張這樣的圖，是亨利拾到的，不過我認爲沒有甚麼特別的意思，放在科學協會，大家都看過，後來，麗拉也和我提起過。」

白克道：「兩幅圖上的線條，是一樣的？」

我道：「不一樣，但我可以肯定是同類的，因爲看來全是一樣雜亂、重複——」

我講到這裏，抬起了頭來：「怎麼樣，你以爲可能有甚麼特殊的意義？」

白克嘆了一聲：「很難說，我不敢不讓你回家，但是我希望我們再保持聯絡！」

第七部：自殺？謀殺？

我道：「當然可以，我將電話號碼給你，我想你和我聯絡，長途電話費可以報公帳，要是我和你聯絡的話，那這筆費用太大了！」白克笑了起來，在我的肩頭上，打了一拳，我也還敬了他一拳。然後，我們拍打著手，他並沒有送我到機場去，看他的樣子，他像是正急於要去尋找這幅圖中的秘密，然而我卻不相信這些雜亂無章的線條之中，真會有甚麼秘密蘊藏著。

我在第二天就離開，回到了家中，這次旅行，可以說極其不愉快，但是無論如何，回到了家中之後，總有一身輕鬆的感覺。

白素埋怨我，說是我早該在肯定了康納士博士是自殺的之後，就回來的，我也不加辯駁，只是將經過的情形，向她說了一遍。

從到家的那一天起，白克也未曾和我聯絡過，我將這件事漸漸忘記了。

一直到了好幾個月之後，有一天，和一個朋友，約在一間酒吧中見面，時間是下午兩點鐘。

我提前幾分鐘到達，才一推門進去，就看到了白克！

一時之間，我幾乎懷疑自己是認錯了人，白克來了，這不是說不可能，但是他來了之後，總該和我聯絡一下才對。

我呆了一呆，酒吧的燈光相當暗，但是當我在進一步打量了他之後，我卻可以肯定，這個年輕人，的確是那個特別調查員，白克・卑斯。

但是，我也可以肯定，一定有甚麼極其重大的變故，在這個年輕人的身上發生過，因爲這時候，他的神態，令人震駭。

簡單的說，這時的白克，是一個醉鬼！

在下午喝酒喝到這樣子的人，除了「醉鬼」之外，是沒有更恰當的稱呼了。

他一個人坐在一張桌子前，當然，桌上放著一瓶酒和一隻酒杯。他半俯向前，用手指在桌面上，好像正在撥弄著甚麼。由於光線黑暗，也看不清楚。

我走前幾步，心中的駭異更甚，因爲我看他的樣子，估計他至少有幾十天沒有剃鬍子了，頭髮凌亂，那種樣子，和白克以前給我的印象——精神奕奕的一個年輕人，完全兩樣！

我還恐怕是認錯了人，所以，當我一直來到他面前的時候，我先不叫他的名字，只是咳嗽了一下。

我那下咳嗽，相當大聲，用意自然是想聽到咳嗽聲的人，抬起頭來看一下，我並沒有變樣子，白克看到了我，一定可以認出我來，那麼我就可以避免認錯人的尷尬了！

可是，他竟像是聾了一樣，仍然維持著原來的姿勢，雙眼定定地望著桌面。

當我也和他一樣，向桌面上望去時，我不禁呆住了，我看到，在桌面上爬動的，是一隻金龜子。

金龜子是一種有著金綠色硬殼的甲蟲，是小孩子的恩物，的確相當好玩，可是白克卻無論如何不再是小孩子了。然而這時，看他的情形，他卻全神貫注，望著那隻在爬行著的甲蟲，像是除此之外，世界上再也沒有值得他注意的事情了。

我看到這裏，實在忍不住了，我又咳嗽了一聲，然後大聲叫道：「白克！」

白克在我的大聲叫喚之下，身子震動了一下，抬頭向我看來，我立時裝出一副老朋友重逢的笑臉來。

可是，我立即發覺，我的笑臉白裝了，因爲白克竟像是全然不認識我一樣，只是向我望了一眼，又低下了頭去，而就在他抬起頭來的那一剎間，我發覺他的臉上，有一種極其深切的悲哀。

而當他抬起頭來之際，我更進一步肯定他就是白克，是以他雖然立時低下頭去，我還是在他的對面，坐了下來：「白克，發生了甚麼事？」

白克不回答我，仍然望著那隻甲蟲，這使我有點憤怒，我伸手一拂，將在桌面爬行的那隻甲蟲，遠遠地抛在地上，然後，我又大聲道：「白克，究竟發生了甚麼事，你不說，我一拳打掉你的門牙！」

白克先不回答我，只是拿起酒杯來，一口喝了小半杯酒，然後，又拿起酒瓶來，要去倒酒，我伸手，抓住了瓶，不讓他再喝，又道：「白克，夠了，你甚麼時候起變成一個醉鬼的？」

白克直到這時，才算出了聲，也直到他出了聲，我才可以完全肯定，我沒有認錯人！

白克的語音，出乎我的意料之外，倒是極其平靜的，他道：「讓我喝酒吧，衛。」

我道：「不行，除非等我明白，在你的身上究竟發生了甚麼事。我要使你保持足夠的清醒，那樣，你才能對我說出經過來。」

白克又呆了一會，抓住酒瓶的手，縮了回來，手在臉上不斷搓撫著，我看出他十分疲倦，而這種疲倦，是由於十分沉重的精神負擔而來的。

我不去催他，過了好一會，他才道：「你還記得盧達夫麼？」

盧達夫就是那個神秘男子，康納士博士死前曾見過的那個人，謀殺亨利的兇手，要忘記這樣的一個人，是不可能的事。

是以我道：「當然記得。」

白克雙手互握著：「在你走後，我將我們的調查所得，寫成了一個報告，呈了上去，這件事，也算是結束了，可是半個月前，我忽然接到上級的通知，說是有了盧達夫的蹤跡！」

我「哦」地一聲：「他還敢再來？」

白克一直維持著那種坐著的姿勢，一動也不動：「不是，他在東南亞某國出現，身份仍是外交人員，上級問我的意見怎樣，我說，如果可能，我的確希望和這位二級攝影助理見見面，於是我就來了！」

我皺著眉：「你沒有和我聯絡！」

白克停了半晌：「是的，沒有，因爲一離開了我自己的國家，我的身份，是絕對秘密的，上頭也不想我的行動，更受人注意！」

我可以理解這一點，我道：「那麼，你終於見到了盧達夫？」

白克點了點頭，可是卻又不繼續說下去。

這時，我實在急於想知道他和盧達夫見面的經過，但是看到他這樣疲倦的樣子，我又不忍心催他。

白克在呆了一會之後，忽然又笑了起來，那是一種無可奈何的苦笑：「你還記得，在盧達夫的小屋中，有一缸土蜂？」

我揚了揚眉，道：「記得的。」

白克又道：「我當時曾說，那些土蜂是兇手，你笑我是亂說！」

我心中極其驚異，但是卻沒有出聲，我只是在想，白克這樣說，又是甚麼意思呢？康納士博士是自殺的，他的死，和那一缸土蜂，決不可能有關！

白克又道：「自然，那缸土蜂，所扮演的角色，不能算是兇手，只好算是幫兇——」

白克講到這裏，我實在忍不住了，我道：「白克，你將事情從頭講起好不好？」

白克翻起眼來，望了我一眼：「好的，我見到盧達夫，他自然不知道我是甚麼人，我略為用了一點手段，那是間諜人員慣用的手段，將他帶到了靜僻的所在，這傢伙不經嚇，甚麼都講了出來。」

我忙道：「怎麼樣？」

白克道：「盧達夫說，他們的決定是：收買康納士博士，如果不成，就將他殺害。」

我嚥下了一口口水：「收買失敗了，我想！」

白克道：「是的，收買失敗，他們經過種種試探，都沒有結果，於是實行計劃的第二步，殺害康納士博士，這個計劃成功了！」

我不由自主提高了聲音：「你在說甚麼，康納士博士是自殺的！」

白克卻像是完全未聽到我的叫嚷一樣，他自顧自地道：「謀殺計劃是極其周密的，在他們國家中擬定，提出了多種方案作研究之後，他們最高當局採納了一位著名心理學家提出的方案。」

我苦笑道：「心理學家？」

白克又喝了一口酒：「是的，心理學家！」

他講了這句話之後，又頓了一頓：「這個心理學家簡直是一個魔鬼！他能看透人的心！」

他低下頭來，將額角抵在桌面上，卻又不再往下講去，我心中十分焦急，望了他幾次，他才道：「他們先動員了很多專門人才，在一年之中，不斷跟蹤康納士博士，將他在戶外的行動，全部記錄了下來。」

我道：「這我們是知道了的，那又有甚麼用？這怎能作爲謀殺的工具？」

白克望了我一眼，當他向我望來的時候，我不禁呆了一呆，因爲在他的雙眼之中，充滿了失望和頹喪的神色，他是一個充滿了活力的年輕人，在他的眼中，實在是不應該有這樣神色的。

白克嘆了一聲：「你看過那些記錄電影，你有甚麼感想？」

我立時道：「沒有甚麼特別，康納士博士的生活，十分正常！」

白克苦笑了起來，他的聲音，也是十分苦澀的：「是的，很正常，十分正常，和每一個人差不多，人人幾乎都是那樣生活的。」

我道：「是啊，那又有甚麼不對？」

白克繼續道：「然後，他們在一張紙上，將康納士博士這一年來的行動，用線條表示出來，我想，你看到過這張紙，紙上有重複又重複的線條！」

我點頭道：「是的，那些線條，原來是一組軌跡，表示康納士博士的活動範圍的！」

白克道：「是，到了這一地步，他們的計劃，已經完成一半了，於是，就有人去求見康納士博士，帶他去看那些記錄片，再將畫在那紙上的軌跡，給康納士博士看，康納士博士當然表示不明白，於是，就到了他們計劃中最重要的一部份！」

我還是滿心疑惑，但是我知道在如今這樣的情形下，最好別打斷白克的話頭。

白克又喝了一口酒：「你記得那一箱土蜂麼？」

我道：「你已經問過我一次了，我記得！」

白克的聲音變得更低沉：「兇手——」

他在講了「兇手」兩字之後，略停了一停，我自然知道他這「兇手」兩字，是指甚麼人而言，所以我不表示甚麼異議，只是會意地點了點頭。

白克又道：「兇手取出了一隻土蜂來，放在一張白紙上，這種土蜂，是掘土的圓花蜂，和所有的昆蟲類似，牠們的行動，是有規律的，從幼蟲到成蟲，牠們將來一生的行動，幾乎早已經成了一種本能，在牠們的染色體內，有著密碼，那情形，就像是電腦幾萬件零件之中，每一個零件都有固定的作用，在一定的情形之下，受著操縱，依照密碼所定下的規律，永不會改變。」

我用心聽著，白克這一番話很是費解。不過我還是可以聽得懂，只不過暫時，我還不明白他為甚麼要說這番話而已。

白克繼續道：「這種土蜂，在產卵之前，會在地上挖一個洞，然後找一條毛蟲，找到毛蟲之後，牠會進洞巡視一番，再出洞來，將毛蟲捉進去，最後，頭向內，尾向外，將毛蟲拖進洞去。如果在牠進洞巡視的時候，將牠放在洞口的毛蟲移開，你猜會怎麼樣？」

我呆了一呆：「牠會去找毛蟲！」

白克「桀桀」地笑了起來：「不是，牠不管毛蟲是不是在那裏，一樣會將拖毛蟲的動作做一遍，你移開毛蟲一次，牠重做一次，移開十次，牠重做十次，這是牠生命密碼給牠的規律！」

我吸了一口氣，還是不明白白克說這些土蜂有規律的動作，是甚麼用意。

白克搖晃著酒杯：「兇手將土蜂放在紙上，引誘牠作產卵前的行動，土蜂在白紙上，一遍又一遍地爬著，二十分鐘之後，土蜂在白紙上，也留下了一連串的軌跡，兇手將康納士博士行動的軌跡，和土蜂行動的軌跡，交給康納士博士看，然後，他說，他甚麼話也沒有講，只是大笑，不斷地大笑，而據他說，康納士博士是面色慘白，腳步踉蹌離去的。」

白克的右手握著拳，用力在桌上敲著：「到這時候，兇手的目的已達到，康納士博士第二天，就自殺了！」

我緩緩地吸了一口氣，剎那之間，有天旋地轉的感覺，過了好半晌，我才道：「你的意思是，他們用強烈的暗示，暗示康納士博士的生活，實際上和一隻土蜂一樣，沒有分別？」

白克抬起頭來：「就是這樣。康納士博士是高級知識份子，他一直以爲自己，或是人類，是地球的主宰，可以憑人類的努力，做出任何事來，但忽然之間，他發現所謂萬物之靈，和昆蟲沒有甚麼不同，試想，他如何還會有興趣活下去？」

「沒有興趣活下去」，這種說法，我還是第一次聽到，但是我卻毫無保留地相信，康納士博士的確是在這樣情形下自殺的。

我呆了半晌，才道：「原來是這樣，那你本身又發生了甚麼事？」

白克直視著我，忽然，他俯身，在地上摸索了一會，又將那隻金龜子，捉了起來，放在桌面上，讓它慢慢爬著，然後道：「我？你想要我怎樣，我的日子，和昆蟲是一樣的，我只不過像昆蟲一樣地生活著！」

我吸了一口氣：「你——你經常從事萬里旅行，生活的範圍又廣——」

白克立時道：「就算我每天在旅行，就算我經常來往於各大行星之間，我的活動，也可以繪成軌跡，一種早經遺傳密碼定下的有規律的線條，這就是我的一生，你說，有甚麼意思？」

我望著白克，無法回答他這個問題，而且，我也不由自主，拿起酒瓶來，大大地吞下了一口烈酒。

當烈酒進入我體內，我開始有點飄飄然之感的時候，我開始明白了。我開始明白，何以在那個城市中，會有那麼多的醉鬼，爲甚麼大麻會那麼大行其道，知識程度越高的人，越會去想自己活著，究竟有甚麼意思，昆蟲是不會想的，牠一生有一定的規律，牠也就這樣過了，愚人不會去想，也這樣過了！

可是，有知識的人會想：和昆蟲在本質上並無不同的生活，究竟有甚麼意思呢？

我不斷地喝著酒，我約的那位朋友，究竟來了沒有，我也不知道，因爲我一直不斷地喝酒，直到人事不知，根本無法思想。

尾聲

這個故事，好像很悲觀，但是自然沒有叫所有人都去自殺的意思。然而有一點不可否認的是，如果真的將人的活動範圍，用線條來表示的話，和昆蟲的活動，實際上是沒有差別的。

我們是大城市中的人，每天的活動範圍，可能來來去去，都不出十哩的範圍，就算有機會到外地去旅行，也只不過將線條拉得長點而已。但是，人是有思想的，人的思想活動範圍，卻全無限制，可以上天下地，可以遠到幾億光年外的外太空，這一點，或許是支持人類生存的根。又或許，人類已習慣了和昆蟲一般的生活，只有真正具有智慧的人，才感到悲哀和沒有意思，這些，當然已不在故事範圍之內的了。

（完）

倪匡珍藏限量紀念版 7

衛斯理傳奇之

地圖

（含：地圖・叢林之神・風水）

全世界最古怪的遺囑，探險家羅洛的不尋常遺物
地圖上的金色代表什麼？危險記號究竟有多危險？

本書包含〈地圖〉、〈叢林之神〉及〈風水〉三篇故事。地圖上的各種顏色，都有它的代表性。藍色表示湖海；綠色表示平原；棕色表示山；白色表示情況未明。然而，地圖上的金色，又代表甚麼呢？衛斯理依著探險家羅洛的地圖，竟發現外星人留下的無底深洞！名醫霍景偉去南美洲旅行，意外擁有預知能力！超級富豪陶啟泉篤信風水，卻捲入複雜的政治鬥爭！

倪匡珍藏限量紀念版 9

衛斯理傳奇之

透明光

（含：透明光・真空密室之謎）

一個古代的黃銅箱子，竟讓人變成了骷髏精

當你看不到自己的全身肌肉，你能不陷入極度恐懼之中？

本書分為〈透明光〉及〈真空密室之謎〉兩篇連貫的故事。大熱天裡，王彥卻戴著手套。衛斯理拉下王彥的右手手套，不到十分之一秒的時間內，兩人都僵住了不動。衛斯理看到的，並不是一隻手。當然那是一隻手，但卻是沒有血，沒有肉的，只不過是五根指骨頭，完完整整的，還會伸屈動作的手指骨！衛斯理接獲好友自埃及寄的神秘箱子，只要打開箱子，箱中的神秘光線就能使人透明。為了解開謎團，幫助好友恢復原狀，衛斯理深入古埃及帝國的祭室。

倪匡珍藏限量紀念版 12

衛斯理傳奇之

追龍

（含：仙境．追龍．蠱惑）

一個垂死星象家的遺言，「阻止他們」
來自星空的神秘力量，竟影響地球上普通人的命運！

本書包含〈仙境〉、〈追龍〉及〈蠱惑〉三篇故事。據說一幅鐘乳石山洞的油畫就能讓人進入充滿寶石的仙境，然而這真是仙境嗎；一位即將垂死的星相家，直言只有衛斯理才能挽救一場人類大浩劫，這次人類到底面臨了什麼樣的浩劫呢？而衛斯理該如何拯救全人類呢？；一場應該是喜慶的婚禮，對衛斯理的朋友葉家祺而言卻是一場悲劇，他正隨著自己即將到來的婚期一步步的逼向死亡，而這一切似乎都與他多年前在苗疆遇到的一位少女有關……

倪匡珍藏限量紀念版 18

衛斯理傳奇之頭髮

作者：倪匡
發行人：陳曉林
出版所：風雲時代出版股份有限公司
地址：10576台北市民生東路五段178號7樓之3
電話：(02) 2756-0949
傳真：(02) 2765-3799
執行主編：劉宇青
美術設計：許惠芳
業務總監：張瑋鳳
出版日期：2023年7月倪匡珍藏限量紀念版一刷
版權授權：倪匡
ISBN ：978-626-7303-07-8
風雲書網：http://www.eastbooks.com.tw
官方部落格：http://eastbooks.pixnet.net/blog
Facebook：http://www.facebook.com/h7560949
E-mail：h7560949@ms15.hinet.net
劃撥帳號：12043291
戶名：風雲時代出版股份有限公司

風雲發行所：33373桃園市龜山區公西村2鄰復興街304巷96號
電話：(03) 318-1378
傳真：(03) 318-1378
法律顧問：永然法律事務所 李永然律師
北辰著作權事務所 蕭雄淋律師

行政院新聞局局版台業字第3595號 營利事業統一編號22759935

定價：340元

國家圖書館出版品預行編目資料

衛斯理傳奇之頭髮 ／ 倪匡著. -- 三版. --
臺北市：風雲時代出版股份有限公司，2023.05
面；公分 倪匡珍藏限量紀念版

ISBN 978-626-7303-07-8（平裝）

857.83 112002529